Uwe Goeritz

Ein Sommer unter der Mondsichel

Wien, im Jahre 1683

Bibliografische Information der Deutschen Nationalbibliothek:
Die Deutsche Nationalbibliothek verzeichnet diese Publikation in der Deutschen Nationalbibliografie; detaillierte bibliografische Daten sind im Internet über http://dnb.dnb.de abrufbar.

Coverbilder: Alfons Schüler und Enrique Meseguer auf Pixabay

Covergestaltung: Uwe Goeritz

Herstellung und Verlag: BoD – Books on Demand, Norderstedt

ISBN: 978-3-7494-5288-0

Inhaltsverzeichnis

Ein Sommer unter der Mondsichel

Im Sommer des Jahres 1683 überfiel das Osmanische Reich Wien zum zweiten Male. Mit einem gewaltigen Heer versuchten sie die Stadt zu erobern, doch die Bevölkerung leistete ihnen erbitterten Widerstand.

Dies ist die Geschichte von einigen dieser Menschen, die in der Stadt und um sie herum gelebt haben. Sie erzählt von ihren täglichen Nöten und den Kämpfen um das Überleben in der eingeschlossenen Stadt. Aber auch von der Liebe, die in der belagerten Großstadt, trotz des Sterbens, nie völlig verschwand.

Die handelnden Figuren sind zu großen Teilen frei erfunden, aber die historischen Bezüge sind durch archäologische Ausgrabungen, Dokumente und Überlieferungen belegt.

1. Kapitel

Verwehte Asche

Im Burgenland bei Ödenburg, am 09. Juli 1683

Mit Tränen in den Augen schritt die Frau vorwärts. Immer wieder stieß ihr einer der Soldaten in den Rücken, wenn sie mal etwas langsamer ging. Nur wenige Schritte vor ihr lief Swetlana, ihre Freundin aus dem heimatlichen Dorf. Neben ihr und auch neben der Freundin gingen jeweils zwei osmanische Soldaten. Durch die Tränen sah sie nur das gelegentliche Blitzen der Sonnenstrahlen auf den blanken Säbeln der Männer. Dabei dachte sie daran, dass vielleicht das Blut ihrer Familienangehörigen an diesen Klingen klebte. Der von ihr geliebten Menschen, die nun erschlagen hinter ihr in dem Dorf lagen. Nur Swetlana und sie waren am Leben geblieben. Sie stolperte über einen Stein und fiel auf die Knie, aber die Soldaten brüllten sie an und rissen sie auf die Füße. Wieder traf sie ein Stoß in den Rücken, der sie vorwärts taumeln ließ.

Was hatten die Männer mit ihnen vor? Warum hatten die Soldaten nur sie beide am Leben gelassen? Arika war noch keine siebzehn Jahre alt und immer noch unverheiratet. War es das gewesen, was die Soldaten mit ihrer Gewalt einhalten ließ? Sie und Swetlana waren die beiden einzigen unverheirateten Mädchen im heiratsfähigen Alter gewesen. Die junge Frau wischte sich mit dem Ärmel die Tränen ab und strich sich die Haare aus dem Gesicht. Vorsichtig drehte sie sich um und sah zu der Rauchsäule zurück, die sich dort erhob, wo das Dorf noch am Morgen gewesen war. Es lag in der flachen Ebene, nicht weit von der Donau entfernt. Doch sie sah auch die dahinstürmenden Reiter der Osmanen, die mit den paar eigenen Reitern, die sich ihnen vor dem Dorf entgegengestellt hatten, ein leichtes Spiel gehabt hatten.

Das schutzlose Dorf war ihnen dann in die Hände gefallen. Die krummen Säbel schwingend, waren die fremden Reiter durch das Dorf gejagt und hatten alle niedergemacht, derer sie habhaft werden konnten. Noch immer hatte Arika das Schreien der Frauen und Kinder in den Ohren. Das würde wohl auch nicht mehr aus ihrem Kopf verschwinden können. Sie selbst hatte sich mit Swetlana hinter einem Holzstapel versteckt und war somit der ersten Raserei der Kämpfer entgangen. Mit Entsetzen hatten sie aus dem Versteck mit ansehen müssen, wie die Männer einfach alle niedermachten und die Frauen schändeten, bevor sie auch diese töteten. Als sie die letzten beiden Lebenden gewesen waren, da hatten sie versucht, sich davonzuschleichen, waren aber sogleich ergriffen worden.

Arika hatte da schon mit ihrem Leben abgeschlossen, aber ihnen war nichts passiert. Die Männer hatten sie durch das rauchende Dorf geführt, in dem schon die ersten Flammen in die Strohdächer fuhren. Wieder diese Frage, was werden sollte. Sie drehte sich nach vorn und stolperte im selben Moment erneut über einen Stein, der auf dem Wege lag. Gerade noch konnte sie sich auf den Händen abfangen. Trotzdem lag sie schließlich der Länge nach im Straßenstaub und jemand schlug ihr kräftig in den Rücken. Dann wurde sie am Kleid wieder nach oben gerissen. Sie hörte das Krachen der Nähte, aber das Kleid hielt. Vor sich sah sie das Gesicht eines der Männer. Er kam ganz dicht an sie heran, wobei sie die Haare seines schwarzen Schnurrbarts hätte zählen können, dann brüllte der Mann sie an und Arika zuckte vor Angst zurück. Das Schwert drohend erhoben brüllte der Mann immer weiter, ohne dass sie es verstehen konnte. Doch der Mann blieb vor ihr stehen und griff zu ihrem Kleid. Daran zog er sie zu sich.

Sie riss schützend die Arme hoch, aber der Mann schleuderte sie nur der Freundin hinterher. Geistesgegenwärtig zog sie das lange Kleid ein Stück hoch, sonst wäre sie vermutlich wieder über den Saum gestolpert und ein weiteres Hinfallen hätte sie vermutlich mit ihrem Leben bezahlt. Sie rannte Swetlana hinterher, bis sie wieder im selben Abstand hinter der anderen Frau war.

Der Wind drehte und begann die Rauchwolken aus dem Dorf ihnen hinterherzuschicken. Wenig später hatte der erste Ruß sie eingeholt und nun brannten Arikas Augen von der verwehten Asche, doch Tränen hatte sie nun schon keine mehr. Eine Gruppe Reiter kamen ihnen entgegen und die Soldaten rissen die beiden Frauen zur Seite. Nur wenig später galoppierten die Pferde auf Armlänge an Arika vorbei. Die Männer hätten sicher nicht für sie angehalten.

Der durch die Hufe aufgewirbelte Staub vermischte sich mit dem Rauch aus dem Dorf. Ein paar Augenblicke später standen sie im undurchdringlichen Gemisch aus Asche und Straßenstaub. Arika begann zu husten und schluckte nur noch mehr von dem Nebel, der in ihrem Hals zu würgen begann. Wie viele Pferde mochten das sein? Eine unzählbare Menge ritt an ihr vorbei. Sie sah sie nicht, sie hörte nur das Donnern der Tiere, die keine Armlänge vor ihr vorbei raste. Die Erschütterungen übertrugen sich auf ihre Beine und ließen sie zittern.

Sollte sie einfach einen Schritt vortreten? Die Pferde würden den Rest übernehmen und Arika wäre wieder mit ihrer Familie vereint. Mit Vater, Mutter und den drei kleinen Schwestern.

Doch irgendetwas hielt sie zurück und das war nicht die nur leicht auf ihre Schulter gelegte Hand eines der Soldaten. Noch war sie am Leben und wusste nicht warum. Warum gerade sie beide? Hatten die fremden Soldaten noch etwas mit ihnen vor? Sicherlich! Sonst wären sie nun auch schon geschändet und tot.

Das Dröhnen verstummte und der Staub verteilte sich langsam. Das mussten wohl mehrere hundert Pferde gewesen sein. Arnika klopfte sich den Staub vom Kleid und sah, dass auch Swetlana es so machte. Sie hatten direkt nebeneinander gestanden und es nicht gemerkt. Vorsichtig nickten sie sich zu und wurden dann wieder auf die Straße gebracht. Es ging noch eine Weile weiter, bis am Rande des Weges ein geschlossener Wagen, mit ein paar Soldaten davor, stand. Es war ein Kasten auf Rädern. Nicht viel größer als zwei mal zwei Schritte und nicht sehr hoch.

Einer der Soldaten, mit einem besonders breiten Schnurrbart, öffnete eine Klappe an der Rückseite und zeigte hinein. „Da werden wir noch nicht mal richtig drin sitzen können!", dachte Arika und zögerte einen Moment, doch einer der Männer schob Swetlana schon hinein und einer der krummen Säbel an Arikas Hals brach jeden Widerstand der jungen Frau.

Halb sitzend und halb liegend befanden sie sich wenig später in dem Kasten, in dem auch schon eine andere junge Frau lag. Die Klappe schloss sich und von oben fiel nur ein wenig Licht durch einen kaum fingerbreiten Spalt. Erst jetzt konnten sie sich weinend in die Arme fallen. Holpernd setzte sich der Wagen in Bewegung. Immer noch wussten sie nicht, warum sie noch lebten.

2. Kapitel

Im Feuer geboren

Wien, am 10. Juli 1683

Hans stand auf der Mauer der Stadt und sah in das Land hinaus. Die Rauchfahnen der brennenden Dörfer kamen immer näher. Am Tage zuvor hatte er sich freiwillig gemeldet, um an der Verteidigung Wiens teilzuhaben. Er war siebzehn Jahre alt und sein Vater, ein erfolgreicher Kaufmann, war nicht sehr erfreut über seine Entscheidung gewesen. Nun war er zu einer Geschützbatterie auf der Bastion eingeteilt, da er noch nicht viel Ahnung vom Soldatenhandwerk hatte. Wenn es dann soweit sein würde, dass das kleine Geschütz feuern musste, dann würde er Pulver aus dem Magazin holen müssen. Er war den Weg schon ein paar Mal mit einem, mit Steinen gefüllten, Eimer hin und her gerannt, um sich an den Weg zu gewöhnen. Die älteren Soldaten hatten ihn ziemlich gescheucht, aber einer hatte ihm gesagt „Dein Schweiß von heute erspart dein Blut von morgen!" Das hatte er dann auch eingesehen. Sie hatten hier eine der elf Kolumbrinegeschütze mit einem Kaliber zu 10 Pfund aus dem Arsenal der Festung erhalten, mit dem sie die Bastion und das Vorfeld mit Kartätschen beschießen sollten. Die schwereren Geschütze standen weiter oben und sollten auf weitere Entfernung das Feuer führen. So würden sie eigentlich erst im letzten Moment mit ihrem leichten Geschütz in den Kampf eingreifen können.

Wenn er sich umdrehte, so konnte er das Dach vom Geschäft seines Vaters sehen. Es war keine vierhundert Schritte entfernt. Sollte der Feind hier durchbrechen, so würde das Haus seiner Ahnen nicht mehr zu retten sein. Der alte Paul trat auf ihn zu und legte ihm die Hand auf die Schulter. „Hole einen Eimer Pulver aus

14

dem Magazin. Wir wollen mal ausprobieren, ob dieses alte Feuerrohr überhaupt noch funktioniert", sagte er und Hans lief los. Wenig später stand er vor dem Geschütz und Paul begann das Pulver in das Rohr zu füllen. Er stopfte es fest und zog einen zweiten Eimer zu sich, dann griff er hinein und zeigte eine Handvoll Nägel und Eisenschrott. „Das ist unsere Munition. Auf zweihundert Schritte zerreißt sie alles, was sich vor der Mündung befindet", erklärte er. Mehrere Handvoll von den Nägeln fanden ihren Weg in das Rohr und wurden dann ordentlich gestopft. „Im Kampf muss das dann schneller gehen", sagte Paul mit einem Schmunzeln. „So! Alle nach hinten!", rief er und die Männer richteten das Rohr auf die Freifläche vor der Bastion. Er bohrte mit einem Dorn in die Öffnung der Kanone und füllte dann etwas Pulver aus einem Pulverhorn auf.

Alle traten zurück und Paul entzündete eine Zündschnur, die er in einen langen Haken klemmte. Er brüllte „Ein Schuss Kartätschen zur Probe!", dann sagte er zu Hans, „Halte dir die Ohren zu." Langsam senkte er den Haken auf das Pulver. Es dauerte einen Augenblick, bis ein Flammenstrahl aus dem Zündloch schlug. Wenig später bäumte sich die Kanone auf und spuckte den Eisenschrott mit einem klingelnden Geräusch aus. Überall vor ihnen schlugen die Nägel ein. „So ist es richtig", lachte Paul und schlug Hans auf die Schulter. Mit einem Wischer und Wasser säuberten sie das Rohr wieder und wischten es danach trocken. Wie als wäre ihr Schuss ein Signal gewesen, begannen nun auch die weiter oben postierten großen Kanonen der Bastion mit den Übungsschüssen. Der Druck des Mündungsfeuers riss an den Sachen der Männer an dem leichten Geschütz. „Das ist deine Feuertaufe!", sagte Paul lachend, als er die Angst in den Augen von Hans gesehen hatte, die er eigentlich verbergen wollte.

Nachdem nun die Kanone wieder sauber war und die anderen Geschütze das Feuer eingestellt hatten, schlug Paul dem jungen Mann erneut auf die Schulter und sagte „Morgen früh bist du wieder hier oder wenn die Kirchenglocken uns alle auf die Mauern rufen." Hans nickte und verabschiedete sich. Noch einmal blickte er auf die Rauchsäulen und lief dann durch die Gassen zurück zu seinem Elternhaus. Überall sah er Menschen, die mit ihren Habseligkeiten auf der Flucht waren. Vielleicht konnten sie noch eine sichere Fahrt auf der Donau bis Passau erhalten. Auf dem Landweg wäre das sicher zu gefährlich.

Der Vater stand an der Tür seines Kontors und sah auch auf die Menschen. „Willst du nicht auch gehen?", fragte Hans den Vater. Der alte Mann schüttelte den Kopf. „Hier sind wir sicher und das verspricht sicherlich ein gutes Geschäft zu werden. Meine Lager sind voll. In ein paar Tagen wird man mir jeden eingepökelten Hering vergolden", sagte der Mann und Hans schüttelte den Kopf. „Ist das christliches Denken, so auf die Not der Menschen zu spekulieren?", fragte er den Vater, doch der winkte nur ab. Sicherlich wollte er sich auf keine Diskussion mit seinem Sohn einlassen.

Ein kleiner Junge kam die Straße heruntergelaufen und rief „Kaiser Leopold I. und die Kaiserfamilie haben Wien verlassen. Rette sich, wer kann!" Hans hielt den Jungen an. „Ist das wirklich wahr?", fragte er und der Junge nickte heftig, dann riss er sich los und lief weiter die Straße hinunter. Immer hektischer wurden die Menschen. Viele brachen nun noch schneller auf. Auch der Geselle des Vaters hatte sein Bündel geschnallt und wollte aufbrechen. „He! Ich brauche jede Hand!", versuchte der Vater den Mann aufzuhalten, doch der Geselle riss sich los, lief davon und verschwand in dem Gewimmel auf der Straße. Hans sah ihm nach. „Solange du da an der Kanone rumspielst bin ich also hier alleine!", stellte der Vater fast zornig fest. „Wenn die Tataren hierherkommen, so wirst du dafür sicher mit deinem Leben bezahlen!", sagte Hans ebenfalls zornig, doch der Vater winkte ab. „Ich mache wenigstens etwas für die Verteidigung der Stadt!", rief Hans dem Vater hinterher.

Ein Trupp Soldaten mit geschulterten Musketen kam die Gasse herunter und ging zur Bastion. „Wir werden die Stadt verteidigen!", rief einer der Männer den Flüchtenden zu, doch damit konnte er nur wenige dazu bewegen, in der Stadt zu bleiben. Lange Kolonnen von schwer bepackten Männern und Frauen zogen zur Donau hinunter oder zu den westlichen Stadttoren hinüber. Viele Kinder liefen weinend zwischen ihnen herum und versuchten den Anschluss in dem Gewimmel nicht zu verlieren.

Hans sah den Soldaten nach und dann dem Vater, der gerade das Geschäft verschloss. Wohin sollte er gehen? Er entschied sich zur Kanone zurückzugehen. „Na? Schon wieder da?", fragte Paul, als er wenig später auf der Bastion eingetroffen war. Hans nickte. „Ich habe da was für dich", sagte Paul und holte aus einer Kiste ein breites, kurzes Schwert, dass er Hans umlegte. Nun war er ein Soldat!

3. Kapitel

Unerwartete Möglichkeiten

Im Burgenland, am 10. Juli 1683

Es war schon der nächste Tag, das hatte Arika aber nur an dem Licht gesehen, dass von oben in den Kasten fiel. Immer noch zuckelte der Wagen dahin. Wohin, das wussten sie nicht. Die dritte Frau hatte etwas von Harem aufgeschnappt, aber keine von ihnen wusste, was das bedeuten sollte. Nur dass sie die einzigen Mädchen aus den Dörfern gewesen waren, die noch Jungfrauen waren. Wahrscheinlich hatten die fremden Krieger das daran erkannt, dass sie noch nicht die typischen Hauben getragen hatten, die einer Frau übergestreift wurde, wenn sie zu einem Manne zog. Die Mutter hatte gerade an Arikas Haube gestickt, als die fremden Reiter das Dorf überfallen hatten. Bisher hatten sie diese Kiste nicht wieder verlassen dürfen und auch zu essen oder zu trinken hatte man ihnen nichts gegeben. Nur leise hatten sie sich unterhalten, nachdem einer der Männer auf die Kiste geschlagen hatte, als sie sich am Anfang darin noch laut unterhalten hatten. Sie wollten die fremden Männer nicht unnötig erzürnen.

Diese Ungewissheit ihres Schicksals war noch schlimmer, als die Gefangennahme. Immer wieder kamen die schrecklichen Bilder bei Arika hoch und sie sah wieder die säbelschwingenden, fremd aussehenden, Krieger in dem Dorf, wie sie über die sich nur unzureichend wehrenden Menschen herfielen. In wenigen Augenblicken war alles entschieden gewesen. Was hatten sie schon für eine Chance gehabt? Mistgabeln gegen Schwerter? Wenn das Verhältnis ausgeglichen gewesen wäre, dann hätte der Widerstand vielleicht noch einen Zweck gehabt. Aber so? Kaum fünfzig Bauern, Bäuerinnen und Kinder gegen mehr als zweihundert Reiter!

18

Immer, wenn sie die Augen schloss, sah sie vor sich, wie der Vater getroffen zusammenbrach und die drei kleinen Schwestern zur Mutter in die Hütte liefen, verfolgt von ein paar der Männer. Hätte sie entkommen können, wenn sie sich besser versteckt hätte? Sicher nicht! Die Männer hatten alles abgesucht und die Rinder aus den Ställen geholt. Nur die Schweine hatten sie in den brennenden Ställen gelassen.

Das quieken der Tiere in ihrer Todesangst war noch in ihren Ohren. Es hatte das Schreien der Menschen vollständig verdrängt. Das bei lebendigem Leib verbrannte Vieh hatte so ein unbeschreibliches Geräusch gemacht, das sich tief in ihr Gedächtnis gebrannt hatte. In der Nacht hatte sie daher auch kaum geschlafen, auch wenn der Wagen da gestanden hatte und sie nicht durchgerüttelt worden waren. Mit ihnen Dreien war die Kiste gut gefüllt, aber es stank hier drin. Arika lag mehr, als das sie sitzen konnte und da sie ja nicht heraus konnten, hatte sie sich, als sie es nicht mehr ausgehalten hatte, das Kleid und Unterkleid hochgezogen und einfach laufen lassen, bis ihre Blase wieder leer war. Das machte den Geruch zwar noch unerträglicher, aber es half ja nichts.

Auch Swetlana hatte sich nach ihr so erleichtert. Beide waren sie dazu nah an den Ausgang gekrochen und dann wieder zurück, damit sie nicht darin liegen mussten. An Stroh oder etwas Ähnliches hatten die Osmanen nicht gedacht. Die drei Frauen lagen auf den Brettern und malten sich in ihren Gedanken immer düstere Bilder ihrer Zukunft aus.

Die Bewegungen des Karrens wurden mit einem Male heftiger und die drei Frauen wurden regelrecht durchgerüttelt. Entweder war der Weg nun viel unebener oder sie bewegten sich schneller. Sie schrien auf und versuchten sich in dem Kasten irgendwo festzuklammern, doch es gab keine Griffe oder andere Möglichkeiten sich hier festzuhalten. Immer heftiger wurden die Bewegungen und sie wurden übereinander geworfen. Dabei versuchten sie, sich aneinander zu klammern, doch das gelang ihnen nicht. Schließlich klemmte sich Arika hockend mit Füßen und Rücken so zwischen Decke und Boden, dass sie feststeckte. Dann flog der Kasten durch die Luft und überschlug sich. Arika hielt die Luft an, es polterte und dann blieb der Wagen auf der Seite liegen. Da Arika sich festgeklammert hatte, hatte sie nur ein paar Abschürfungen und Prellungen abbekommen. Durch den Aufprall ging die Klappe am hinteren Ende auf und die Sonne schien herein.

Geblendet schloss die Frau die Augen und wendete sich ab. Als sie die Augen wieder öffnete, sah sie die andere Frau. Ihr Kopf war seltsam verdreht. Swetlana lag auf ihr und blutete am Kopf. Arika beugte sich über die Freundin, konnte sie aber nicht aufwecken. Völlig verstört kroch sie zu der offenen Luke und schaute hinaus. Vor ihr lag einer der Soldaten. Er war tot. Von vorn hörte sie die Pferde wiehern. Vorsichtig richtete sie sich auf und sah über den Kasten nach vorn. Die Pferde lagen am Boden und strampelten mit den Beinen. Der zweite Soldat lebte noch, war aber unter dem Wagen eingeklemmt. Das war die Chance zur Flucht.

„Swetlana! Komm!", rief sie in den Kasten hinein, doch die Freundin rührte sich immer noch nicht. Sollte sie warten? Sie wendete sich ab und stieg vom Kasten. Ein Geräusch erschreckte sie. „Nur fort von hier!", dachte sie. Schnell raffte Arika das Kleid bis zu den Knien herauf und rannte los. Wohin wollte sie eigentlich? Sie wusste es nicht, aber sie wollte den Männern nicht noch einmal in die Hände fallen. Die Ebene war so flach, dass ein Mensch sicher sehr weit zu sehen war. Es stand kaum mal ein

Baum in der Gegend und wenn die Reiter kommen würden, so wäre es für sie ein leichtes gewesen, Arika wieder einzufangen.

Die junge Frau lief so schnell, wie sie nur konnte und nach einer Weile fiel sie in eine flache Grube, wo sie mit rasselnden Atem erst einmal ein paar Augenblicke liegen bleiben wollte, um etwas neue Kraft zu schöpfen. Nur langsam beruhigte sie sich wieder und presste sich dabei fest auf den Grund der Senke. In ihren Händen spürte sie Erschütterungen und drückte deswegen ihr Ohr auf den Boden. Ganz deutlich waren viele Hufe zu hören. Es konnte nicht weit entfernt sein, da die Erde sicher die Geräusche nicht sehr weit tragen konnte.

Vorsichtig schaute sie sich über dem Rand um und sah die Staubfahne, die nicht weit von ihr entfernt über das Feld zog. Die Reiter waren in derselben Richtung unterwegs, wie sie auch. Nach den Reitern kamen Pferdekarren und dann wurden lange Rohre hinter den Pferden hergezogen. Die Soldaten waren so nahe, dass sie einzelne Männer und Gesichter erkennen konnte.

Arika ließ sich zurücksinken und drückte sich wieder auf den Boden. Hier konnte sie bei Tageslicht nicht weiter gehen. Sie würde auf die Nacht warten müssen. Die junge Frau drehte sich vorsichtig auf den Rücken, presste sich auf den Boden der Senke und hoffte, dass sie nicht gefunden werden würde. Den Blick zur Sonne gerichtet flog ein stummes Gebet zu ihrem Gott nach oben. Würde es ihn erreichen?

4. Kapitel

Am Leben gelassen?

Im Burgenland, am 10. Juli 1683

Mit Kopfschmerzen wachte Swetlana auf und sah in die toten Augen der Frau unter ihr. Sie schrie auf, zuckte zurück und schlug dabei mit dem Kopf gegen die niedrige Holzdecke der Kiste, in der sie immer noch gefangen war. Ein Schmerzenslaut entfuhr ihr und dann kroch sie langsam auf das Licht zu, das durch die offene Klappe zu ihr hereinfiel. Ihre Freundin konnte sie nicht sehen und so rief sie „Arika?", aber sie erhielt keine Antwort. Vielleicht war die Freundin aus dem Wagen geschleudert worden? Swetlana sprang durch die Öffnung in das Gras hinaus und sah sich um, aber die Freundin war nirgendwo zu sehen. Stattdessen kam eine Gruppe von Reitern auf sie zu. Noch bevor sie eine Bewegung machen konnte, hatte sie die Spitze eines Säbels an der Kehle und sah zu einem wild aussehenden Reiter hinauf. Geblendet durch die Sonne, die hinter dem Kopf des Mannes stand, versuchte sie ihn zu erkennen. Er hatte eine Pelzmütze auf und seine Augen waren zu Schlitzen zusammengezogen. Ein zerzauster Schnurrbart zerteilte sein Gesicht, in dem sie keinerlei Regungen erkennen konnte. Die Säbelspitze wanderte aufwärts und drückte somit ihren Kopf nach oben. Sie wagte nicht zu atmen und stand einfach mit hängenden Armen vor dem Mann.

Dann sprang er vom Pferd, griff sie an der Hüfte und warf Swetlana wie einen Sack über den Pferderücken. Die Arme hingen auf der einen Seite und die Beine auf der anderen herab. Blitzschnell hatte er ihr Hände und Füße mit einem Strick zusammengebunden, so wie man sonst im Dorf die Kälbchen fesselte. Damit konnte sie zwar nicht mehr herunterfallen, doch an Flucht war auch nicht mehr zu denken. Selbst wenn sie gekonnt hätte, den schnellen Reitern hätte sie rennend nicht entkommen können. Ihr Zopf fiel herab und berührte den Boden. Mit einer schnellen Bewegung hatte der Mann ihr den Zopf mit seinem Schwert komplett vom Kopf getrennt. Achtlos ließ er ihn fallen, steckte das Schwert ein und ging zum Wagen hinüber. Swetlana sah mit aufgerissenen Augen auf das achtlos abgeschnittene Haar, das direkt vor ihr am Boden lag. Tränen stiegen ihr in die Augen. Ihre langen Haare waren ihr ganzer Stolz gewesen. Jeden Tag hatte sie diese zwei Mal gewaschen und in jedem freien Moment gekämmt. Im Dorf war sie schon fast deswegen verspottet worden, aber das hatte sie stets ignoriert. Ihre langen schwarzen, glänzenden Haare lagen nun abgeschnitten am Boden.

Vom Wagen hörte sie ein fürchterliches Brüllen. Sie drehte ihren Kopf und sah durch die Tränen hindurch, wie die Reiter die beiden verletzten Pferde töteten und anschließend zerteilten. Der Reiter kam mit einem großen, blutigen Stück Pferdefleisch zurück zu ihr. Kurz überlegte er, worin er wohl das Fleisch verwahren wollte, als er an sie heran trat und ihr den Rock zerriss. Kurz schrie Swetlana auf, sah dann aber, dass der Mann das Fleisch in den Stoff wickelte und am Sattel befestigte, wodurch der, nun blutige, Beutel aus Stoff neben ihrem Kopf zu hängen kam. Schnell war der Mann auf dem Pferd und jagte los. Auf die Frau nahm er dabei keine Rücksicht. Sie sah nur, wie die Pferdehufe im wilden Galopp immer wieder in Richtung ihres Kopfes gingen. Daher versuchte sie, ihn so hoch wie möglich zu halten, aber ihr Genick erlahmte immer wieder. So sah sie auf den Weg herunter und schluckte den durch die Hufe aufgewirbelten Staub.

Wenn sie diesen Ritt überlebte, so war sie zumindest am Leben gelassen worden. Doch nun war sie die Beute dieser Männer und mit jedem Schritt der Pferde machte sie sich immer dunklere Gedanken darüber, was wohl noch mit ihr passieren würde. Immer wieder traf sie auch der blutige Beutel mit dem Fleisch am Kopf. Dagegen konnte sie sich nicht schützen, da sie ja ihre Hände nicht benutzen konnte. Mit jedem Pferdeschritt schnitt der Strick weiter in ihre Handgelenke und mit jeder Bewegung des Pferdes wurde es schlimmer. Wieder versuchte sie dem Schlag auszuweichen, rutschte dabei aber ab und hing nun, mit den Armen und Füßen nach oben, falsch herum auf dem Pferderücken. Nun sauste der Boden unter ihrem Rücken durch und sie zog sich nach oben, damit die Hufe nicht ihre Seite trafen. Sie blickte zur heißen Sommersonne hinauf und schickte ein Gebet nach oben, das sie am Leben blieb. Endlich wurde das Pferd langsamer und lief dann nur noch im Schritt weiter.

Schließlich hielt das Pferd, der Mann saß ab, sah sie Kopfschüttelnd an und zog sein Messer. Noch bevor sie sich darauf vorbereiten konnte, hatte der Mann den Strick durchtrennt, der sie oben hielt. Swetlana fiel nach unten und landete auf ihrem Rücken, alle viere nach oben gestreckt. Wenn es nicht so ernst gewesen wäre, so hätte sie darüber lachen können. Die Höhe war ja nicht so groß gewesen. Der Mann zog sie unter dem Pferd hervor und stellte sie auf die Füße, dann zog er sie am Arm hinter sich her. In der anderen Hand hatte er die Zügel, wodurch Pferd und Frau etwa gleichauf waren. Nach ein paar Schritten schob er das Pferd in ein Gatter, nachdem er ihm den Sattel und den Beutel mit dem Fleisch abgenommen hatte. Der blutgetränkte Sack, der mal ihr schöner Rock gewesen war, wurde Swetlana in die Hand gedrückt und sie hielt ihn, mit ausgestreckten Armen, weit vor sich. Die Frau sah an sich herunter. Im Mieder und weißem Unterkleid stand sie auf einer Freifläche.

Der Reiter hängte den Sattel auf, nahm ihr den Beutel wieder ab und zog sie am Arm hinter sich her zu einer Gruppe von Zelten, die dort gerade aufgebaut wurden. Einige Zelte waren um ein Feuer errichtet und dorthin gingen sie. Der Mann wickelte das Fleisch aus, platzierte es über dem Feuer und schob danach Swetlana in eines der Zelte.

Darin war nur eine Decke auf dem Boden ausgebreitet, die offensichtlich seine Schlafstadt darstellte. Swetlana zuckte zurück, doch der Mann drehte sie an der Schulter zu sich herum. Mit einem kurzen Ruck zerriss er ihr zuerst das Mieder und danach das Unterkleid, dann warf er Swetlana rückwärts auf das Lager. Die junge Frau schlug mit dem Rücken schmerzhaft auf den Boden auf und versuchte sich mit beiden Armen ihre Blöße zu bedecken.

Der Mann baute sich vor ihr auf. Kurz sah er sie von oben herab an, dann öffnete er sich den Gürtel, ließ die Hose fallen und warf sich auf sie. Alles Strampeln half ihr nichts, der Mann war viel zu kräftig. Er drückte ihr die Knie auseinander, stieß in ihren Schoß und als sie dabei aufschrie, schlug er ihr in ihr Gesicht. Sie schmeckte ihr Blut und musste mit zusammengebissenen Zähnen die Schändung erdulden. Schnaufend ließ er von ihr ab, zog sich die Hose wieder hoch, band ihre Hände an einen Zeltpfahl und verließ das Zelt.

5. Kapitel

Schande und Sünde

Osmanisches Marschlager im Burgenland, am 10. Juli 1683

eschändet, gedemütigt, benutzt und beschmutzt saß Swetlana gefesselt in dem Zelt. Der Mann hatte sich auf ihrem nackten Bauch ergossen und sie konnte es sich nicht wegwischen, da ihre Hände vor ihrem Kopf gefesselt waren und die Schnur nicht so lang war. Die Tränen stiegen ihr in die Augen und sie wischte sich das Blut von der Lippe. Der Mann wollte offensichtlich verhindern, dass sie schwanger wurde und das sprach dafür, dass noch ein langes Martyrium vor ihr lag. Diese Schande würde sich nie wieder von ihr abwaschen lassen. Sie hatte mit einem Heiden das Lager geteilt! Auch, wenn es nicht freiwillig gewesen war. Schluchzend und verzweifelt hockte sie in dem Zelt.

Es dauerte eine ganze Weile, bis sie sich wieder beruhigt hatte, dann sah sie sich in dem Zelt um, aber die Ausstattung war eher spärlich. Die Plane wurde zurückgeschlagen und der Mann sah in das Zelt. Er brachte ihr ein Stück Fleisch, dass er auf die Spitze seines Messers gespießt hatte. Sicher war es ein Teil des Pferdes. Swetlana hätte im Moment alles gegessen, so sehr knurrte sie ihr Magen an. Mit den Zähnen zog sie sich das dampfende Fleisch von der Messerspitze. Es war sehr heiß und sie verbrannte sich fast die Zunge dabei, aber sie wollte das kostbare Essen nicht wieder hergeben. Wenn sie nicht sowieso schon weinen würde, so wären spätestens jetzt die Tränen des Schmerzes aus ihr herausgeschossen. Offensichtlich sah er ihren Kampf mit dem heißen Fleischbrocken, daher ging er nach draußen und kam mit einem Trinkschlauch zurück. Swetlana trank gierig. Es war ein leichter Wein, den der Mann sicher irgendwo erbeutet hatte.

Sie nickte ihm dankbar zu und zeigte auf seine Spuren auf ihrem Körper. Der Mann verschwand und wenig später erschien eine alte Frau mit einem Eimer und einem Kleid. Die Alte machte Swetlana los und diese streifte das zerrissene Kleid von den Schultern. Swetlana wusch sich kniend in dem Eimer die Zeichen der Vergewaltigung von ihrem Körper. Mit einer selbstverständlichen Bewegung griff sie nach ihrem Zopf, um die Haare ebenfalls zu waschen, doch ihre Hand fasste ins Leere. Erst jetzt dachte sie wieder an den abgeschnittenen Zopf. Ihre Finger glitten durch das kurze Haar. Wie das eines Mannes war es nun. Sie schluckte ihre Tränen herunter und zog das neue Kleid an. Ein Unterkleid gab es nicht, aber es passte. Vermutlich war es einer anderen Frau geraubt worden, die es nun nicht mehr brauchen würde.

Ihre Finger strichen über den Stoff. Eigentlich war es ein sehr kostbares Kleid mit reicher Stickerei. Der Frau eines Kaufmannes würdig und sie fuhr mit der Hand über die kostbare Borte am Saum. Die ganze Zeit hatte die alte Frau keinen Blick von ihr gelassen und nun, da sie mit dem Waschen fertig war, fesselte sie Swetlanas Hände und auch die Füße. Danach schob sie Swetlana in eine Ecke des Zeltes, wo diese sich setzten sollte, und dann zog sie ihr noch die Schuhe von den Füßen.

Anschließend verschwand sie mit dem Eimer und den Resten von Swetlanas zerrissener Kleidung. Mit der Zeit wurde es draußen immer dunkler. Der Schein des Feuers drang durch die Zeltplane und gab ihr etwas Licht. Swetlana hörte draußen die Männer grölen und singen. Die waren sicher nur ein paar Schritte von ihr entfernt und sprachen anscheinend dem, für sie ungewohnten, Wein gut zu. Sie erkannte, dass die Fesseln sie im Moment sogar schützten. Wenn sie aus dem Zelt gegangen wäre, dann wären die enthemmten Männer sicher über sie hergefallen. Was würde aber werden, wenn der Mann betrunken zu ihr zurückkam? Sie verrichtete ein stummes Gebet und sah sich wieder um. Gab es denn hier so gar nichts, das ihr helfen konnte. Wenn der Mann sie töten würde, so wäre sie wieder mit ihrer Familie vereint, aber wenn sie es selbst tat, so würde sie für ewig in der Hölle schmoren müssen.

Ihre Gedanken begannen Kreise zu ziehen. Ein Ausweg musste her! Was konnte sie tun? Sollte sie den Mann so reizen, dass er sie töten würde? Ein Zweifel blieb zurück, dass das funktionieren konnte. Eigentlich wollte sie leben, aber wenn man es genau nahm, dann war sie schon mehr tot als lebendig. Nach der Schändung würde sie jeder steinigen können. Sie war eine Dirne geworden! Eine, die es mit Heiden trieb. Der Tod war ihr sicher und warum ihn dann hinauszögern?

Erneut lauschte sie nach draußen und zuckte zurück, als der Mann in das Zelt torkelte und neben ihr auf sein Lager fiel. Er hatte seinen Dolch im Gürtel stecken und der silberne Griff schien ständig zu rufen „Nimm mich!" Dieser war auch noch in der Nähe ihrer gefesselten Hände, doch was würde es nutzen? Direkt vor dem Zelt grölten immer noch die anderen Männer. Selbst wenn sie das Zelt verlassen hätte, so würde sie nicht weit kommen. Sollte sie sich in die Klinge stürzen? Aber das wäre doch Sünde!

Vorsichtig zog sie die Waffe aus der Scheide heraus und schaute auf die schmale Klinge. Diese begann eine Art von Eigenleben zu führen. Immer wieder zuckte die Spitze wie von selbst in Richtung ihres Halses. Wie lange konnte ihr Martyrium dauern? Tage? Wochen? Vielleicht Monate, bevor der Mann ihrer überdrüssig werden würde? Eine kleine Zeit gegenüber den ewigen Qualen in der Hölle, wenn sie ihrem Leben selbst ein Ende setzte. Zumindest war es absehbar. Hier nur ein paar Tage Quälerei und dann ewige Erlösung im Himmelreich. Vorsichtig schob sie den

Dolch zurück und bat Gott, ihr die Stärke zu geben, um ihr Los zu ertragen.

Sie legte sich zur Seite und versuchte zu schlafen. Immer noch war draußen Krawall und hier schnarchte der Mann auf seiner Decke. Schließlich fielen ihr die Augen zu und sie schlief bis zum Morgen traumlos durch. Der Mann weckte sie, als er aufstand und dabei gegen ihr Bein stieß. Ob er das absichtlich gemacht hatte, konnte sie nicht sagen. Swetlana setzte sich auf und sah ihn an. Er nickte ihr zu, durchtrennte die Fußfessel und zog sie auf die Beine. Dann zeigte er auf sein Lager und sie verstand nicht, was er meinte. Wollte er sich wieder an ihr vergehen? Doch er zeigte auf die Decke und dann verstand sie, dass sie das Lager aufräumen sollte. Sie zeigte ihre gefesselten Hände, doch er schüttelte den Kopf und verließ das Zelt. Swetlana kniete sich vor das Bett und räumte auf. Viel gab es da nicht zu räumen.

Dann kam der Mann mit etwas Brot und dem Trinkschlauch zurück. Sie griff zuerst zum Brot und schob es sich mit beiden Händen gleichzeitig in den Mund. Dabei verschluckte sie sich und griff zum Trinkschlauch. Es war wieder Wein darin. Hastig trank sie und dabei lief ihr der Wein aus dem Mundwinkel und floss auf das Kleid. Eine Ohrfeige von ihm war der Lohn für ihre Unvorsichtigkeit.

6. Kapitel

Erinnerungen in blauem Dunst

Dresden, am 11. Juli 1683

Kurt saß am Tisch in der Schänke, wie er es jeden Sonntag, nach dem Gottesdienst, machte. Es war eine Art von Ritual für ihn geworden. Nur an diesem Tage war er nicht in der Kaserne. Er war, trotz dass er erst sechsundzwanzig Jahre alt war, schon Offizier in einer der acht Kompanien des kursächsischen Leibregimentes zu Fuß. Die Tatsache, dass er den Kurfürsten persönlich kannte, hatte dabei aber nur wenig zu seinem schnellen Aufstieg beigetragen, doch es hatte ganz sicher auch nicht geschadet. Dieses Regiment war das Beste der ganzen sächsischen Armee, die erst vor ein paar Jahren als stehendes Heer aufgestellt worden war. Jeder wollte dort dienen und er war mit seinen Männern ganz zufrieden.

Genüsslich zog er an seiner Pfeife und schaute dem blauen Rauch nach, der durch die Kerzenflamme nach oben gezogen wurde. Es war zwar noch heller Tag und alle Fenster waren offen, aber diese Kerze musste sein. Er hatte sie sogar selbst mitgebracht und, wie immer, umständlich entzündet. Auch das war ein Ritual für ihn und er gedachte damit an seine Frau und die Tochter, die vor ein paar Jahren an der Ruhr gestorben waren. Seit dieser Zeit hatte er sich nur noch in den Dienst gestürzt und wenn er Zeit hatte, so wie an jedem Sonntag, dann saß er hier, schaute auf das Bild in dem Medaillon und rauchte sein Pfeifchen. Warum er gerade diese Schänke immer wieder auswählte, das wusste er nicht. Es gab ja drei auf dem Weg von der Kirche zu seiner Wohnung.

Als Graf hätte er sich durchaus auch ein kleines Schloss hier in Dresden leisten können, aber er sah den Nutzen nicht wirklich ein. Für sich und seinen Leibdiener Johann reichte die Wohnung völlig aus. Er winkte den Wirt zu sich und ließ sich ein Bier bringen, das auch kurze Zeit später vor ihm stand. Gerade als er es ansetzte, öffnete sich die Tür und einer seiner Offizierskameraden betrat die Schänke. Der Mann sah sich um, als ob er jemanden suchte und kam dann an seinen Tisch. „Ich war gerade beim Kurfürsten", begann er. „Am Sonntag?", unterbrach Kurt ihn und zog die Augenbrauen hoch. Der andere Mann nickte und setzte, nun etwas leiser, fort „Schon am 4. Juli standen die Osmanen an der österreichischen Grenze. Heute kam die Depesche, dass sie mit einem riesigen Heer über diese Grenze gekommen sind!" „Die wollen sicher nach Wien!", setzte Kurt ein. Beide Männer nickten sich wissend zu.

Das hatten die Osmanen ja schon mal versucht. 1529 war das gewesen, keine 160 Jahre war es her und damals waren sie gescheitert. Nun starteten sie offensichtlich einen neuen Versuch. „Sicherlich leistet der Kurfürst dem Kaiser seinen Beistand, so wie er es versprochen hat", erklärte Kurt. Wieder nickten beide, denn sie wussten, was dies bedeuten würde. „Da werde ich mal meine Pistolen von Johann putzen lassen", sagte Kurt und rief den Wirt. Schnell bezahlte er, löschte die Kerze und verwahrte diese in seiner Tasche.

Beide Offiziere brachen gleichzeitig auf. Noch hatte der Kurfürst nicht gesagt, dass er dieses Regiment entsenden würde, aber es war so gut wie sicher, dass er es tun würde und dass dies bald geschah. Sicherlich hatte der Kaiser noch nicht um die Hilfe gebeten, aber auch das würde sicher schon bald folgen und es war wichtig, vorbereitet zu sein für diesen Moment. Vor der Schänke trennten sich ihre Wege. Wenig später traf Kurt in seiner Wohnung

ein, wo ihn Johann schon begrüßte „So früh zurück, Herr Graf?",
fragte der Diener mit einer Verbeugung und nahm seinem Herren
den Mantel ab. „Ja. Es scheint wieder Krieg zu geben", sagte Kurt,
so, als ob er über den Regen reden würde. „Dann werde ich gleich
die Pistolen laden", erwiderte Johann, doch Kurt hielt ihn auf.
„Reinigen ja, aber das Laden hat noch ein paar Tage Zeit." „Sehr
wohl, Herr Graf", sagte Johann und verschwand mit dem Mantel.

Nun stand er alleine im Flur seiner Wohnung. Er hatte sie bezogen, nachdem seine Frau und seine Tochter damals gestorben
waren. Nichts sollte ihn wieder an den Kummer erinnern und doch
stand er nun genau vor dem Bild an der Wand, das die Beiden
zeigte. Liebevoll strich er mit den Fingern über den Bilderrahmen
und ging danach in sein Wohnzimmer hinüber. Aber selbst hier
konnte er sie durch die offene Tür sehen.

Der Mann stützte seinen Kopf in die Hand und dachte daran,
was er seinen Männern wohl am nächsten Tag sagen würde. Sollte
er überhaupt etwas sagen? Vielleicht den Unteroffizieren, damit
sie schon mal vorsorglich ihre Familien informieren konnten. Die
Soldaten waren ja alle ledig. Nur die Familien der Unteroffiziere
konnten die Truppe begleiten, wenn sie dies wollten. Aber wer
wollte schon freiwillig in einen Krieg ziehen? Er vielleicht, denn
er hatte ja nichts mehr zu verlieren.

Nur gewinnen konnte er. Entweder er tat sich durch seinen Mut
hervor und wurde dafür befördert oder er fand dadurch den Tod
und wäre damit wieder mit Frau und Kind vereint.

„Ach Sofie", seufzte er nur und blickte weiter zu dem Bild.
Nur ein paar Jahre hatte die Ehe gehalten. Diese verdammte
Krankheit hatte ihm alles geraubt, was für ihn wichtig gewesen

war. Johann trat in die Tür, verbeugte sich und sagte „Herr Graf, die Pistolen und das Schwert sind bereit. Und ihr Abendessen ist auch für sie vorbereitet." Der Graf nickte und setzte sich an den großen Tisch hinüber. Das war das Zeichen für den Diener die Speisen aufzutragen.

Es gab ein einfaches Mahl. Genau richtig für einen Soldaten. Früher hatte er noch ausgelassene Feste gefeiert. Wie lange schien das schon her zu sein? Unendlich lang! Nur die zwei Jahre seiner Ehe hatte er so gelebt, danach eher spartanisch. Nur das unbedingt nötige wurde gegessen, gekauft, getan. Das führte natürlich dazu, dass er seinen Sold und die Gelder seines Gutes nicht brauchte.

Eigentlich wusste er selbst nicht, wie viel Geld er schon hatte und es interessierte ihn auch nicht wirklich. Was brauchte er schon? Nur sein Pfeifchen. Das fiel ihm wieder ein. „Johann", rief er und der Diener erschien. „Besorge mir genug Tabak, damit er für einen längeren Feldzug reicht", sagte er und der Diener verbeugte sich. Er würde am nächsten Morgen den Wunsch seines Herrn erfüllen.

7. Kapitel

Beute des Krieges

Die Männer waren davon geritten und die alte Frau kam zurück in das Zelt. Mit ein paar Handzeichen zeigte sie an, dass das Zelt nun abgebaut werden sollte. Swetlana fragte sich in Gedanken, warum sie wohl das Lager machen musste, wenn doch das Zelt sowieso abgebaut wurde. Vermutlich wollte der Mann damit erreichen, dass sie alles machen würde, was er sagte oder zeigte, ohne Fragen zu stellen. Sie zuckte nur mit den Schultern und trat aus dem Zelt heraus. Außer ihr waren noch drei alte Frauen damit beschäftigt, etwa zwanzig Zelte abzubauen und auf zwei Wagen zu verladen. Die Arbeit ging den Frauen flott von der Hand, offensichtlich war es ihre tägliche Beschäftigung.

Swetlana schaute bei einem Zelt zu und begann dann eines der anderen abzubauen. Es ging nicht ganz so schnell, wie bei den anderen Frauen, aber schon bald wusste sie, an welcher Schnur sie zuerst ziehen musste. Auf dem Karren lag auch schon Verpflegung in Säcken und irgendetwas in Fässern darauf. Vor jedem Karren war ein Ochse angespannt und nachdem sie alles verladen hatten, begannen die anderen beiden Frauen mit dem ersten Karren loszuziehen und Swetlana trat zu dem zweiten Ochsen.

Sie versuchte alles, um das Tier dazu zu bewegen, dass es loslief, aber der Ochse verstand sie einfach nicht. Schließlich begann sie auf Ungarisch zu fluchen, wie sie es immer tat, wenn sie über etwas erzürnt war. Sie dachte, dann würde sie Gott nicht verstehen. Aber der Ochse sah sie auf einmal überrascht an. Also probierte

Swetlana es auf Ungarisch und das Tier gehorchte sofort. Auch die ältere Frau, die mit ihr bei dem Wagen lief, hatte zu ihr gesehen. Sie hatte wohl gewartet, wie sich Swetlana anstellen würde und war nun auch überrascht, dass sie Ungarisch sprach. Sie trat zu ihr und sagte „Ich bin Ursula. Du kannst Ungarisch?" Swetlana nickte und sagte „Meine Familie stammt von dort. Ich bin Swetlana." Die beiden Frauen gaben sich die Hand und Ursula fesselte Swetlana an den Karren. „Warum tust du das?", fragte Swetlana überrascht nach, denn die ganze Zeit hatte sie sich frei bewegen können. „Du bist die Kriegsbeute von Taras. Wenn du fliehen solltest, so wird er mich sicher töten." „Wäre der Tod den so schlimm?", fragte Swetlana und zeigte auf den Dolch an Ursulas Seite. „Töte mich doch! Du kannst doch sagen, dass ich versucht habe, zu fliehen. Ich will keine Beute von irgendjemanden sein!", bettelte Swetlana, doch Ursula schüttelte nur den Kopf.

„Dein Tod wäre auch der meinige!", sagte sie mürrisch und wechselte auf die andere Seite, damit Swetlana nicht auf der Seite ihres Dolches lief. Die Schnur war genau so lang, dass sie neben dem Ochsen hergehen konnte. Nicht eine Handbreit länger. So hätte sie die Waffe nicht erreichen können, selbst wenn sie es gewollte hätte. Doch es wäre Sünde gewesen, sich selbst zu töten.

Aus Sicht der protestantischen Frauen war das wohl nicht so schlimm. Swetlana hatte schon gehört, dass es für sie keine Hölle gab, aber konnte das stimmen? Hatten sie nicht alle den gleichen Gott? Sie fasste den Ochsen beim Horn und zog ihn zurück in die Mitte des Weges, von dem das Tier gerade durch ihre Unvorsichtigkeit abgekommen war. Die Tiere gingen nun gemütlich hintereinander her und schlossen sich dann einem Zug von Wagen an, der scheinbar unübersehbar lang war. Der von den Hufen aufgewirbelte Staub in der Sommerhitze war so fein, dass selbst ein vor

den Mund gebundenes Tuch ihn nicht abhalten konnte. Es knirsch-
te zwischen den Zähnen und Swetlana musste fast ständig husten.

So konnten sie sich auch nur schwer unterhalten, aber Ursula
war den Staub offensichtlich schon gewohnt, deshalb begann sie
mit einem Monolog über die Männer, deren Zelte sie gerade trans-
portierten. Dabei ließ sie sich durch Swetlana nicht stören und diese hörte, zwischen den Hustenattacken, aufmerksam zu. „Die
Männer sind Tataren. Sie kommen von der Krim. Dein Herr, er
heißt Taras, ist einer der Stammesführer. Er ist sehr wohlhabend,
zumindest für einen Tataren. Er besitzt viele Pferde in seiner Heimat und von der Beute, die er hier macht, nimmt er sich alles mit
nach Hause." Dabei zeigte sie auf eine große Kiste, die mit auf
dem Wagen stand.

Swetlana zuckte zusammen und dachte daran, dass sie ja auch
seine Beute war. Würde er sie mit in seine Heimat nehmen, wenn
dieser Krieg hier vorbei war? Weit weg, von all dem, was sie
kannte und liebte! Irgendwohin in der Steppe. An einen Ochsenkarren gebunden. War das ihr weiteres Leben, bis Gott sie irgendwann zu sich rufen würde? Sie sah Ursula an. Die Frau war sicher
mehr als fünfzig Jahre alt. Blieben damit bei ihr noch über dreißig
Jahre der Gefangenschaft? Es war schier zum Verzweifeln und
wenn der Ochse sie nicht gezogen hätte, sie wäre auf der Straße
zusammen gebrochen. Doch so lang war der Strick nicht!

Zumindest wusste sie nun, dass ihr Peiniger Taras hieß. Auch,
wenn ihr das nichts nutzen würde. Aber sie konnte sich wenigstens
mit Ursula unterhalten und war damit nicht mehr ganz so alleine,
wie sie es noch beim Aufwachen am Morgen gewesen war. Ohne
Rast ging es den ganzen Tag so weiter. Ihre Füße schmerzten, da

Ursula ihr ja die Schuhe abgenommen und auch nicht wieder zurückgegeben hatte. Barfuß schleppte sie sich vorwärts.

Schließlich erreichten sie den neuen Lagerplatz gegen Abend und mussten noch schnell die Zelte aufbauen, bevor die Männer von ihren ausgedehnten Streifzügen wieder zu ihnen zurückkommen würden. Auch die Verpflegung musste dann schon vorbereitet sein. Im Gegensatz zum Abbau wurde der Aufbau der Zelte immer von zwei Frauen übernommen. Nur so ging es einigermaßen zügig vorwärts. Die ungeübten Handgriffe waren dabei bei Swetlana noch etwas unbeholfen, zumindest beim ersten Zelt. Dann standen endlich die zwanzig Zelte inmitten von hunderten anderen.

Wie die Männer diese in dem Zeltgewirr finden konnten, war Swetlana noch unklar, daher fragte sie Ursula und diese zeigte zu einer Fahne auf dem Wagen, die darauf noch eingerollt lag. „Die stellen wir dann am größten Zelt, an dem von Taras, auf und alle wissen, wohin sie müssen. Das wird dann ab heute deine Aufgabe sein", sagte die alte Frau. Swetlana nickte und nahm die lange Stange von dem Karren. Vorsichtig wickelte sie die Fahne auf. Ein grünes Tuch mit ein paar Symbolen und einem sichelförmigen Mond erschien.

Sorgsam stellte sie die Fahne auf. Dann sah sie nach oben. Hatte sie damit nicht auch Taras symbolisiert „Hier bin ich?"

8. Kapitel

Unterwegs

Im Burgenland, am 12. Juli 1683

Seit zwei Tagen war sie nun schon zu Fuß unterwegs oder besser: seit zwei Nächten, da sie sich nur noch in der Nacht vorwärts bewegte. Am Tag lag sie am Boden und versuchte sich nicht finden zu lassen. Am ersten Tag hatte sie überlegt, wohin sie sich wenden sollte, dabei war ihr nur Wien eingefallen. Dorthin hatte sie der Vater im letzten Herbst mitgenommen. Es waren drei Tagesmärsche gewesen und das Kleid, das sie gerade trug, stammte auch aus der großen Stadt. Vielleicht war das ja ein Zeichen gewesen. Damals hatten sie ein paar Schweine auf den Markt getrieben und einen guten Preis dafür erzielt. Sicherlich waren es noch zwei Nächte, da sie im Dunkeln, abseits der Straße, nicht so schnell laufen konnte. Der Hunger begann nun auch ihren Magen durcheinander zu bringen. Nirgendwo war noch etwas zu essen zu finden. Die fremden Krieger hatten sicherlich absichtlich gewartet, bis die Ernte vom Feld war und damit konnte Arika nur noch die Rinde von ein paar einzelnen Bäumen essen, die sie mit Fingernägeln und Zähnen von den Stämmen gezogen hatte.

Arika saß in einem Erdloch, mit dem Rücken an der Wand, und lauschte nach draußen. Immer wieder zogen Reiter an ihr vorbei. Nicht mal fünfhundert Schritte trennten diese Grube von der Marschstraße. Sie hoffte inständig, dass nicht irgendjemand hier herüberkam, um in die Grube zu sehen, dann wäre es um sie geschehen.

Mit den Wolken über sich dachte sie wieder zurück an früher. Ihre und Swetlanas Familie stammten aus Ungarn und waren vor zehn Jahren hierher geflohen. Vor ein paar Jahren hatte es dann in Ungarn einen Aufstand der protestantischen Adligen gegeben und daraufhin waren noch ein paar ihrer Verwandten, die, wie Arika, katholisch getauft waren, in ihr Dorf gekommen. Es hatte nicht weit von der Grenze gelegen und war damit den Osmanen auch bereits in den ersten Tagen des Überfalles in die Hände gefallen.

Noch vor ein paar Tagen hatte die junge Frau auf dem Feld gestanden und nun hatten sich die fremden Krieger, ganz ohne Mühe, an ihrer Ernte bedienen können. Sie ballte ihre Fäuste bei dem Gedanken an diesen heimtückischen Überfall, aber was hätten sie tun können? Fliehen? Vielleicht wäre das eine Option gewesen, doch es hatte sie ja keiner gewarnt. Die habsburgischen Reiter hatten ihr Dorf nur durchritten und ein paar von ihnen hatten, vermutlich um Zeit zu gewinnen, versucht die Osmanen vor den Hütten aufzuhalten. Doch konnte man eine Flut stoppen?

Mann an Mann, Pferd an Pferd, Wagen an Wagen, zogen die Osmanen seit Tagen an ihr vorbei. Es mussten zehntausende von Kämpfern sein. Die Richtung war auch klar: Sie wollten ebenfalls nach Wien. Der Vater hatte ihr erzählt, dass sie es vor mehr als hundert Jahren schon einmal versucht hatten, aber unverrichteter Dinge wieder abziehen mussten. Diesmal wollten sie anscheinend diese Schmach wieder bereinigen. Blieb nur zu hoffen, dass Arika noch in die Stadt gelangen konnte, bevor die Osmanen die Stadt erreicht hatten. Von dort aus konnte sie sicher ein Schiff die Donau entlang in Sicherheit bringen. Noch wusste sie zwar nicht, wie sie das Schiff bezahlen konnte, aber sie konnte arbeiten und vielleicht brauchte jemand in Wien ihre Hilfe.

Aber zuerst musste sie unbeschadet den Schutz der Mauern erreichen. Die Sonne brannte unbarmherzig auf sie herunter und sie konnte diese Grube nicht verlassen. Die Ebene rund herum war so flach, dass sie selbst kriechend sofort gesehen worden wäre. Der Durst wurde übermächtig und sie sehnte die erlösende Dunkelheit der Nacht herbei, dann würde sie auch wieder an einem Bach ihren Durst stillen können. Arika schloss die Augen und döste in der Hitze vor sich hin.

Ein Geräusch riss sie wenig später wieder aus dem Schlummer. Es klang wie ein Streit zwischen Männern. Vorsichtig schob sie sich an den Rand und schaute über die Kante. Ein Wagen war nicht weit von ihr entfernt umgestürzt und drei Männer versuchten ihn wieder aufzurichten. Sie hörte sogar ungarische Laute und konnte Satzfetzen verstehen. Anscheinend waren auch ungarische Kämpfer im Heer der Osmanen. Langsam ließ sie sich wieder in die Grube rutschen. Offensichtlich dienten Soldaten aus vielen Ländern in diesem gewaltigen Heer, das sich wie ein Wurm ohne Unterbrechung durch das Land zog.

Wer würde diese Männer aufhalten können? Konnte es die Festung Wien? Wenn nicht, so würde sie immer weiter fliehen müssen.

Sie drückte sich mit dem Rücken gegen die Wand der Grube, als wolle sie mit der Erde verschmelzen. Hier war die junge Frau nicht sicher. Überall im Osmanischen Reich war sie in Gefahr. Vielleicht nur eingebildet, aber nach der Gewalt, die diese Kämpfer gegen ihr Dorf ausgeführt hatten, war es einfach zu gefährlich. Sie war ja katholisch und wollte von diesen Heiden nicht wegen ihres Glaubens getötet werden. Abschwören wollte sie jedenfalls auch nicht. Angestrengt lauschte sie nach draußen. Der Streit wurde schließlich wieder leiser.

Nach unendlichen Zeiten begann die Dunkelheit hereinzubrechen und Arika kroch vorsichtig aus der Grube. Noch war am Horizont ein heller Streifen, gegen den sie sich abhob, aber zuerst musste sie zum nächsten Bach kommen. Der Durst war immer schlimmer geworden und für ein paar Schluck Wasser riskierte sie es nun, schon viel zu früh aufzubrechen. Nach etwa tausend Schritten hatte sie das kleine Gewässer erreicht und kniete sich dort hin. Mit einem Dankgebet tauchte sie ihre Hände in das Wasser und trank gierig. Danach wusch sie sich und brach wieder auf.

Sie folgte der Straße, indem sie über das abgeerntete Feld lief. Der Mond war groß am Himmel zu sehen, wodurch er ihren Weg gut beleuchtete. Die Kämpfer machten sicher irgendwo Rast und bei Sonnenaufgang würden sie wieder auf der Straße entlang ziehen. Aber auch in der Nacht wagte es Arika nicht, auf dem Weg zu gehen. Zwar würde sie dort schneller vorwärtskommen, aber wenn ein Melder dort entlang reiten würde, so würde er sie sicherlich über den Haufen reiten.

Als der Mond vor ihr versank, fand sie noch einmal einen kleinen Bach. Sie erfrischte sich und trank ausgiebig, schließlich würde sie danach nicht mehr dazu kommen können. Danach begann sie sich nach einem Versteck umzusehen. In der Morgendämmerung fand sie wieder eine kleine Senke, die aber so flach war, dass sie darin nur liegend über den Tag kommen würde. Nachdem sie sich dort einen relativ bequemen Platz gesucht und gefunden hatte, setzte der Heerzug neben ihr wieder ein. „Noch eine Nacht!", sagte sie sich, sprach noch ein Gebet und schloss die Augen. Vor lauter Erschöpfung schlief sie sofort fest ein.

9. Kapitel

Das Los der Soldaten

Dresden, am 13. Juli 1683

Er stand am Rande des großen Platzes und sah zu seinen Männern hinüber. Kurt hatte den Unteroffizieren bereits am Tage zuvor mitgeteilt, dass es wohl bald Krieg geben würde, aber sie sollten den Soldaten gegenüber noch Stillschweigen bewahren. Noch war es ja nicht so weit, aber es war abzusehen, dass es nicht mehr lange dauern konnte. Erst vor ein paar Wochen hatte der Kurfürst in den Vertrag zur Verteidigung eingewilligt und nun würde es darauf ankommen, dass er Wort hielt. Damals war auch Kurt bei der Abordnung gewesen, die den Vertrag unterzeichnet hatte oder zumindest den Kurfürsten begleitet hatte. Es war schon ziemlich komisch, dass Sachsen, als einziges evangelisches Land, einem Vertrag beigetreten war, den sonst nur katholische Länder angehörten. Bayern, Polen, Österreich. Allerdings war es eben gut, wenn man Verbündete hatte.

Die alten religiösen Streitigkeiten waren schon lange beigelegt und vom letzten großen Krieg, vom Dreißigjährigen, hatte Sachsen nicht wirklich viel abbekommen. Mehr Menschen waren damals durch die daraus hervorgegangenen Seuchen und Hungersnöte gestorben, als durch den Krieg an sich. Doch der Kurfürst hatte aus diesem Krieg vor ein paar Jahren einen Entschluss gefasst: er wollte keine Söldner anwerben müssen, falls es zu einem Krieg kam, sondern er wollte immer eine Armee unter Waffen haben.

Und mit viel Geld hatte es der Kurfürst geschafft. Zwar erst im letzten Jahr, aber eben immer noch rechtzeitig. Sonst hätte er nun seine Werber losschicken müssen, die in jedem Dorf und jeder Stadt nach geeigneten Männer suchen würden, so wie es andere Länder immer noch machten. Damit wusste Kurt jetzt schon, wen er in den Kampf führen würde. „Seine Männer!" Er kannte jeden einzelnen von ihnen. Sie waren eine der acht Kompanien des Regimentes. Nach seiner Meinung das beste Regiment der ganzen Armee, aber das dachte sicher jeder Offizier über seine Einheit.

Er sah zu, wie seine Unteroffiziere die Männer über den Platz führten. Die Geschlossenheit der Einheit war im Kampf das Wichtigste. Noch hatten sie keinen Kampf erlebt, aber wenn sie erst mal im Pulverdampf standen und einer den anderen nicht mehr sehen konnte, dann musste er sich darauf verlassen können, dass die Truppe zusammenblieb. Vorn die Fahne, er an der Seite und die Unteroffiziere hinter den Männern. Sein Blick ging über die roten Röcke seiner Männer, die im durcheinander der Schlacht sicherlich gut zu sehen sein würden. Mit den geschulterten Luntenschlossmusketen und der dazugehörigen Gewehrgabel bewegten sich die Männer im gleichen Schritt und Tritt über den staubigen Platz.

Nach dem Üben der Formation wurde nun auch das Schießen geübt. Eine alte Karre wurde in etwa fünfzig Schritten Entfernung aufgestellt und die Soldaten versuchten diese so schnell wie sie nur konnten zu treffen. Dann wurde das Feuern als Einheit auf Kommando geübt. Nach ein paar Augenblicken hing eine dunkle, stinkende Wolke von Pulverdampf über dem Platz. Das Ziel war absichtlich so groß gewählt, dass man kaum daran vorbei schießen konnte, doch die Treffsicherheit der alten Musketen war nicht sonderlich gut.

Trotzdem war das Salvenfeuer der Musketen auf diese Entfernung verheerend. Stück für Stück löste sich das Holz des alten

Wagens auf. Immer mehr Teile splitterten ab. Es wurde geübt, bis ein jeder Schütze sechs bis zehn Schuss in schneller Folge abfeuern konnte. Die Pulverladungen dafür waren in einem Banderolier quer über der Brust angehangen. In kleinen hölzernen Behältern war immer genau die Menge an Pulver enthalten, die für einen Schuss benötigt wurde. Daran hatte sich seit einem halben Jahrhundert nichts mehr geändert. Was sich aber geändert hatte war, dass es die früher üblichen Spießträger zum Schutz vor der feindlichen Kavallerie nicht mehr gab. Es musste mit der Muskete oder dem kurzen Schwert gekämpft werden. Wenn es regnete, dann war auf beiden Seiten keine Kampfhandlung mehr möglich. Die Lunten würden dann zu nass werden und die Soldaten eventuell im Matsch ausrutschen.

Als nun das letzte Pulver verschossen war, ließ Kurt die Kompanie antreten und dann marschierten alle auf den anderen Platz, um den Rest des Wagens für die nächste Kompanie zum Beschuss freizugeben. Nun würden sie noch den Kampf mit dem Schwert gegen ein paar Strohpuppen üben. Die Unteroffiziere ließen die Musketen ablegen und die Männer kämpften nun weiter mit dem kurzen Schwert, welches sie als Notwaffe immer bei sich hatten. Wenig später traf Johann bei ihm ein und brachte ihm die Pistolen. Es waren zwei, mit Messingverzierungen beschlagene, Radschlosspistolen, die sein Großvater schon im Kampf geführt hatte. Sie waren besser als die Musketen, da sie geladen getragen werden konnten.

Kurt suchte sich einen Baum als Ziel und schoss auf zwanzig Schritt darauf. Johann lud die Pistolen immer wieder hinter ihm neu. Nach ein paar Kugeln zur Probe saß jeder Schuss. Einige andere Offiziere traten zu ihm und es begann ein Wettkampf, wer wohl die meisten Treffer erzielen würde. Da sich Kurt schon eingeschossen hatte, ließ er den anderen noch ein paar Kugeln zur

Probe, dann begannen sie und bemerkten gar nicht, dass die Soldaten ihnen heimlich zusahen. Schließlich kamen die Männer zu ihnen herüber und quittieren jeden Treffer mit einem Jubel. Natürlich hatte Kurt die meisten Treffer erzielt.

Da es nun schon auf den Abend zuging, ließ er die Männer abmarschieren. In der Unterkunft würde schon eine warme Suppe und frisch gebackenes Brot auf die Männer warten. Sicherlich war auch die gute Versorgung ein Grund für die Männer, sich zur Armee zu melden. Doch schon bald würden sie sich bewähren müssen. Daher gab er den Unteroffizieren mit, am Abend den Männern einen zusätzlichen Krug Bier auf seine Rechnung zu geben.

Die Offiziere trafen sich am Abend in der Schänke zu ihrer Tabakrunde. Es wurde gescherzt, geraucht und getrunken. Aber bei ihnen gab es diesmal Wein und kein Bier. Alle schauten den blauen Schwaden nach, die von den langen Pfeifen zur Decke der Schänke aufstiegen. So wie der Pulverdampf am Tag, so war es der Tabakrauch am Abend und jeder dachte dabei daran, dass der folgende Kampf für sie alle eine Feuertaufe werden würde.

Für den Kurfürsten würde es dann auch noch der Beweis dafür sein, das Soldaten besser als Söldner waren. Ein jeder der Männer an diesem Tisch war sich dieser Verantwortung bewusst. Sie würden im Kampf ganz vorn stehen müssen.

10. Kapitel

An der Donau entlang

Wien, am 14. Juli 1683

Endlich konnte Arika in den ersten Sonnenstrahlen die Häuser von Wien erkennen. Doch sie sah auch die Reiter der Osmanen, die gerade auf die Ebene vor der Stadt hinausströmten. Es waren so unheimlich viele Männer, welche die Stadt im Westen umgehen wollten. Nur im Osten, wo die Donau einen Bogen machte, da waren offensichtlich noch keine. Schnell lief Arika zum Fluss hinüber und folgte seinem Ufer bis zur Stadt. Der Weg war beschwerlich und immer wieder musste sie sich abfangen, um nicht in den Fluss zu fallen, da sie direkt am Ufer lief. Von Zeit zu Zeit ging die Frau sogar durch das dichte Schilf.

Gegen Mittag, als die Sonne am höchsten hinter ihr stand, erreichte sie die ersten Häuser der Vorstadt. Hier herrschte ein vollkommenes Durcheinander. Jeder versuchte hinter die schützenden Stadtmauern zu kommen. Wenn die Osmanen es geschafft hätten, hinter den Menschen herzureiten, sie hätten die Stadt sicher im Sturm genommen, doch das Chaos war vermutlich selbst ihnen zu viel. Tausende von Menschen eilten mit ihrem Gepäck hinein, verteilten sich in der Stadt und suchten sich leerstehende Wohnungen im Inneren des Ringes aus Festungsmauern und Kanonenrohren.

Arika war einfach mittendrin und ließ sich mit dem Strom treiben. Sie merkte es gar nicht, als sie das Stadttor passierte und niemand kontrollierte diese Masse von Menschen.

Wo sollte sie hin? Die Donau fiel ihr wieder ein und das Schiff, das sie nehmen wollte. Doch wie sollte sie es bezahlen? Sie hatte nichts mehr, nur noch die Sachen, die sie auf dem Leib trug. Keinen Schmuck, kein Geld. Suchend sah sie sich um. Was tun? Dann sah sie die Spitze des Domes über den Menschen. Dort war sie mit dem Vater schon einmal gewesen und nun wollte sie dort zuerst für ihre Errettung ein Dankgebet sprechen. Vielleicht half ihr auch Gott mit einem Tipp.

Zielsicher ging sie auf die Spitze zu und hatte das Gebäude schon bald erreicht. Es war in dem Dom fast kein Sitzplatz mehr zu bekommen, denn offensichtlich hatten viele Menschen denselben Gedanken gehabt, zu Gott zu beten. An einem kleinen Seitenaltar fand sie einen Platz und brach nach dem Gebet auch sofort wieder auf. „Wohin nun?", fragte sie sich in Gedanken, als sie auf dem Vorplatz stand. Die Frau sah sich nach allen Seiten um. Irgendetwas zog sie nach Süden und damit eigentlich an das entgegengesetzte Ende der Stadt. Dort war nicht die Donau! Warum also dorthin? Schließlich ging sie einfach ohne einen Gedanken los.

Da sie keine Haube trug, war sie leicht unter der Unmenge von Menschen als Jungfrau zu erkennen und musste sich daher auch ein paar Anzüglichkeiten durch die Soldaten anhören, die überall in der Stadt, mehr nutzlos, herumstanden. Scheu duckte sie sich unter deren Blicken weg. Mit denen wollte sie nichts zu tun haben. Die Angst vor Soldaten steckte wohl zu tief. Die junge Frau lief durch die Gassen und sah nach allen Seiten. Dabei bat Arika um ein Zeichen, dass sie angekommen sein würde, doch es kam kein Zeichen.

Nach einer Weile ging es aber nicht mehr weiter. Sie stand vor der südlichen Stadtmauer und wusste immer noch nicht, wohin sie sich wenden sollte. Daher kehrte sie zurück zur Stadt und folgte dem gerade gegangenen Weg ein paar Schritte, als eine Kanonenkugel der Osmanen im Dach eines Hauses ganz in ihrer Nähe einschlug. Balken und Dachziegel stürzten vor ihr auf die Straße herab und verletzten ein paar der Menschen.

Arika erschreckte sich dabei so, dass sie stolperte und sich mit dem Hintern auf die Straße setzte. War dies das erwartete und erhoffte Zeichen gewesen? Sie wusste es nicht. Schnell rappelte sie sich hoch und versuchte einen Balken anzuheben, unter dem eine Frau eingeklemmt war. Sie mühte sich, konnte den Balken aber alleine nicht bewegen. „Helft mir!", rief sie ein paar Männern zu, die auch schnell mit anpackten. Gemeinsam befreiten sie die Frau, versorgten ihre Wunden und löschten danach das Feuer in dem Haus. Dann stand sie wieder dort auf der Straße und wischte sich mit der Hand den Schweiß von der Stirn. „Wohin nun?", war immer noch ihre Frage in Gedanken. Keine Antwort kam von oben, stattdessen kam ein älterer Mann auf sie zu.

„Ich bin Sebastian der Kaufmann", stellte er sich vor und setzte fort, „Ich habe dich gesehen, du bist kräftig. Möchtest du mir in meinem Geschäft helfen? Ich bezahle dich auch dafür!" Arika überlegte und er sagte weiter „Meine Magd und der Knecht sind mir fortgelaufen. Wenn du arbeiten kannst, bei mir gibt es gut zu tun!" Natürlich war sie kräftig. Trotz ihrer schlanken Figur hatte sie starke Arme, da sie dem Vater, der keinen Sohn hatte, bisher bei allen Arbeiten helfen musste. Aber was wollte dieser Kaufmann? Wobei konnte sie ihm wohl helfen?

Vermutlich erriet er ihre Zweifel, denn er setzte noch einmal fort, „Mein Geselle, der Nichtsnutz, ist geflohen. Ich brauche jemanden in meinem Geschäft. Alleine schaffe ich es nicht und mein Sohn spielt Soldat!" Arika überlegte kurz und nickte nur, schließlich brauchte sie ja Geld für die Flucht. Warum also nicht dafür arbeiten? Hatte sie Gott nicht um ein Zeichen gebeten? Hier war es! Der Mann sah sehr gütig aus und so stimmte sie ihm schließlich zu.

Der Kaufmann bat sie mit einer Handbewegung in sein Geschäft. Kurz zögerte sie und überlegte, ob sie ihm wohl folgen konnte, doch dann schüttelte sie alle Zweifel ab. Sie lief ihm schnell hinterher, da er schon ein paar Schritte Vorsprung hatte. „Ich muss dir das Haus noch zeigen, solange es darin noch hell ist. Dein Zimmer wird oben, unter dem Dach, sein", sagte er und schloss hinter Arika die Tür. Sie standen nebeneinander in einem großen Kontorraum, an den sich ein Lager mit Waren anschloss.

Zusammen gingen sie hindurch und dahinter befand sich links in einer Nische die Latrine. „Nimm dir für die Nacht einen Eimer mit hoch. Nicht, dass du dir im Dunklen auf der Stiege das Genick brichst", sagte der Mann und zeigte auf eine Leiter, die nach oben führte. „Und hier hinten sind meine vier Kühe", erklärte er weiter und öffnete eine Tür zum Stall, der sich mit im Haus befand. „Gibt es hier noch andere Mägde?", fragte sie, doch der Mann schüttelte den Kopf. „Nur wir zwei sind im Hause", erklärte er und für einen Augenblick zuckte Arika zurück. Alleine mit dem fremden Mann? Doch ein Blick in seine Augen und die Aussicht auf die Bezahlung beruhigten sie schließlich wieder. Sie war nur die Magd! Nichts sonst!

Arika betrat den Stall und strich der ersten Kuh über die Nase. „Du wirst dich um sie kümmern müssen. Kannst du das?", fragte er sie und Arika nickte. „In meinem Dorf hatten wir auch vier Kühe", antwortet sie und er hielt ihr die Stalltür auf. „Oben ist mein Zimmer und das Zimmer meines Sohnes. Ein weiteres Lager ist da auch", erklärte Sebastian, als sie die Stiege erreicht hatten.

Sie dachte noch an den Eimer und holte ihn, dabei sah sie eine nicht benutzte Küche und ihr Magen knurrte beim Anblick der Töpfe. „Hast du Hunger?", fragte Sebastian und schloss den Vorratsraum auf. Mit einem Brot und einer Wurst kam er zu ihr zurück. Er drückte ihr beides in die Hand und Arika biss sofort gierig hinein. Wenig später saß sie im Dachgeschoss auf ihrem neuen Bett. Überall im Hause waren die Fenster offen, da es draußen ziemlich warm war. Ein kühlender Luftzug ging durch das ganze Gebäude. Noch bevor es draußen richtig dunkel war, schlief sie schon in ihrem neuen Bett.

11. Kapitel

Zwei Männer oder eine Frau

Wien, am 14. Juli 1683

ie Glocken der Kirchen hatten ihn auf den Wall gerufen. Der Weg war ja für Hans nicht sehr lang gewesen. Nun stand er bei seiner Kanone und sah hinunter auf den bunten Haufen, der, gerade noch außerhalb der Reichweite der eigenen Kanonen, dort unten aufmarschierte. Von den Bastionen zeigten die Kanonenrohre drohend hinunter, aber keiner wollte eine Kugel sinnlos verschwenden. Sie würden das Pulver noch brauchen. Ihre kleine Kanone war im Moment noch vollkommen nutzlos. Eigentlich hätte er ja da auch zu Hause bleiben können. Die Hände in die Seite gestützt, lehnte er an dem schmalen Rohr und sah hinüber. Paul war neben ihn getreten und legte seine Hand über die Augen, um die Sonne abzuschirmen und besser sehen zu können. „Das ist ja eine ganze Menge", sagte er und auch Hans konnte tausende von Pferden und Männern erkennen.

Ein etwa fünfzigjähriger Mann stieg zu ihnen auf die Plattform und stellte sich neben Paul. „Da sind wir gerade noch rechtzeitig fertig geworden", sagte er und ging nach vorn zur Kante der Bastion. „Wer ist denn das?", fragte Hans und Paul antwortete leise, „Das ist Georg Rimpler. Er hat die Festung mit aufgebaut." Der Mann drehte sich um und winkte zwei Männer zu sich, die gerade nach oben kamen. Es waren offensichtlich keine Soldaten, aber auch sie trugen eine Uniform, wenn auch eine ziemlich seltsame.

Der Festungsbaumeister kam zu der Kanone zurück und sah Hans an. „Das sind Tiroler Bergleute. Sie werden uns mit der Tunneln helfen", sagte er zu Hans, weil er wohl den fragenden Blick gesehen hatte. Schon war er wieder verschwunden. Hans trat zu den Bergleuten und einer sagte ihm „Die werden es bestimmt versuchen, uns zu sprengen. Das haben die schon das letzte Mal versucht. Wenn du jemanden mit einer Schaufel siehst, so gib uns Bescheid." Hans nickte und die beiden Männer gingen zur nächsten Bastion hinauf, von wo sie sicher einen besseren Ausblick auf den Feind hatten.

Nun musste Paul alle Fragen des Jungen beantworten und da gab es eine ganze Menge davon. Paul begann „Der Feind hat sehr viele Reiter mitgebracht. Aber mit denen kann er die Festung nicht stürmen. Unsere Kanone würde da einen blutigen Zoll einfordern." Dabei legte er seine Hand auf das, noch ungeladene, Kanonenrohr. „Also werden sie wohl einen anderen Plan haben und da gibt es nun zwei Möglichkeiten: entweder sie schießen mit großen Belagerungskanonen eine Breche in die Mauer und reiten dann schnell hinein. Oder sie sprengen eine Lücke. Und das geht nur unterirdisch. Wegen der hier", sagte er weiter und klopfte auf das Rohr. „Und wie machen die das? Einen Tunnel graben?", fragte Hans. „Das ist ihre einzige Chance. Und um das zu verhindern, haben wir die Bergleute", antwortete Paul.

„Wie können die das den verhindern?", fragte Hans und Paul entgegnete, „Die graben einen Tunnel entgegen und versuchen den feindlichen Tunnel zu zerstören, bevor er unter der Mauer angekommen ist. Dazu müssen wir aber die Augen offen halten." „Genau! Wir sollen auf Schaufeln achten." „So ist es", sagte Paul und lehnte sich wieder an das Rohr der Kanone. Mit einem Mal kam Bewegung in den Mann. „Da! Schau!", rief er und zeigte auf den Feind. Aus der Menge der Soldaten rasten zwei Gespanne mit Kanonen nach vorn, schwenkten ein und stellten sich auf. Noch bevor die eigenen Kanonen bereit waren, hatten die Feinde die Kanonen aufgebaut und in schneller Folge einige Kugeln auf die Stadt abgefeuert.

Die Schüsse gingen viel zu hoch und schlugen weit hinter der Mauer ein. Als die Geschütze auf der Bastion antworteten, waren die feindlichen Kanonen schon wieder auf dem Weg aus der Schussreichweite. Weit hinter ihnen schlugen die Kugeln ein. Hans drehte sich um und sah den Rauch aus einem der Dächer steigen. Es war nicht weit von seinem Elternhaus gewesen. „Das ist nur Störfeuer. Die wollen uns terrorisieren und dazu verleiten, unsere Kugeln zu verschwenden", erklärte Paul und drohte dem Feind mit der Faust.

Doch weiter passierte nichts mehr für den Rest des Tages. Als sich die Sonne dem Horizont näherte, schickte Paul Hans nach Hause und der Junge nickte dem Manne zu. Langsam ging er die Gasse entlang und sah die heruntergefallenen Steine und Balken am Straßenrand liegen. Schließlich war er wieder vor seinem Haus, wo aber nichts passiert war. Er trat ein und sah seinen Vater in der Küche hinter dem Lager sitzen. Mit Brot und Wurst hatte er gerade ein, für einen Kaufmann eher kärgliches, Mahl vorbereitet.

Hans nickte ihm wortlos zu, setzte sich zu ihm und dann aßen sie schweigend. Er konnte den Ärger in den Augen des Vaters über seine freiwillige Meldung sehen. „Heute früh hat mich auch noch der andere Geselle verlassen!", sagte der Kaufmann schließlich, als er die Speisen zurück in die Vorratskammer räumte. „Da bist du nun also alleine hier?", fragte Hans überrascht, doch es kam ihm gar nicht in den Sinn, nun bei den Soldaten aufzuhören, nur um dem Vater im Geschäft zu helfen. Offensichtlich hatte der Vater aber so etwas von ihm erwartet, denn er warf die Tür der Vorratskammer zu und drehte sich zu ihm um. „Nein. Ich habe einen

Ersatz für euch zwei nutzlose Männer gefunden", sagte der Vater, nun sichtbar zornig.

„Sie schläft oben!", setzte er hinzu und schloss die Tür ab. „Sie?", fragte Hans, „Eine Magd?", setzte er fort und der Vater nickte. Leise stieg Hans nach oben, um zu seinem Zimmer zu gelangen, doch dann siegte die Neugier und er stieg einfach weiter, bis in das Dachgeschoss. Dort sah er die Frau liegen. Die letzten Sonnenstrahlen beleuchteten ihr Gesicht. Sie war recht hübsch und vermutlich nicht viel älter als er selbst.

Was ihm aber sofort auffiel war, dass sie ihre Sachen anbehalten hatte und keine Haube über ihrem lockigen schwarzen Haar trug, also noch eine Jungfrau war. Nicht, dass er sich für Frauen interessierte, aber sie so alleine mit dem Vater zu lassen, das behagte Hans nun auch wieder nicht. Doch was konnte er tun? In dem Dachgeschoss hatten früher Mägde und Knechte geschlafen. Zu besseren Zeiten waren da fünf Personen gewesen. Hans dachte an Martha, die dralle Magd, die erst vor ein paar Tagen geflohen war. Zu oft war der Vater nachts nach oben gegangen, um nach ihr zu sehen. War dieser Magd ein ähnliches Schicksal beschieden?

Der junge Mann stieg langsam zu seinem Zimmer hinunter und legte sich auf sein Bett. Damit lag er nun praktisch, nur durch die Bretter des Bodens von ihr getrennt, unter ihr. Er lauschte in die Dunkelheit des Gebäudes. Lange fand er keinen Schlaf, denn er dachte über sein Leben nach und das erste Mal auch über Frauen.

12. Kapitel

Stadtleben

Wien, am 15. Juli 1683

ie ersten Sonnenstrahlen hatten sie in dem Bett geweckt. Sie lag in dem Raum und brauchte erst ein paar Augenblicke, bis sie sich wieder erinnerte, wo sie war. Die Kühe fielen ihr wieder ein und sie kletterte eilig über die halbdunkle steile Stiege hinunter. Die Hütte des Vaters war zu ebener Erde gebaut, aber hier musste sie erst zwei Etagen überwinden, bevor sie wieder auf dem Boden war. Zuerst ging sie auf die Latrine, weil diese der Stiege unten genau gegenüber lag. Es war für sie ebenfalls ungewohnt. Zu Hause, wie lange war das wohl her, hatten sie ein Loch hinter der Hütte gegraben oder waren auf den Güllehaufen hinter der Hütte gegangen. Hier war ein Brett mit einem kreisrunden Loch, das durch einen Deckel verschlossen war. Sie nahm Platz, tat, was sie tun musste, und eilte dann in den Stall.

Die vier Kühe mussten gemolken werden. Mit dem Eimer voller Milch ging sie wenig später zur Küche hinüber, wo Sebastian gerade versuchte, ein Feuer im Herd zu entfachen. Er stand mitten im Rauch und hustete. Vermutlich hatte er das noch nicht so oft gemacht. Obwohl Arika den Herd nicht kannte, hatte sie dennoch wenig später das Feuer entzündet.

„Wohin soll der Mist der Kühe?", fragte sie und Sebastian erklärte ihr, „Durch die Tür hinten in den Hof. Dort ist auch das Futter für die Tiere in der Scheune." Arika nickte ihm zu, eilte zurück in den Stall, griff sich die Mistgabel und öffnete die Stalltür nach hinten hinaus. Kurz sah sie in den Hof und machte sich dann an die Arbeit. Erst nachdem der Mist draußen war, konnte sie sich im Hof richtig umsehen. Es war ein kleiner Hof mit einem Tor zur anderen Straße, einem Brunnen und einer Scheune. Dorthin ging sie und holte daraus das Futter für die Tiere, dann füllte sie die Tränke mit Wasser vom Brunnen. Nachdem sie damit fertig war, zog sie sich einen weiteren Eimer Wasser herauf, streifte sich das Kleid ab, zog das Unterkleid hoch und wusch sich Beine, Arme und dann das Gesicht. Als sie wieder angezogen durch den Stall nach drinnen ging, roch es angebrannt. Schnell lief sie zur Küche und nahm den Topf zur Seite, in dem gerade etwas Fleisch anbrannte.

Sebastian kam zurück und sah die Bescherung, aber er zuckte nur mit den Achseln. „Hier fehlte eine Frau!", dachte Arika. Der Kaufmann verschwand kurz und kam mit Brot und Wurst zurück. Ein junger Mann, vermutlich der Sohn, erschien und sie setzten sich in der Küche hin. Das Essen war gut und der junge Mann, der in ihrem Alter war, verschwand ohne ein Wort wieder. Als Arika aufräumte, sagte sie zu Sebastian, „Wir haben noch gar nicht über meinen Lohn gesprochen." „Freie Kost, Logis und fünf Kreuzer die Woche", sagte der Kaufmann und ihr wäre fast der Topf zu Boden gefallen. „Zu wenig?", fragte der Kaufmann und ihr blieb der Mund offen stehen. Sie schüttelte den Kopf. „So viel Geld habe ich noch nie gesehen", sagte sie schnell. Der Mann zog die blitzenden Münzen aus seinem Beutel und drückte sie ihr in die Hand. „Dein Lohn im Voraus für die erste Woche", erklärte er und verschwand nach vorn.

Arika sah die kostbaren Geldstücke lange an und legte sie dann, als kleinen Stapel, auf den Küchentisch, da sie noch keinen Beutel hatte. Sie hörte den Kaufmann nebenan im Lager herumkramen. Etwas fiel zu Boden und sie ging hinüber. Sebastian hob gerade etwas auf und sagte, nachdem er sie in der offenen Tür gesehen hatte, „Ich muss mein Lager umräumen. Jetzt, während eines Angriffes, wird wohl kaum einer schöne Stoffe kaufen wollen. Hilf mir!" Sie nickte und fragte „Ist den niemand mehr da, der dir in dem großen Haus helfen kann?" „Nein. Meine Frau ist vor fünf Jahren gestorben. Die Magd ist vor ein paar Tagen weggelaufen und der letzte Geselle gestern", antwortete er. „Was soll ich machen?", fragte Arika und er erklärte, „Du stellst dich oben an die Stiege und ich gebe dir die Ballen hinauf." Arika nickte und stieg in das Obergeschoss.

Einen Ballen nach dem anderen reichte er hoch und Arika legte diese sorgfältig ab, dann stieg er zu ihr nach oben und öffnete das andere Lager. Es herrschte ein totales Durcheinander darin. Arika sah sich um und sagte dann „Dein Geselle hat wohl nicht viel auf Ordnung gehalten. Oder?" „Da werde ich wohl mal aufräumen müssen", sagte Sebastian und strich sich durch seinen grauen Bart. „Kann ich das nicht machen?", fragte Arika und Sebastian nickte. Dann ließ er sie mit den Stoffballen alleine und war sichtlich froh, dass ihm jemand diese lästige Arbeit abnahm.

Schnell machte sich die junge Frau an ihre Arbeit. Es waren einfache Stoffe dabei, aber auch kostbare Brokatstoffe, die in der kaiserlichen Familie auch einen guten Platz gefunden hätten. Mitten in dieser Aufräumaktion fiel Arika wieder ein, dass sie ja hier mit einem fremden Mann alleine in dem großen Hause war. Ihre Mutter hätte sicher die Hände über dem Kopf zusammengeschlagen. „Kind, was sollen denn die Nachbarn von dir denken?", hätte sie sicher gesagt, aber die Mutter war ja tot.

Kurz hörte Arika mit der Arbeit auf und überlegte. War es wirklich gut, hier mit dem Manne alleine in dem riesigen Hause zu sein? Die junge Frau überlegte weiter, die Geldstücke fielen ihr ein und die Wurst, die es zum Essen gegeben hatte. Ihre Ehre zum Tausch gegen einen vollen Bauch? Wer konnte schon auf seine Ehre achten, in dieser Zeit der Schande? Überleben war viel wichtiger!

Sie blickte zurück, konnte ihn aber nur im unteren Geschoss arbeiten hören. Er war ziemlich laut bei seinen Arbeiten und wieder kamen ihr Zweifel. Doch der ihr versprochene hohe Lohn lockte viel zu sehr, als das sie darauf verzichten konnte. Schließlich brauchte sie das Geld ja für die Fahrt mit dem Schiff. Nur mit dem Schiff würde sie noch entkommen können.

Wie viele Gulden würde es wohl kosten? Wie lange würde sie dafür hier arbeiten müssen? Ein Gulden waren sechzig Kreuzer. Aber wie groß wären wohl die Fahrtkosten? Einen Gulden, zwei? Oder mehr? Sie wusste es nicht und zum Fragen hätte sie das Haus verlassen müssen. Aber bei all der Arbeit würde sie dies wohl kaum können. Schnell machte sie weiter und schob die unnützen Gedanken zur Seite.

Endlich war sie fertig, fuhr noch einmal mit der Hand über den kostbaren Stoff, den sie extra gelegt hatte und rief nach Sebastian, der wenig später auch auf der obersten Stiege erschien. Der Kaufmann nickte zufrieden und verschloss das Lager wieder. Dann drückte er ihr eine leere Geldkatze in die Hand. Vermutlich hatte er den Stapel Münzen in der Küche gesehen und seine Schlüsse daraus gezogen. Sie bedankte sich dafür und verwahrte ihren Schatz darin.

13. Kapitel

Magd oder Frau?

Wien, am 15. Juli 1683

Er stand in seinem Lager, das nun wieder genug Platz bot. Sebastian hörte ihre Schritte aus dem anderen Lager und dachte daran, dass er es mit ihr ganz gut getroffen hatte. Diese Frau war stark, fleißig, konnte zupacken und war sich außerdem offensichtlich für keine Arbeit zu schade. Er hatte das irgendwie schon auf der Straße bemerkt, als sie den Balken zu heben versucht hatte. Keiner der Männer hätte das alleine versucht, sie schon! Und hübsch war sie auch noch. Nicht diese puppenhafte Schönheit, die viele Männer suchten, sondern eine innere Schönheit. Er dachte daran, dass er ja eigentlich schon seit fünf Jahren, seit seine Frau damals an dieser verdammten Krankheit gestorben war, hier im Haus praktisch ohne Frau geblieben war. Die Magd mal ausgenommen. Viele seiner Freunde waren zum zweiten oder dritten Mal verheiratete. Die Sterblichkeit der Frauen lag, durch die gefährlichen Geburten bedingt, deutlich über jener der Männer.

Warum hatte er bis jetzt nie daran gedacht, sich noch einmal zu vermählen? Gelegenheiten hätte es sicher viele gegeben, wenn er sie nur gesucht hätte. Mit seinen gerade mal fünfzig Jahren und seinem Besitz war er für jede Frau eine gute Partie. Sicherlich hatte es da auch schon die eine oder andere Anspielung seitens der Frauen gegeben, wenn er eine der Damen in seinem Kontor bedient hatte, allerdings hatte er nie darauf reagiert. Erst jetzt, im Nachhinein, fiel ihm so mancher Blick, manche Geste besonders auf.

Er lauschte angespannt nach oben und stieß dabei einen Teller vom Regal, der laut polternd zu Boden fiel. Zum Glück war er aus Metall und nahm daher keinen Schaden. Sorgsam stellte er den Teller wieder an seinen Platz. Irgendwie war etwas anders, seit diese Frau in seinem Hause war. Auch der Lohn, den er ihr geboten hatte, war für ihn eher ungewöhnlich. Fünf Kreuzer! Martha, die dralle Magd, hatte zwei pro Woche erhalten! Mitunter einen weiteren für ihre nächtlichen Gefälligkeiten. Wollte er diese junge Frau durch dieses viele Geld an sich binden? Von sich abhängig machen? Oder nur verhindern, dass sie sich irgendetwas anderes suchen würde?

Hatte er vielleicht schon instinktiv geahnt, dass da etwas mehr entstehen konnte, als ein pures Arbeitsverhältnis? Und überhaupt! Sicher würde sie die Kreuzer in seinem Laden ausgeben und damit hätte er sie nicht verloren, sondern nur an sie verborgt. Wieder hörte er die Dielen über sich knarren. Sebastian sah nach oben. Irgendwie mochte er die Frau schon jetzt und im Moment sogar mehr, als seinen Sohn. Dabei dachte er an Hans, der jetzt da oben irgendwo auf der Mauer stand. Er hatte sich noch nicht mal danach erkundigt, wo genau. Mit siebzehn hätte er ihn jetzt eigentlich irgendwohin als Geselle schicken müssen. Zu einem anderen Händler nach Venedig, Passau oder Augsburg! Stattdessen blieb der Junge nun hier. Das gefiel ihm gar nicht, aber was konnte er dagegen tun? Ihn aus der Stadt werfen? Nun, da sie praktisch eingeschlossen waren, ging das nicht wirklich.

Die knarrenden Bretter brachten seine Gedanken zu der jungen Frau zurück. Sollte er sie als Magd behalten? Als Ersatz für die dralle Maid, die bisher diese Arbeiten in Stall und Küche verrichtet hatte? Oder doch eher als Frau für die Arbeit im Kontor und für sein Bett? Zuerst wollte er versuchen, sie an sich zu binden. Doch er wollte vorsichtig zu Werke gehen. Seine Erfahrungen mit Frauen waren etwas eingerostet und er wollte sie nicht durch zu viel Nähe verschrecken. Er spürte schon, dass sie ihm guttat! Und was war mit Hans? Schließlich lebte auch der Sohn mit ihr unter einem Dach. Allerdings war der noch viel zu jung, um sich überhaupt etwas aus Frauen zu machen. Sebastian erinnerte sich zurück, wie er damals gewesen war.

Mit siebzehn Jahren hatte er noch nicht mal nach Frauen geschaut. Geschweige denn, sich schon irgendwelche Gedanken gemacht, was da wäre oder was eben nicht. Damals war er in Venedig gewesen und hatte bei einem Bankier seine Ausbildung gemacht. Da hatte er gar keine Zeit für Frauen gehabt. 1650 war das gewesen, da war der große Krieg gerade erst ein paar Jahre zur Ruhe gekommen. Seine Gedanken flogen in die Lagunenstadt seiner Jugend. Drei Jahre hatte er dort all das gelernt, was ihn bis heute so erfolgreich gemacht hatte. Was würde aber sein Sohn lernen? Wie man eine Kanone lädt? Wozu brauchte man das wohl später mal?

Die Frau riss ihn erneut aus seinen Erinnerungen. Sie rief von oben und er drehte sich zur Tür. Eine leere Geldkatze nahm er aus einer der Schubfächer, da er gesehen hatte, dass sie keine besaß. Langsam stieg er die Leiter hinauf. Er trat an die Tür des Lagers und sah sich ihre Arbeit an. Sie war sehr ordentlich und gewissenhaft gewesen und die Frau hatte sogar noch und das ohne, dass er es ihr gesagt hatte, die wertvolleren Stoffe separat gelegt. Zufrieden nickte er und gab ihr den kleinen Lederbeutel, den er ihr mit nach oben gebracht hatte.

Der Schlüssel drehte sich knirschend im Schloss und verschloss das Lager hinter ihnen wieder. Dann stiegen sie zusammen hinab. Es wurde Zeit für das Abendmahl, aber er brauchte ihr gar nichts sagen, sie schlug von selbst den Weg zur Küche ein und begann das Feuer im Herd zu schüren. „Mein Herr, was soll es heute geben?", fragte sie ihn und er ging zur Vorratskammer. Mit einem Blick in den wohlgefüllten Raum überlegte er und nahm ein Stück Schweinefleisch für einen Braten vom Haken. Diesen gab er ihr. „Mein Herr, aber es ist doch gar nicht Sonntag!", rief sie überrascht aus. Er nickte und sagte nur „Nenn mich doch einfach Sebastian. Wie ist eigentlich dein Name? Verzeih, dass ich vergaß, dich danach zu fragen." „Arika", sagte sie und deutete einen Knicks an. „Arika", wiederholte er und schaute sie wohlwollend an. Es schien ihm so, als ob sie unter seinem Blick errötete. Das machte sie für ihn nur noch attraktiver! Eilig verschwand sie in der Küche und am geschäftigen Klappern der Töpfe und Kessel schloss er, dass sie gut darin zurechtkam. Was sollte er nun tun? Er drehte sich zu seinem Geschäft um und ging hinein. In den nächsten Tagen würde er es schließen.

Sein Blick ging über die gefüllten Regale. Alles was er jetzt verkaufen würde, das konnte er in ein paar Tagen sicher für den fünf- oder zehnfachen Preis verkaufen. Zeit war in diesem Falle Geld wert und so zog er die Türen des Ladens, die sein Haus zur Straße hin abschlossen, zu. Der Duft des Bratens zog durch die Räume und er folgte ihm bis in die Küche. Auch sein Sohn traf wenig später ein.

Gemeinsam nahmen sie, nach dem Tischgebet, dieses Mahl ein und später stand er an seinem Fenster und sah zum Hof hinunter, wo sich Arika am Brunnen, direkt unter seinem Fenster, wusch. Hatte er schon eine Entscheidung über sie getroffen? Magd oder Frau? Zumindest war sie auch ohne Kleid sehr hübsch.

14. Kapitel

Groß oder klein?

Wien, am 16. Juli 1683

Ein neuer Tag und dieselben gewohnten Tätigkeiten. Zuerst die Tiere, dann waschen am Brunnen und danach das Frühmahl für den Kaufmann, dessen Sohn und natürlich für sie selbst. Die Tätigkeiten danach würde der Kaufmann ihr schon noch auftragen. Sie stand im Hof und kämmte sich ihr langes Haar. Den Kamm und eine Bürste hatte sie am Tag zuvor bei dem Kaufmann gekauft. Es war ein sehr kostbarer Kamm mit einem silbernen glänzenden, schön verzierten, Griff, der einer Prinzessin gehören könnte. Er hatte einen Kreuzer gekostet und damit hatte sie nun nur noch vier der silbernen Münzen, aber sie konnte ja auch den silbernen Kamm für eine Bootsfahrt mit anbieten. Gedankenverloren stand sie dort am Brunnen und hatte nur das Unterkleid an. Als sie sich umdrehte, sah sie oben den Kaufmann am Fenster seines Zimmers stehen. Er nickte ihr zu und Arika streifte sich schnell ihr Kleid wieder über. Der Gürtel schnappte in das Schloss und sie ordnete kurz ihre Haare, dann eilte sie in die Küche. Der Kaufmann kam gerade die Treppe herunter und schloss die Vorratskammer auf, deren Schlüssel er anscheinend immer um den Hals trug.

„Was gibt es den Heute?", fragte er mit einem Blick in die gut gefüllten Regale. Mit Schinken, Käse und Brot kam er zurück und drückte alles Arika in die Hand. Sie nickten sich zu und die Frau machte sich an die Arbeit. Schnell füllte sie die frisch gemolkene Milch in drei Becher und stellte alles bereit. Dann wartete sie neben dem Tisch. Da die Männer in der Küchen aßen, durfte sie, als Magd, mit am Tisch sitzen. Denn schließlich war das hier ihr

Reich. Wenn das Essen woanders stattfinden würde, so wäre ihr Platz alleine in der Küche gewesen. Doch trotz dessen, das der Tisch in der Küche stand, blieb der Kaufmann der Hausherr. Wenn er begann, konnten alle essen. Wenn er fertig war, so endete die Mahlzeit, egal ob man schon satt war oder noch nicht. Das war für Arika nichts Neues, nur der Vater hatte immer betont langsam gegessen, wodurch immer alle zu Ende essen konnten. Hier wartete sie nun und sah auf den gedeckten Tisch.

Von der Stiege waren Geräusche zu hören. Der Sohn kam herunter und betrat den Raum, danach erschien auch der Kaufmann und drückte Arika ein kleines Messer in die Hand. „Wie viel soll es denn kosten?", fragte sie und er antwortete, „Ich schenke es dir, weil ich gesehen habe, dass du keines mehr hast." „Danke. Die Osmanen haben mir meines abgenommen", sagte sie etwas verbittert, als sie an ihre Gefangennahme dachte. Dann setzten sich die Drei.

Während des Essens fragte der Sohn „Du warst in ihrer Gefangenschaft?" und sie nickte. Eigentlich gehörte es sich nicht, mit vollem Mund sprechen und sie wollte nicht aufhören oder während des Essens wertvolle Zeit verlieren, deshalb beantwortete sie kauend die nächsten Fragen nur mit nicken und Kopfschütteln. Erst als der Kaufmann aufstand und den Rest des Essens wieder wegschloss, konnte sie auch wieder richtig antworten.

„Ich bin ihnen entkommen und danach habe ich mich vier Tage neben ihrem Weg versteckt. Es waren tausende Männer, Pferde und Karren", sagte sie. „Hast du auch Kanonen gesehen?", fragte der Mann und Arika wiegte den Kopf hin und her. „Ich weiß nicht, wie eine Kanone aussieht. Ich habe nur die kurzen Rohre auf der

Stadtmauer gesehen", antwortete sie. „Komm mit! Ich zeige dir eine!", sagte er, doch sie musste erst den Kaufmann fragen.

Nur widerwillig stimmte Sebastian zu und der junge Mann zerrte sie hinter sich her. Es ging durch einige Gassen und schon wenig später standen sie auf dem Wall, wo sich Arika die Kanone ansah. „Ja! Davon habe ich viele gesehen!", sagte sie und nickte zur Bestätigung. Dann liefen sie eine Treppe hinunter und der Sohn des Kaufmannes zog sie jetzt durch die halbe Stadt hinter sich her. Nach einem unendlichen Weg stand sie vor ein paar Männern und musste wieder ihre Flucht und die Beobachtungen dabei schildern. Zum Schluss fragte einer der Männer sie nach den Kanonen. „Ja! Ich habe Kanonen gesehen!", sagte sie. „Wie viele?" „Fünf mal Zehn!", antwortete Arika und hielt ihre Hände mit gespreizten Fingern nach oben, um zu zeigen, wie sie diese gezählt hatte. Schließlich war es ja meist keine hundert Schritte von ihrem Versteck bis zum Weg gewesen.

„Auch große?", fragte einer der Männer schließlich. Arika sah ihn an. Dann zeigte sie auf den Dolch an ihrer Seite. „Für sie mag dieser Dolch klein sein, für mich ist er groß", sagte sie und der Mann lächelte verstehend. „Von mehr als sechs Pferden gezogen?", fragte er nun und Arika überlegte nur kurz, dann schüttelte sie den Kopf. „Die meisten Kanonen nur mit vier Pferden", antwortete sie schließlich und die Männer nickten sich verstehend zu. „Wie ich vermutet habe. Die haben die großen Belagerungsgeschütze nicht mitgebracht und nur sehr wenige Kanonen dabei. Wir haben mehr als vier Mal so viele", sagte einer der Männer am Tisch. „Aber nicht so viele Männer. Oder?", fragte Arika und dachte an die vielen Männer, die sie gesehen hatte. Einer der Männer seufzte und nickte. Dann gab er ihr zwei Kreuzer und dankte ihr für die Informationen.

Arika sah die silbernen Münzen an und verstaute sie dann in dem Beutel an ihrem Gürtel. „Bringst du mich zurück? Ich würde das Haus wohl nicht wiederfinden", sagte sie und der junge Mann nickte. Dann ging er vor ihr die Treppe hinab. „Wie heißt du eigentlich?", fragte er, bevor er aus dem Gebäude auf die Straße hinaus trat. „Arika" „Hans", antwortete er und deutete eine Verbeugung an. Sie lachte über diese seltsame Geste. Dann fiel ihr ein, dass er der Sohn ihres Herrn war. „Musst du nicht zu deiner Kanone?", fragte sie, um aus der Situation wieder herauszukommen, und er nickte.

Gemeinsam folgten sie der Straße. Arika sah ihn verstohlen von der Seite an und hoffte, dass er es nicht bemerken würde. Hans war sicher ebenso alt, wie sie selbst und damit interessierte sie sich nicht wirklich für ihn als Mann, obwohl er ihr schon gefallen konnte, doch er war einfach zu jung. In ihrem Dorf nahmen sich die Männer erst mit fast dreißig eine Frau zu sich. War das in der Stadt auch so? Ähnlich sicher. Doch was machte sie sich darüber eigentlich Gedanken? Sie war nur die Magd! In ihrem Dorf wäre sie nun schon unter der Haube, die ihre Mutter gestickt hatte. Unwillkürlich ergriff der Mann ihre Hand und zog sie hinter sich her.

Die Frau konnte ihre Hand seinem Griff nicht entziehen und ihre Gedanken flogen nun zum sicher erlebten Eheleben. Ausgerechnet in diesem Moment kamen sie auf ihrem Weg an einem Marktstand vorbei, an dem es auch noch solche Hauben zu kaufen gab. Hans sah dort hin und ihre Gedanken begannen Purzelbäume zu schlagen. Arika merkte, wie ihr das Blut in den Kopf schoss, bei diesen Gedanken. Schnell zog sie die Hand zurück und schlug die Augen nieder. Doch wenig später sah sie den Mann an.

Was war da gerade passiert? Sein Blick traf ihre Augen und die Sonne glitzerte darin. Das hier war ganz unschuldig! Nichts passiert! Beide sahen sich an, die Anspannung löste sich in einem Lachen und dann liefen sie schnell durch die Gassen zurück.

15. Kapitel

Mit Geduld und ohne Gedanken

Wien, am 17. Juli 1683

Vermutlich hatten die Information von Arika vom Vortage und die Beobachtungen von der Bastion dazu geführt, dass die Verteidigung der Festung und damit der ganzen Stadt, neu organisiert wurde. Die Hauptverteidigung der Stadt konzentrierte sich nun im Osten, zwischen der Löwelbastion und ihrer Burgbastion. Dorthin zogen sie nun ihre Kanone durch die Stadt. Zu fünft ging das ganz gut, trotzdem waren sie fast eine Stunde unterwegs gewesen. Endlich zogen sie die Kanone, nun mit der Hilfe von ein paar anderen Soldaten, die Rampe hoch, zu ihrer neuen Position. Als Hans vorsichtig über die Mauer schaute, konnte er die Männer unten erkennen. Dort gruben sich die Feinde durch die Erde. Paul trat zu ihm und sah ihm über die Schulter. „Da sind sie. Die Wühlmäuse! Aber da werden wir mit unserer kleinen Kanone nicht viel ausrichten können. Die Laufgräben sind zu sehr geschwungen", erklärte der ältere Mann. Für Gewehre war es noch viel zu weit entfernt. Von Zeit zu Zeit schoss eine Kanone von drüben und eine von der Bastion antwortete.

Hans sah zur anderen Bastion hinüber. Es war ganz schön weit, bis dorthin. „Warum gerade hier?", fragte er und Paul antwortete ihm, „Da sie ja keine großen Belagerungskanonen mitgebracht haben, wie deine Freundin erzählt hat ..." „Sie ist nicht meine Freundin. Nur die Magd meines Vaters", unterbrach ihn Hans, doch Paul winkte ab, „Wie dem auch sei. Jedenfalls können sie die Mauern dadurch nicht sturmreif schießen. Sie müssen sie sprengen und an den anderen drei Seiten ist das Wasser zu nahe an der Mauer. Nur hier können sie sich drunter hindurch graben." „Daher auch die Bergleute bei uns", sagte Hans und zeigte auf die zwei in Schwarz gekleidete Männer, die aufmerksam von der Bastion nach unten sahen. „Genau!", sagte Paul und richtete die Kanone so aus, dass sie einen Graben beschießen konnte. Noch war der Graben zu weit entfernt, aber er würde mit jeder Schaufel Aushub näher zur Mauer kommen und damit für das Geschütz zum Ziel werden. „Vielleicht könnte man mit einem Mörser mehr erreichen", sagte Paul und sah hinüber. „Nur leider haben wir keinen!", setzte einer der Männer der Bastion dazu. „So ein Mist!", antwortete Paul ihm und schob den Helm ins Genick. Auf den Ladestock gestützt beobachtete er weiter den Graben.

So blieb er einfach stehen, denn mehr als nur beobachten konnten sie nicht tun. Es wäre die reinste Pulververschwendung gewesen. Hans hatte sich auf den gefüllten Pulvereimer gesetzt, so ziemlich den explosivsten Platz der ganzen Bastion. „Können wir den gar nichts tun?", fragte er und Paul drehte sich zu ihm um. „So ist das nun mal in der Verteidigung. Wir können hier mit zehn Mann tausend Feinde aufhalten, aber wir müssen darauf warten, dass der Feind einen Fehler macht", erklärte er, dann drehte er sich zurück, sah nach unten und ging zu seiner Kanone, er richtete sie aus, schüttete Pulver hinein und nahm die glühende Lunte. Dann wartete er und zündete nach ein paar Augenblicken die Ladung. Die Metallladung der Kartätsche flog mit einem Donnern nach unten und zerfetzte ein paar unvorsichtige osmanische Soldaten, die den Graben verlassen hatten. „So wie jetzt!", sagte Paul, säuberte und lud die Kanone neu. Dann wartete er wieder.

Vom Norden her waren auch Kanonen zu hören, aber die waren weiter weg. Vermutlich versuchten die Osmanen dort die Stadt Klosterneuburg zu erobern, wie Paul ihm erklärte. Auch hörten sie, wie die Osmanen hier die letzten Donaubrücken zerstörten. Offensichtlich hatte Paul mit seiner Einschätzung Recht gehabt, denn es würde ja wenig Sinn ergeben, die Brücken zu zerstören, über die man dann die Stadt angreifen wollte. Also würde der Hauptangriff genau hier, bei ihnen, stattfinden. Doch im Moment war es hier ruhig. Zu ruhig fast.

In der Mittagssonne auf der nach oben offenen Bastion brannte die Hitze nur so auf die herunter und machte schläfrig, doch sie mussten wachsam bleiben. Ab und zu schlug nun eine der gegnerischen Kanonenkugeln auch in den Mauern der Bastion ein, ohne wirklich großen Schaden anzurichten. Nur wenn eine davon die Mauerkrone, direkt vor ihnen, getroffen hätte, so wäre es für die Männer gefährlich geworden. Die dabei absplitternden Steinstücke würden sicherlich wie Kartätschenladungen über die Bastion fegen. Da Hans aber noch viel zu unerfahren war, übernahm es Paul, den Weg der feindlichen Kugeln einzuschätzen und alle zu warnen.

Immer wenn eine in die Nähe ihre Bastion flog, warfen sich die Männer, auf seinen Ruf hin, hinter der Mauer in Deckung. Einmal mussten sie sich sogar etwas Steinstaub von der Kleidung klopfen, aber alle blieben unverletzt. Die Kanonen waren vermutlich einfach zu weit entfernt und näher heran konnten sie ja nicht, weil die Kanonen der Bastion sie ja sonst getroffen hätten. Es blieb also nur bei gelegentlichen Treffern.

Anders sah es in den nördlichen Teilen der Stadt aus. Dort schossen die Kanonen über die Donau in die Stadt hinein und immer wieder war eine Rauchsäule von dort zu sehen. Von der zerstörten Leopoldstadt schossen die osmanischen Kanonen über die Mauern herein.

Hans war froh, dass es nicht auch im Süden der Stadt, wo sein Elternhaus lag, so war. Dort lagen die Häuser außerhalb der Kanonenreichweite. Sonderbar fand er es nur, dass er sich so gar keine Gedanken um seinen Vater machte. Eigentlich sorgte er sich mehr um die Frau, die als Magd bei ihm arbeitete.

Arika! Immer wenn er an sie dachte, so machte sein Herz einen Sprung. Was konnte das sein? Natürlich war sie hübsch. Aber bisher hatte er sich noch nie für Frauen interessiert und die dralle Magd, die der Vater bisher beschäftigt hatte, war so gar nicht nach seinem Geschmack gewesen. Hinter der hätte er sich ja auch zweimal verstecken können. Mit Arika war das anders. In der letzten Nacht hatte er nicht schlafen gekonnt, weil er daran gedacht hatte, dass sie direkt über ihm, in dem Dachzimmer, schlief.

Er sah zurück in die Richtung und hörte Paul rufen „Hinlegen! Träum nicht!" Schnell warf er sich neben den Freund auf den Boden. Der Eimer, auf dem er gerade noch gesessen hatte, rollte an ihm vorbei. Ein Steinbrocken steckte in seiner Seite. Das war knapp gewesen. „Wenn du hier oben bist, dann musst du aufpassen!", ermahnte ihn Paul und klopfte sich den Staub von der Hose.

Nun zwang sich Hans dazu, an etwas anderes zu denken, doch so richtig gelang ihm das nicht. Immer wieder flogen seine Gedanken zu dem Haus hinüber, wo sie jetzt gerade arbeitete. Irgendwie konnte er es gar nicht erwarten, dass es Abend werden würde und er wieder nach Hause konnte. Zu Arika!

16. Kapitel

Ein Tag des Glaubens

Wien, am 18. Juli 1683

un war es Sonntag geworden und egal, ob da die Osmanen vor dem Tor der Stadt standen oder gerade deshalb, würden auch heute alle in die Kirche gehen. Seit ein paar Tagen war die junge Frau nun in seinem Hause und er fühlte sich wohl dabei. Sebastian war gerade mit dem Essen fertig und blieb noch einen Moment sitzen. „Gehst du mit in die Kirche?", fragte er Arika und die nickte. „Gut. Dann hole ich die Wanne und du machst Wasser heiß. Zur Kirche gehen wir nur sauber!", erklärte er und erhob sich. Wenig später hatte er die Wanne dorthin gezogen, wo vorher noch der Tisch in der Mitte der Küche gestanden hatte. Die ersten Eimer kaltes Wasser, die Hans geholt hatte, kippte er in die Wanne, dann kam der erste Kessel heißes Wasser vom Feuer dazu. Noch einer wäre nötig, um baden zu können.

Bevor es soweit war, legte er fest, „Arika, du badest zuerst, dann ich und zum Schluss Hans." Die Frau machte große Augen und sagte „Aber Herr..." doch er winkte ab. Er wusste schon, was sie meinte, denn schließlich war sie ja nur die Magd, doch er ließ ihr da gern den Vortritt.

Endlich ergoss sich der zweite Kessel in die Wanne und er steckte seine Hand hinein. „Genau richtig!", sagte Sebastian und ging aus dem Raum, um etwas Seife aus seinem Lager zu holen. Als er zurückkam, da saß sie im Unterkleid in der Wanne und zuckte zusammen, als er an die Wanne trat. Dann hielt er ihr die Seife hin und sie nickte. „Soll ich dir helfen?", fragte er nicht ganz selbstlos, doch sie errötete, schüttelte den Kopf und er ging zurück in sein Lager. „Schade", dachte er und räumte etwas um. Wenig später rief sie „Die Wanne ist frei!" So schnell es ging, war er in die Küche gegangen und hatte sich seiner Kleidung vollständig entledigt.

Die Frau sah zur Seite, als er in die Wanne stieg. „Kannst du mir den Rücken waschen?", fragte er und hielt ihr die Seife hin. Sie griff danach und machte sich an das Werk. Es tat so gut. Viel zu lange hatte er darauf verzichtet. Bisher hatte der Geselle ihm den Rücken gewaschen, aber das war nicht dasselbe gewesen. Arikas Berührungen waren fast ein Streicheln und im Moment war er froh, dass das Wasser nicht mehr zu klar war, sondern durch die Seife schon etwas undurchsichtig. So konnte sie nicht sehen, wie sehr ihm ihre Streicheleien gefielen. Dann reichte sie ihm die Seife und er sagte „Danke dir." Wieder nickte sie und verließ die Küche.

Vermutlich, damit er sich nun ungestört waschen konnte. Aber wenig später, er wollte gerade die Wanne verlassen, kam sie mit einem Tuch zurück und reichte es ihm zum Abtrocknen. Dann ging sie und holte Hans von oben. Während er sich anzog, entkleidete sich der Sohn und Arika fragte „Badet ihr immer nackt?" Sebastian nickte zustimmend. „In unseren Dorf war niemals jemand nackt!", sagte sie und griff sich die Seife, um Hans den Rücken zu waschen. Das sah Sebastian zwar nicht so gern, aber er ging wieder zurück in sein Lager.

Etwas musste er für den Gottesdienst noch vorbereiten. Er suchte lange, dann hatte er gefunden, was er gesucht hatte und genau in diesem Moment trat Arika in das Geschäft. „Hans ist fertig", sagte sie und er hielt ihr die Haube hin, die einst seine Frau getragen hatte. „Für den Gottesdienst!", legte er fest, als er ihren fragenden Blick sah. Sie nickte und sagte „Hier ist alles so neu. Im Dorf durfte ich die Haare noch offen tragen." Dann ergriff sie das Stoffstück, verschwand aus dem Raum und kam wenig später mit unter der Haube verstecktem Haar zurück. „Hans!", rief er und der Sohn erschien.

Gemeinsam gingen sie den Weg bis zum Stephansdom hinüber, wo er nach vorn ging, wo sein Platz war und die Frau, als sie sich in die hintersten Reihen setzen wollte, einfach mit sich nach vorn zog. In der Bankreihe der Kaufleute saßen sie nun zu Dritt nebeneinander und lauschten auf den Gottesdienst. Doch durch die Nähe der Frau bekam er kaum etwas von der Predigt mit. Immer wieder sah er zu ihr hinüber, die nur eine Handbreit neben ihm saß. Wenn er sich bewegte, so streifte er sie und es gefiel ihm immer mehr, dass sie einfach nur da war.

Dann hatte er auf einmal eine Idee im Kopf. Da er am Gang saß, winkte er einen der Kirchendiener zu sich. Ihm flüsterte er in das Ohr „Ich möchte heute noch heiraten." Der Diener nickte und ging nach vorn. Der Pfarrer nickte nun seinerseits Sebastian zu, als er von dessen Wunsch gehört hatte.

Nach der Predigt bat er nun Sebastian zu sich und der zog die Frau einfach von der Bank hinter sich her. Er sah ihren fragenden Blick, doch darauf nahm er nun keine Rücksicht mehr. Wenige Schritte später knieten sie vor dem Pfarrer und waren kurz darauf vermählt. Frauen mussten ja nicht gefragt werden und sie war auch vermutlich so überrascht, dass sie keinen Einspruch machte und einfach „Ja" gesagt hatte.

Auch Hans war von der Entwicklung sichtbar überrascht. Als sie wieder in der Bank saßen, sagte der Pfarrer „Auch in der Not

74

einer Belagerung haben sich diese zwei Menschen gefunden. Das gibt uns allen Hoffnung." Danach begannen die Glocken zu läuten und alle verließen nun die Kirche. Arika und er als Frau und Mann.

Hand in Hand gingen sie über den Markt, während Hans wieder auf seine Position auf der Bastion lief. Die Frau sagte die ganze Zeit nichts. Vermutlich war sie immer noch überrascht, doch er wusste, dass er das Richtige getan hatte. Ihr gemeinsamer Weg führte sie in eine Schänke und dort feierten sie ihre Vermählung. Schließlich fragte sie „Bekomme ich den weiter meine fünf Kreuzer in der Woche?" Er beugte sich zu ihr hinüber und antwortete „Du bekommst, was du möchtest. Nur den Schlüssel zur Vorratskammer, den behalte ich." Dann lachte er und sie nickte.

Nach einem guten Mahl verließen sie die Schänke und schlenderten nach Hause. Die Tiere wollten ja noch versorgt sein. Die Arbeiten würden sie weiter so halten, wie sie es bisher gemacht hatten. Doch ab dem Abend würde sie in seinem Zimmer schlafen. Sebastian konnte es kaum erwarten!

17. Kapitel

Erwachendes Herz

Wien, am 18. Juli 1683

Sie hatte auch ihm den Rücken gewaschen und es hatte sich gut angefühlt. Es war nur komisch gewesen, nackt vor ihr in die Wanne zu steigen. Doch sie hatte nicht weggesehen, wie sie es bei seinem Vater getan hatte. Ob das nun daran lag, dass Sebastian ihr Herr war oder weil sie ihn nicht als Mann ansah, konnte Hans nicht sagen. Er hoffte auf das erstere. Sie wusch ihn und hatte nur das Unterkleid an, dass die Arme und viel von ihrem Hals freiließ. Sehr viel von ihrem Hals! Immer wenn sie sich herabbeugte, um die Seife wieder anzufeuchten, konnte er seinen Blick nicht abwenden, auch wenn sich das vielleicht nicht gehörte. Aber was sollte er machen?

Wie magisch hing sein Blick an ihr! Sicher spürte sie seine Blicke, sagte aber nichts. Und seine wachsende Erregung konnte sie auch nicht sehen, denn die war zum Glück unter der undurchsichtigen Wasseroberfläche verborgen und er beugte sich immer etwas vor, wenn sie nach vorn kam. Danach war er ganz froh, dass sie kurz die Küche verließ, damit er aus der Wanne steigen konnte und die Hose in Windeseile wieder angezogen hatte. Gerade noch rechtzeitig, bevor sie zurückgekommen war.

Dann machten sie sich auf den Weg zur Kirche und sein Blick hing an der Haube, die ihr Sebastian gegeben hatte. Eigentlich hätte sie diese nicht gebraucht und Hans begriff erst, als die beiden vor dem Pfarrer knieten, was der Vater damit bezweckt gehabt hatte. Doch er sah auch in Arikas Gesicht, das diese genauso überrascht worden war, wie er. Nach dem Gottesdienst machte er sich schnell auf den Weg, um seinen Freund Paul an der Kanone abzulösen, denn die eine Hälfte der Besatzung durfte am Vormittag und die andere Hälfte, an einem zusätzlichen Gottesdienst, am Nachmittag in die Kirche gehen. Die Mauern mussten ja auch am Sonntag ständig besetzt bleiben.

Vermutlich griffen die Osmanen auch am Tag des Herrn an. Paul hatte ihm mal gesagt, dass es in anderen Kämpfen so gewesen war, dass am Sonntag die Waffen geschwiegen hatten. Doch den Heiden war der Sonntag eben nicht heilig! Hans lief die Rampe hinauf und sah oben schon Paul stehen. Der Freund gab ihm die Hand und sagte „Behalte die linke Seite im Blick. Die Kanone ist geladen und ausgerichtet. Wenn sich einer von ihnen zeigt, dann gib ihnen deinen Segen mit feuriger Hand." Dann legte er seinen Helm ab und ging langsam die Rampe hinunter.

Hans sah über das Kanonenrohr auf die Stelle herab, die Paul gemeint hatte. Einer der Gräben war schon sehr weit nach vorn geschoben, aber eine hölzerne Blende versperrte die Sicht. Sie war offensichtlich sehr stabil gebaut und die Kartätschenladung würde nicht reichen, um diese Holzbalken hinwegzufegen. So würden die Feinde ungestört graben und sich annähern können. Was konnte er dagegen tun? Hans sah nach oben und überlegte. Dann fiel sein Blick auf das Kanonenrohr einer der schweren Kanonen der Bastion. Konnte man da nicht etwas kombinieren?

Er überlegte weiter. Die große Kanone konnte das Holz zerstören und dann könnten die Kartätschen die Männer dahinter treffen, wenn die Schüsse gleichzeitig fallen würden. Schnell stieg er auf der Treppe nach oben und erklärte dem anderen Kanonier seinen Plan. Der alte Mann strich sich über den Bart und sagte „Das könnte klappen!" Dann schlug er Hans auf die Schulter und ließ die Kanone ausrichten. „Ich zähle von drei bis eins und dann feuern wir. So haben die keine Chance, sich zu verstecken", sagte Hans. „So machen wir das!", entgegnete der andere Mann und Hans stieg wieder hinab zu seiner Kanone.

„Fertig?", fragte Hans laut nach oben und es kam ein lautes „Ja!" zurück. Hans klemmte die Lunte in die Zange, prüfte noch einmal die Kanone und zählte „Drei - Zwei - Eins!" dann senkte er den Haken auf das Pulver. Oben ging die große Kanone donnernd los und kurz darauf auch die von Hans. Die Holzblende flog zur Seite und die Kartätschenladung traf in den Graben. Zehn feindliche Soldaten hatten keine Zeit, um zur Seite zu springen.

Auf der Bastion jubelten alle über den Treffer, doch Hans dachte an etwas anderes. Arikas Blick hatte in sein Herz getroffen, wie die Kugel auf das Holz. Auch er hatte nicht widerstehen können, das war ihm nun klar geworden, doch Arika hatte seinen Vater geheiratet. Wenn man es genau nahm, so war sie nun seine Stiefmutter! Das wollte er nicht sich lieber nicht vorstellen, doch was konnte er dagegen machen? Gegen den Vater aufbegehren? Er wäre sofort enterbt worden! Und was hätte es genützt? Die beiden waren vor Gott getraut!

Es war alles so kompliziert. Konnte das nicht so einfach sein, wie mit der Kanone? Zielen, feuern, treffen! Aber hatte es nicht genau so angefangen? Ihr Blick war in sein Herz gefahren, das hatte er nun erkannt, doch für eine Entscheidung war es zu spät. Er setzte sich wieder auf seinen Eimer und behielt den feindlichen Graben weiter im Blick. Die Kanone war bereit und ausgerichtet, doch es tat sich nichts mehr auf der anderen Seite.

In der Stadt läuteten wieder die Glocken und Hans dachte dabei an den Gottesdienst am Morgen. Er seufzte und sah sich um. Paul stieg die Rampe hoch und setzte sich seinen Helm wieder auf. So schnell konnte der doch gar nicht von der Kirche bis hier her gekommen sein. Hans stand auf und erzähle von seinem Treffer. Paul lachte und schlug ihm auf die Schulter, wodurch er eine Handbreit kleiner wurde. „Da hätte ich auch selber drauf kommen können. Gute Idee", sagte der erfahrene Mann und Hans wurde fast ein bisschen verlegen, wegen des Lobes.

Paul griff in seinen Beutel und zog einen Kreuzer hervor. Dann drückte er das Geldstück Hans in die Hand und sagte „Geh in die Schänke und feiere deinen Erfolg." Hans sah auf das Geldstück. Wie feiern war ihm im Moment zwar nicht zumute, doch er nickte und verabschiedete sich. Noch war es nicht Abend, als er die Bastion verließ und zur nächsten Schänke ging.

Ein paar Männer saßen darin und unterhielten sich, doch Hans setzte sich an den letzten Platz, ganz hinten in der Ecke. Er bestellte beim Wirt ein Bier, das auch schnell von einer Magd geliefert wurde. Hans nickte ihr zu und sah etwas in der Frau, dass ihn an Arika erinnerte. Sollte das nun für immer so bleiben? Er trank das Bier in einem Zug aus und ging nach Hause. Vielleicht würde er noch mit ihr sprechen können. Die Schritte wurden schneller. Etwas zog ihn nach Hause. Arika zog ihn!

18. Kapitel

Ein neuer Weg

Wien, am 18. Juli 1683

Sie kniete in der Kirche und der Pfarrer legte ihr seine Hand auf den Kopf. Arika hatte es geahnt, als sie am Morgen die Haube aufgesetzt hatte. Hatte Sebastian da schon den Plan gehabt, sie zu heiraten? Oder war es ihm spontan eingefallen? Was hatte sie eigentlich erwartet? Dass man sie aus der Stadt warf, weil sie mit einem fremden Mann unter einem Dach lebte? Vielleicht! In ihrem Dorfe wäre es so gewesen! Ohne die Zustimmung des Vaters wäre das ganz unmöglich gewesen, aber der Vater war tot! Sie war ganz alleine. Zumindest bis gerade eben.

Nun war sie also verheiratet und hatte damit eine neue Familie gefunden. Sie erhoben sich und setzten sich zurück auf die Bank. Hans, der neben ihr auf der anderen Seite saß, war anscheinend genauso überrascht worden, wie sie. Nun war sie praktisch seine Mutter. Das kam ihr irgendwie seltsam vor. Schließlich war Hans genauso alt wie sie selbst. Die Glocken läuteten das Ende des Gottesdienstes ein und sie verließ das Gotteshaus, das sie als unverheiratete Magd betreten hatte, als Ehefrau eines Kaufmannes. Noch konnte sie es nicht fassen. Erst ein paar Tage zuvor hatte sie ihr Dorf verlassen, wo sie zwar auch nicht Hunger leiden musste, und nun war sie praktisch reich. Aber würde sie die Kreuzer weiter erhalten? Oder sogar mehr?

Warum machte sie sich eigentlich darüber Gedanken? Das Geld für die Flucht brauchte sie ja nun nicht mehr. Sie war zu

80

Hause! Anschließend gab es noch ein kleines Festessen in einer Schänke und nun erst fiel ihr ein, dass sie ab nun auch mit Sebastian das Bett teilen würde. Davor hatte sie ein bisschen Angst, doch das wollte sie ihm nicht zeigen.

Nach dem Essen gingen sie zu seinem Haus zurück, dass nun auch irgendwie ihres war. Dabei lief sie absichtlich langsamer, aber der Mann schien sie zu ziehen. Arika dachte an all das, was sie über das „erste Mal" gehört hatte. Sie hatte von ihrer Freundin Karola gehört, dass es sehr wehtun würde und vielleicht war es das, was ihr gerade diese Angst machte.

Im Hause angekommen lief sie schnell in den Stall, obwohl ihr Mann sicher etwas anderes mit ihr vorhatte. Langsam rieb sie die vier Kühe mit Stroh ab, obwohl sie das gar nicht machen musste, so gewann sie weitere Zeit, doch ewig würde sie ihm nicht aus dem Weg gehen können, darum nahm sie all ihren Mut zusammen, klopfte der letzten Kuh auf die Schulter und ging zu ihrem Mann zurück. Er erwartete sie am Fuße der Stiege.

Schweigend stiegen sie nach oben. Sie vornweg und er folgte ihr. Noch war es draußen hell, wodurch sie ihn fragend ansah. In ihrem Dorf gingen sie immer erst in der Dämmerung in das Bett, doch hier, in der großen Stadt, war so vieles anders. Das hatte sie an diesem Tag schon ein paar Male feststellen können.

Dann stand sie das erste Mal in dem Zimmer des Kaufmannes und sah auf das breite Bett. Die Bettpfosten waren sehr kunstvoll gestaltet. So etwas hatte sie noch nie zuvor gesehen. Geschnitzte große Katzenköpfe zierten die Pfosten. Diese Schlafstätte musste sehr teuer gewesen sein, aber der Kaufmann hatte es sich sicherlich leisten können. Arika drückte auf das Bett und es gab etwas nach. Da war kein Brett darunter, wie es bei ihren bisherigen Betten immer gewesen war. Dann drehte sie sich zu ihrem Mann um, der gerade seine Kleidung ablegte.

Arika legte die Haube ab und löste ihr Haar. Dann ordnete sie es und versuchte damit vermutlich immer noch das Unvermeidliche weiter hinauszuzögern. Während er schon nackt vor ihr stand, fuhr sie immer noch mit den Fingern durch ihr langes Haar. Sie sah den Mann an und ihr Mund wurde trocken. Verzweifelt versuchte sie zu schlucken und ihr Blick blieb an der Leibesmitte ihres Mannes hängen. Erneut rasten die Gedanken durch ihren Kopf, doch sie musste diese verscheuchen. Allen Mut zusammennehmend löste sie die Bänder, streifte sie schließlich ihr Kleid ab, ließ es über ihre Hüften rutschen und wollte im Unterkleid in das Bett gehen, als er „Alles!" sagte und sie verstehend nickte.

Langsam streifte sie sich das leinene Unterkleid über den Kopf und versuchte dabei nun irgendwie die Hände wie zufällig so zu halten, dass sie alle wesentlichen Stellen ihrer nackten Haut verdeckten. Noch nie hatte sie jemand nackt gesehen! Arika sah seinen abschätzenden Blick auf ihrer Haut, ihrer Brust, ihrem Schoß und bemerkte auch seine immer weiter wachsende Erregung. Die Angst war immer noch da! Am liebsten wäre sie nun fortgelaufen! Hatte der Vater eigentlich die Mutter jemals nackt gesehen? Absurde Gedanken sausten durch ihren Kopf und sie spürte, wie alles Blut in ihren Kopf schoss.

Mit einem Arm vor der Brust und dem anderen vor dem Dreieck ihrer Schamhaare stand sie vor dem Bett, dann schob der Mann sie rückwärts zum Bett. Dort legte er sie auf den Rücken so hin, wie er sie haben wollte, zog ihr die Arme zur Seite und Arika ließ ihn machen. Wie eine Puppe hatte er sie so zurechtgelegt, dass sie nun offensichtlich für ihn bereit war.

Arika biss, in Erwartung der Schmerzen, die Zähne zusammen und wartete, dass er nun zu ihr kam, doch er blieb ein paar Augenblicke neben dem Bett stehen, um sie weiter ausgiebig zu betrachten. Dann legte er sich zu ihr auf das Bett und begann sie zu streicheln. Nur kurz fuhren seine Finger über ihren Körper, dann zog er ihre Knie auseinander und legte sich dazwischen mit seinem Bauch auf den ihren.

Die Frau spürte, wie er stochernd versuchte, in ihren Körper zu gelangen, aber der Schmerz blieb aus, es war mehr ein Druck. Der Mann schien sich sehr abzumühen. Dann stieß er zu und glitt mit einem Stöhnen tief in sie hinein. Kurz zuckte sie zusammen und schrie auf, doch er ließ sich davon nicht stören. Mit Kraft rammte er sich immer wieder in ihren schmerzenden Schoß. Seine Bewegungen wurden schließlich schneller und das Bett knarrte dabei rhythmisch, wodurch jeder der Nachbarn, durch das weit offene stehende Fenster, wusste, was hier gerade passierte.

Es war ihr so peinlich und sie hoffte nur, dass es schnell vorbei sein sollte. Endlich bäumte sich der Mann über ihr auf. Arika spürte, wie er sich zuckend in ihrem Schoß ergoss und Augenblicke später lag Sebastian mit rotem Kopf, schwer schnaufend, auf ihrer Brust. Es dauerte gar nicht lange, dann war er auf ihr eingeschlafen. So lag sie nun unter dem schweren Mann und konnte sich nicht mehr rühren.

Draußen war es immer noch hell und sie konnte nur den Kopf heben. Als sie das tat, sah sie Hans an der Tür des Raumes stehen, die Sebastian in seiner Eile nicht geschlossen hatte. Sie wurde erneut rot bis zu den Ohren, obwohl ja Hans nicht allzu viel von ihrem nackten Körper sehen konnte, doch die Situation war an sich schon peinlich genug. Dann verschwand er und sie ließ den Kopf auf das Lager zurücksinken.

Arika versuchte die Decke über ihn zu ziehen, aber sie lag zum Teil darauf und konnte sich nicht ein Stück bewegen. Sollte sie so liegen bleiben? Wie ein Käfer auf dem Rücken, alle viere nach oben gestreckt, den Mann auf ihrem Bauch.

Die Frau versuchte weiter an der Decke zu ziehen, doch mit ihren Bemühungen weckte sie schließlich Sebastian, der die Position gleich wieder dafür benutzte, ein zweites Mal in sie einzudringen. Diesmal tat es nicht ganz so weh, aber wieder quietschte das Bett und sie dachte daran, dass Hans es sicher, wegen der offenen Tür, hören musste. Sie versuchte sich abzulenken und dachte an all die Male, wo sie dieses Geräusch vom Bett der Elter im Dunkeln der Hütte gehört hatte. Erneut bäumte sich ihr Mann auf und stöhnte laut, doch diesmal wälzte sich Sebastian anschließend von ihr herunter und schlief nackt neben ihr ein.

Nun konnte sie aufstehen, um schnell die Tür zu schließen. Nackt sah sie in den Flur und schob nach einem Augenblick die Tür zu. Dann zog sie die Decke über ihren Mann, streifte sich das Unterkleid über und legte sich neben ihn. Es dauerte eine Weile, bevor sie eingeschlafen war.

19. Kapitel

Ein Wetteinsatz

Osmanisches Heerlager vor Wien, am 18. Juli 1683

Seit mehr als einer Woche war sie nun schon in der Gefangenschaft des Tataren. Taras hatte sie in jeder nur erdenklichen Form erniedrigt und benutzt. Doch was hatte sie schon von einem Heiden anders erwartet? In mancher Nacht, gefesselt an den Zeltpfahl, weinte sich Swetlana in den Schlaf, der nur schwer kam, da die Schmerzen ihres geschundenen Körpers übermächtig waren. Auch ihre Schuhe hatte sie nicht wieder erhalten, wodurch sie alle Wege immer noch barfuß zurücklegen musste. Zum Glück stand das Lager seit ein paar Tage an einem festen Platz und sie waren nicht mehr auf dem Marsch. Den dritten Tag schon konnte Swetlana Wien von ihrem Zelt aus sehen, zumindest die Kirchturmspitzen in weiter Entfernung. Aber selbst wenn sie nicht ständig am Strick gehangen hätte, sie hätte nicht dorthin fliehen können. Sie war entehrt und befleckt.

Jeden Morgen ritt Taras mit seinen Männern los und kam erst gegen Abend zurück. Dann mussten die Frauen das Fleisch für die Männer fertig gebraten haben und erhielten auch für den nächsten Tag schon wieder das Fleisch, das die Tataren am Tag irgendwo erbeutet hatten. Es gab prinzipiell nur Fleisch bei ihnen. Korn kannten sie anscheinend nur als Futter für ihre Pferde. Also musste Swetlana ebenfalls Fleisch essen. Jeden Tag Pferde- oder Ochsenfleisch. Wenn sie nicht im Anschluss daran immer von dem Mann gedemütigt werden würde, so wäre es fast zu schön, um es zu glauben. Aber so vermischte sich bei ihr der Genuss des Fleisches mit den Schmerzen. Sie hätte wer weiß was gegeben für eine Schüssel mit Getreidebrei. Da sie kein Messer erhielt, musste sie warten, bis Taras ihr das Fleisch in mundgerechte Stücken geschnitten hatte. An einem Abend hatte er ihr ein zu großes Stück gegeben und sich darüber amüsiert, wie sie versucht hatte, das Stück nur mit Händen und Zähnen zu zerkleinern.

Nach dem Essen saßen die Männer dann am Feuer und sagen Lieder oder unterhielten sich in der für sie unverständlichen Sprache. Meist tranken sie auch noch übermäßig und mit jedem Schluck zog sich Swetlana weiter in das Zelt zurück, aber der Strick war so kurz, dass sie ihrem Schicksal nicht entgehen konnte. An einem dieser Abende begannen die Männer zu würfeln und setzten dazu Teile der Beute. Auch Taras setzte sich dazu, hatte aber anscheinend immer Pech.

Nach seiner Ansicht gab es bald nur noch Swetlana zu setzen und so holte er sie aus dem Zelt und band sie an den Balken, auf dem er saß. Er würfelte mit einem Mann, der viel größer und kräftiger war, als er. Der andere hatte breite Schultern und riesige Hände. Die Würfel verschwanden fast in seinen Pranken. Auf einem Baumstumpf würfelten die beiden Männer nun um Swetlana. Mit Entsetzen sah die Frau, wie Taras immer etwas weniger warf, als der Andere. Ein breites Grinsen zog sich über das Gesicht des Riesen und dann war es entschieden. Der gewaltig große Tatar nahm den Strick und zog die sich sträubende Frau wie eine Puppe hinter sich her zu seinem Zelt, wo er sie festband und von wo er dann zurück zum Feuer ging.

Nun wurde weiter gefeiert, getrunken und gegrölt. Ursula hatte ihr gesagt, dass die Tataren eigentlich keinen Wein trinken durften, aber anscheinend machten sie sich nichts aus diesem Verbot und das ungewohnte Getränk stieg den gewalttätigen Männern immer mehr in den Kopf. Swetlana stand in der Öffnung des Zeltes, nur drei Schritte hinter dem Riesen, und sah zu, wie er Äste einfach so in seinen Händen zerbrach, die so etwa den Umfang ihrer Unterarme hatten.

Immer schauriger Bilder zogen durch ihren Kopf und mit einem Male wurde sie ruhig. „Das wird meine letzte Nacht auf Erden. Mutter ich komme!", dachte sie und schaute nach oben. Sie lächelte, denn es schien ihr unmöglich, die folgende Nacht zu überleben. Gelassen lehnte sie an dem Zelt und sah zu den Männern hinüber. Es wurde immer später und irgendwann stand der Mann auf. Schwankend kam er auf sie zu, löste den Strick, packte sie am Hals und schob Swetlana in das Zelt. Das Kleid zerriss und der Mann drückte sie zu Boden, dann fiel er auf sie und schlief ein.

Noch immer lag seine Hand um ihren Hals und sie konnte sich nicht befreien. Das gewaltige Gewicht des Mannes drückte sie zu Boden und hielt sie gefangen. Aber erlöst würde sie damit sicher nicht werden. Sie war um diese Chance der Erlösung betrogen worden. Die Tränen schossen ihr in die Augen und sie versuchte den Mann von sich zu schieben. Er hatte sie nicht gefesselt und so könnte sie fliehen, wenn sie nur unter ihm herauskam. Nur wohin? Sollte sie nicht einfach liegen bleiben und warten?

Der Mann schnarchte über ihr und sie versuchte seine Hand von ihrem Hals zu bekommen. Doch sie war zu schwach, um zu entkommen, zu stark, um zu sterben. Im Schlaf schloss der Mann seine Hand und drückte ihren Hals zu, aber nur so weit, dass sie immer noch Luft bekam. Doch an ein Entkommen war nun überhaupt nicht mehr zu denken. Es war, als hätte sich ein Pferd über sie gelegt und drückte sie nun zu Boden. Swetlana gab einfach auf und rührte sich nicht mehr.

Es dauerte unendlich lange, bis draußen die ersten Strahlen der Sonne wieder auf das Zelt fielen und jemand das Zelt betrat. Swetlana konnte ihn nicht sehen, doch sie sah die Schuhe eines Mannes. Als er sich zu ihr herabbeugte, konnte sie Taras erkennen, der sie hämisch angrinste. Sicher wusste er nicht, dass in dieser Nacht nichts passiert war. Er rüttelte den Riesen an der Schulter und der erhob sich schnaufend.

Wenig später saß sie nackt in dem Zelt. Mit dem Rücken an den Pfahl in der Mitte gelehnt und die Hände hinten festgebunden, konnte sie nichts tun, außer auf den kommenden Abend zu warten. Sie hörte, wie die Männer fort ritten und sie hörte die anderen Frauen, doch niemand interessierte sich für sie. Nicht einmal Ursula schaute zu ihr herein. Vielleicht hatte es der Riese verboten, denn nun war sie ja sein Eigentum. Sein Besitz. Seine Beute!

Swetlana hatte schon bei Taras gelernt, dass die Tataren sich in nichts hereinreden ließen. Jedes Wort wurde mit einem Schlag geahndet. Bei den Händen ihres neuen Herrn wäre wohl jedes Wort ihr Todesurteil. Aber vielleicht war genau das der Ausweg aus ihrem täglichen Martyrium. Wenn sie ihn so sehr reizen würde, dass er zuschlug, so war sie vielleicht erlöst. Sie betete zu ihrem Gott, dass ihr Ende schnell und schmerzlos kommen würde, dann streckte sie ihre Beine weit von sich und versuchte irgendwie im Sitzen zu schlafen.

20. Kapitel

Nachtgedanken

Wien, am 18. Juli 1683

Es war still im Haus gewesen und das, wo es doch draußen noch gar nicht dunkel war. Vielleicht war sein Vater ja mit Arika noch in einer Schänke und feierte die Vermählung. Leise schloss Hans die Tür hinter sich und stieg die Leiter zur ersten Etage hoch. Eine Bewegung ließ ihn zu Seite sehen. Er stand direkt vor der Tür des Zimmers seines Vaters und diese war offen. Hans trat einen Schritt vor und versuchte nicht auf das knarrende Dielenbrett zu treten, dann konnte er in den Raum hineinsehen. Zuerst sah er nur den nackten Rücken seines Vaters, doch dann bemerkte er, dass Arika ihren Kopf hob und ihn direkt ansah. Es tat ihm weh, wie sie da so nackt unter dem Vater lag, doch was hatte er anderes erwartet? Der Vater hatte alles Recht dazu gehabt, schließlich waren die beiden ja jetzt verheiratet und doch tat es weh.

Ohne einen Ton zog er sich in sein Zimmer zurück und hatte doch dieses Bild weiter im Kopf. Es wollte dort nicht heraus und wenig später hörte er auch noch eindeutige Geräusche aus dem anderen Zimmer. So sehr er sich auch die Ohren zuhielt, er hörte es trotzdem und irgendwie stieg ein Kummer in ihm auf, dass er da jetzt nicht bei ihr war, sondern der Vater. Hans setzte sich in seinem Bett auf und schaute zum Fenster. Noch war es nicht richtig dunkel draußen und er versuchte sich auf etwas anders zu konzentrieren, doch das quietschende Geräusch des Bettes holte ihn immer wieder zurück. Wie lange konnte das noch dauern?

Er stand auf und schaute aus dem Fenster, so hatte er wenigstens die Geräusche der Straße, die ihn ablenkten und er sah die Menschen, die noch von der Schänke zu ihren Häusern eilten. Schließlich war es noch Sonntagabend. Dabei fiel sein Blick auf eine Frau, die durch die Straße lief. Das Kleid wehte hinter ihr her, so schnell war sie unterwegs. Wohin sie lief, das konnte er nicht sehen, sie verschwand um eine Ecke und das Geräusch ihrer Schritte verstummte. Sollte er sich nach einer anderen Frau umsehen? Nur nach welcher? Er wollte eigentlich nur Arika, doch die konnte er nicht bekommen.

Hans drehte sich um und horchte in das Zimmer. Endlich war das Quietschen verstummt, doch das brachte ihn nicht zur Ruhe. Die Gedanken begannen auf eine Reise zu gehen und diese Reise war ziemlich kurz. Nur zwei Türen und ein schmaler Gang. Der junge Mann trat an die Tür, die nur einen Spalt offen stand, sah in den Gang hinaus und da stand sie. Nur ein paar Schritte entfernt, auf der anderen Seite des Flures. Nackt mit der Türklinke in der Hand. Gegen das Licht des sich hinter ihr befindenden Fensters konnte er nur ihre Konturen deutlich erkennen. Dann schloss sie die Tür und ließ ihn noch ratloser zurück. Nun hatte er auch noch ihre nackten Konturen als Bild im Kopf.

Mit diesem Bild und allem, was er darin hineinprojizierte, setzte sich zurück auf sein Bett und stützte den Kopf in die Hand. Es war noch keine Woche her, da war alles so einfach gewesen. Er hatte kein Interesse für Frauen gehabt und auch nicht Arika vor sich. Doch nun hatte er sie praktisch immer um sich. Wenn er am nächsten Morgen zum Frühstück gehen würde, dann wäre sie ganz sicher schon dort unten. Das würde nicht gut gehen! Aber er konnte nichts dagegen tun.

Wieder stand er auf und legte die Stirn gegen die Tür. Das Ziel seiner Träume lag nur ein paar Schritte entfernt und war doch so unerreichbar fern. Noch immer war es draußen nicht ganz dunkel. Ein letzter Rest von Tageslicht zeigte sich vor dem Fenster. Sollte er hier weiter warten? Schlafen könnte er ja sowieso nicht. Doch was tun? Zurück auf die Mauer gehen? In der Nacht? Nur erst einmal hier weg!

Er zog sich wieder an, steckte ein paar Münzen in seinen Beutel und stieg leise nach unten. Vorsichtig setzte er Fuß vor Fuß, damit er nicht in die Tiefe stürzen würde, denn im Hause war es schon finster. Als er auf dem Steinfußboden stand, ging er nach hinten zum Hof hinaus und von dort durch das Hoftor auf die hintere Straße.

Ohne Gedanken lief er durch die beginnende Nacht, doch wo wollte er eigentlich hin? In eine der letzten noch offenen Schänken, damit das Bier ihm die Sinne vernebeln sollte? Er hatte sich noch gar keine Gedanken darum gemacht, nur daran, dass er im Moment nicht mit ihr unter einem Dach, so fast Wand an Wand, bleiben konnte. Wie ein Geist schlich er durch die Dunkelheit. Gelegentlich fiel noch ein Feuerschein aus der offenen Tür einer Schänke auf die Straße hinaus. Immer weiter zog es ihn durch die Straßen von Wien und immer noch wusste er nicht wohin.

Die Feuerwachen zogen durch die Straßen und zweimal wurde er auch angehalten. Es hatte in den letzten Tagen mehrere Brandstiftungen gegeben und die Menschen waren verunsichert. Natürlich konnte er es verstehen, aber der Aufforderung der Wachen, doch nach Hause zu gehen, konnte er nicht Folge leisten. Dort war sie und da wollte er jetzt nicht hin. Also doch die Schänke? Er sah sich um und bemerkte, dass er direkt vor dem Dirnenhaus stand.

War das eine Antwort auf seine stumme Frage? Sollte er da hineingehen?

Bisher hatte er immer einen großen Bogen um dieses Gebäude gemacht, doch nun zögerte er. Jeder kannte es, aber keiner redete darüber. Eigentlich war es sogar verboten, dort hineinzugehen. Die „unzüchtige Weibspersonen" mussten, sollte man sie ertappen, hohe Geldstrafen zahlen oder wurden sogar öffentlich ausgepeitscht. Wurden sie wiederholt ertappt, so mussten sie sogar damit rechnen, dass man ihnen ein Ohr abschnitt. Den Männern passierte aber fast nichts. Sollte er hineingehen und sein Glück zwischen den Schenkeln einer dieser Dirnen suchen? Konnte er da Ablenkung finden? Hans zögerte, diesen Schritt zu tun.

So stand er dort und sah zu der Tür, doch er entschied sich anders und ging nun doch zurück. Wie sollte er eine Liebe vergessen, nur weil er sich in die Arme einer anderen Frau stürzte? Das konnte nicht funktionieren!

Die Glocke vom Dom schlug Mitternacht, als er wieder über den Hof ging und so leise er nur konnte nach oben kletterte. Vor ihrer Tür blieb er einen Moment stehen, bevor er zu seinem Zimmer ging. Hatte er erwartet, dass sie nach draußen kam? Er wusste es nicht. Hans ließ sich auf sein Bett fallen und starrte zu Decke. Gestern hatte sie noch dort oben geschlafen! Ihr Bild brannte sich in sein Gehirn! Wie sollte das weitergehen?

21. Kapitel

Träumereien

Dresden, am 22. Juli 1683

ieder saß Kurt in der Schänke. Es war Donnerstag und damit eigentlich nicht sein Tag gewesen, aber diesen Tag musste er erst einmal verarbeiten. Seit mehr als einer Woche wusste er nun schon, dass es Krieg geben würde, aber offiziell war noch nichts passiert. Schon hatte er sich Vorwürfe gemacht, dass er seine Leute überhaupt informiert hatte. Und trotzdem konnte der Kurfürst doch gar nicht anders. Schließlich hatte dieser den Vertrag unterschrieben, dem Kaiser in der Not beizustehen!

Den ganzen Tag waren sie marschiert und er vornweg. Nicht auf dem Pferd, wie viele der anderen Offiziere, sondern zu Fuß. Es war anstrengend gewesen, aber er hatte seine Männer mit seinem Beispiel geführt. Keiner würde sagen können, dass er sich nur ausruhe und andere die Arbeit machen ließ. Schließlich würden sie ja auch zusammen kämpfen. Da musste er sich dann auf die Männer verlassen können.

Er trank einen Schluck von dem Bier und sah zur Tür, die sich gerade wieder öffnete. Zwei seiner Kameraden kamen in die Schänke und er winkte ihnen zu. Wenig später saßen sie zu dritt und prosteten sich zu. Natürlich wollte keiner von den Dreien in den Krieg ziehen, aber war das nicht das, warum sie Soldaten geworden waren? Dazu kam nun auch noch, dass sie, zusammen mit dem Kurfürsten, beweisen wollten, dass es richtig gewesen war, ein Heer aufzustellen und ständig zu versorgen. In den anderen

Ländern war es durchaus noch üblich, im Falle einer Kriegserklärung erstmal die Werber loszuschicken und in allen Schänken nach Freiwilligen zu suchen.

Aus Preußen hatte er darüber schon Schauergeschichten gehört. Dort war es vorgekommen, dass die Werber sich als einfache Kaufleute gekleidet hatten, irgendwelche Männer, die ihnen geeignet erschienen, eingeladen hatten, um mit ihnen zu trinken und die unglücklichen sich, nachdem sie wieder nüchtern waren, dann in der Uniform wiederfanden. In Sachsen war so etwas nun nicht mehr nötig. Aber vielleicht lag die Verzögerung gerade daran, dass die anderen Heere erst noch aufgestellt werden mussten. Es würde ja keinen Sinn ergeben, dass nur der sächsische Teil der Armee gegen den Feind ausrückte. Jedenfalls waren seine Männer nun bereit. Die drei Offiziere stießen auf zukünftige Siege an, bezahlten und brachen auf.

Nach wenigen hundert Schritten war er zu Hause. Wie immer begrüßte ihn Johann, aber er war nun viel zu Müde, um noch irgendetwas zu tun oder zu sagen. Das Marschieren und das danach getrunkene Bier hatte eine Kombination ergeben, die ihn nun von den Füßen riss. Er merkte nur noch, wie ihn sein Diener in das Bett trug, doch er konnte schon nichts mehr dagegen tun. Zu schwer waren seine Augenlider geworden. Dann war er eingeschlafen, kaum dass er in der Waagerechten war. Nun folgte ein Traum, wie er noch keinen gesehen hatte, so plastisch und real sah er seine Frau wieder vor sich. In einem weißen Kleid stand sie einfach nur da, dann winkte sie ihn zu sich, doch er konnte sie nicht erreichen. Ein großer, sichelförmiger Mond schob sich immer zwischen ihn und seine Frau. Je mehr er versuchte, sie zu erreichen, umso mehr entfernte sie sich von ihm. Immer größer wurde der Mond, bis er ihn mit dem Schwert in der Mitte zerteilte, dann konnte er sie in seine Arme nehmen. Als er sie küssen wollte, wachte er auf.

Es war noch mitten in der Nacht und er saß in seinem Bett. Johann hatte ihm offensichtlich auch die Uniform ausgezogen, denn er hatte nur seine Unterkleidung an. Kurt sah durch das Fenster in die Nacht hinaus. Es war gerade Neumond und warum wollte seine Frau, dass er gegen die Osmanen in den Kampf zog, denn das sollte der Traum ja sicherlich bedeuten. Würde er in diesem Kampf der Tod finden und sie somit wieder vereint sein? Anders konnte es doch aber auch nicht sein!

Er setzte die Füße auf den Boden und stand auf. Kurt ging zum Fenster und sah hinaus auf die Straße, die vor seiner Wohnung entlang führte. Ein, von einem müden Ochsen gezogener, Leiterwagen holperte über die Straße in die Innenstadt hinein. Vermutlich war es ein Bauer, der seine Waren für den Markt brachte. Es würde also schon bald hell werden und damit wurde es auch für ihn Zeit. Noch während er dort stand, schob sich der erste helle Streifen über den Horizont.

Der Tag vertrieb die Nacht und damit den Traum. Doch er wusste nun, was er zu tun hatte. Es würde nur noch ein paar Tage dauern, bis er wieder mit seinen Lieben vereint sein würde! „Wartet. Ich komme zu euch!", sagte er leise, dann ging er zurück zu seinem Bett, nahm das Medaillon, das Johann wie immer auf den Nachttisch gelegt hatte und klappte es auf. Er gab dem Bild der Frau einen Kuss, dann goss er sich Wasser in die Schüssel und wusch sich. Als Johann in das Zimmer kam, um ihn zu wecken, war er schon gewaschen und so half ihm der Diener sofort in die Uniform.

Noch in Gedanken an seine Frau begann er sein Mahl, doch Johann war es schon gewohnt, dass er des Öfteren mit seinen Gedanken nicht bei der Sache war. Der Diener stand wie immer hinter ihm und wartete geduldig, dass sein Herr fertig war. Kurt sagte nichts über seinen Traum, nahm sich aber vor, dem Diener einen kleinen Beutel mit Münzen als Wertschätzung seiner Dienste zukommen zu lassen. Dorthin, wohin er in ein paar Tagen gehen würde, konnte er seine Münzen ja doch nicht mitnehmen.

Als er sich erhob, brachte Johann sein Schwert und gab es ihm. Vor dem Spiegel richtete er noch einmal die Uniform, setzte seinen Hut auf und warf dem Bild seiner Frau einen Kuss zu. Dann zog er die Tür hinter sich zu und machte sich auf den Weg.

Gelassen pfeifend folgte er der Straße. Freundlich grüßte er jeden, den er an diesem Morgen traf. Selbst vor einer Bauersfrau, die er vor dem Haus traf, zog er den Hut. Die Frau war überrascht, machte dann aber einen tiefen Knicks. Vermutlich war sie noch nie von einem Grafen gegrüßt worden. Er war zufrieden mit sich, wie noch nie zuvor. Das Ziel seines Lebens war nun klar vor seinen Augen.

Gegen die Osmanen kämpfen und dabei den ehrenhaften Tod finden! Dann wäre er wieder bei Frau und Kind! Kurt sah zur Sonne hinauf und freute sich auf den Tod.

22. Kapitel

Im Auge des Feindes

Wien, am 23. Juli 1683

ie Kanone von Paul und Hans stand nun auf dem Ravelin, dem gemauerten Wallschild vor der Festungsmauer, der sich zwischen der Burg- und der Löwelbastion befand. Und die Feinde waren nicht weit entfernt. Man konnte sie sogar reden hören. Vermutlich trennten nicht einmal zehn Schritte Belagerte und Belagerer. Immer wieder musste man aufpassen, dass von der anderen Seite keine Granate über die niedrige Mauer geworfen wurde. Sie selbst warfen gelegentlich diese kleinen kugelförmigen Pulverbehälter zu den Osmanen in den Graben hinüber.

Ein großer Teil der Wiener Kämpfer war nun auf ihren Mauern eingesetzt. Die Leere des ersten Tages war lange vorbei. Nur direkt in der Nähe ihrer Kanone war Platz, den sie zum Bedienen der großen Waffe brauchten. Links und rechts standen Männer mit Gewehren und warten darauf, dass einer der Feinde unvorsichtigerweise aus dem Graben schaute. Schüsse peitschten hin und her. Mitunter wurde einer der Männer getroffen, aber es blieb bei gelegentlichen Schmerzensschreien. Auf ihrer Seite verhinderte die Mauer direkte Treffer und auf der anderen Seite der tiefe Graben. Hans strich über seine Uniform. Seit ein paar Tagen war er kein Freiwilliger mehr, sondern einer der regulären Kämpfer und darauf war er sehr stolz.

Noch etwas war für ihn wichtig! Hier, auf dieser Position, hatte Hans wenigstens keine Zeit, um an Arika zu denken. Hier musste er sich auf den vor ihm lauernden Feind konzentrieren. Eigentlich traf er nur am Morgen oder spät am Abend auf sie. Aber in jeder Nacht flogen seine Gedanken zu der Frau hinüber, die nur wenige Schritte von ihm entfernt lag. Oftmals träumte er auch von ihr. Doch nie im Leben würde er sich ihr offenbaren. Es ging einfach nicht, denn nun war sie ja irgendwie seine Mutter. Mal ein gelegentlicher Scherz, das war kein Problem. Schließlich waren sie beide gleich alt.

Er mochte sie wirklich gern und wenn sie beide ein paar Jahre jünger gewesen wären, so hätten sie sicher irgendwo zusammen gespielt. Aber er konnte sie im Moment nicht als Frau sehen. Als Mädchen schon. Doch wenn er sie sich als Frau vorstellte, so kam wieder dieses Bild in ihm hoch, wie sie nackt im Flur gestanden hatte. Auch, wenn das nur ein Augenblick in der Dämmerung gewesen war und er da nicht wirklich viel hatte sehen können. Doch in seiner Vorstellung wurde das Bild sehr viel deutlicher. Seine Gedanken begannen auf eine gefährliche Reise zu gehen.

Aus dieser kurzen Tagträumerei riss ihn eine Explosion heraus. Geistesgegenwärtig ließ er sich fallen und sah, dass auch Paul neben der Kanone abtauchte. Im Fallen zog der Freund das Kanonenrohr in Richtung der aufsteigenden Rauchsäule. Als sie beide wieder neben der Kanone auftauchten, hatte Paul schon die brennende Lunte in der Hand. Der Feind hatte ein breites Stück aus der Palisade zwischen dem Ravelin und der Burgbastion heraus gesprengt. Ein tiefes Loch klaffte im Boden und Paul hatte die Kanone instinktiv genau auf diese Stelle ausgerichtet. Von der Gegenseite erhob sich ein Jubelruf und Paul schrie „Aus dem Weg!" dann senkte er die Lunte auf die Kanone herab.

Vor ihnen stürzten ein paar der Männer zur Seite und als drüben die Osmanen begannen, durch die Lücke zu stürmen, bäumte sich die Kanone auf und spukte einen tödlichen Metallregen in die Masse der Männer. „Nachladen!", schrie Paul und Hans sauste mit seinem Eimer nach hinten. Der nächste Schuss saß genauso und auch der dritte traf sein Ziel, dann begannen die Verteidiger mit Gewehren und Schwertern den Feind zurückzutreiben, dabei mussten sie dann zusehen, den die Kartätschen würden keinen Unterschied zwischen Freund und Feind machen.

Schon bald war die Lücke zwischen den Palisadenstücken mit toten oder sterbenden Körpern übersät. Auf beiden Seiten gab es schwere Verluste und nun schoss auch Hans von der Mauer aus mit einem Gewehr auf die Feinde herab. Das war deutlich zielsichere, als die verschossenen Eisennägel aus der Kanone. Der Abstand war so kurz, dass selbst ein ungeübter Schütze, wie er es war, nicht daneben schießen konnte. Durch die Mauer verdeckt konnte er von unten auch nicht getroffen werden. Schon bald war der Angriff zurückgeschlagen worden und die Palisade wurde notdürftig wieder geflickt. Nun erst konnte Hans sehen, wie verheerend die Schüsse der Kanone in die Reihen der Osmanen gewesen waren. Mit Grausen wendete er sich ab, um nicht zusehen zu müssen, wie ein paar der Kämpfer die verstümmelten Feinde von ihren Schmerzen erlösten. Helle Pistolenschüsse peitschten über die Freifläche. Kein Medicus der Welt hätte diese Verletzungen heilen können.

„Die haben bestimmt eine Mine unter der Palisade gezündet", sagte Paul schließlich, denn sie hatten ja niemanden bei den Holzpfählen gesehen. Also konnte der Feind nur unterirdisch dorthin gelangt sein. Natürlich wussten sie, dass der Feind versuchen würde sich an sie heranzugraben, doch das die Osmanen, von ihnen unbemerkt, so nah an sie herangekommen waren, das erschreckte offensichtlich auch Paul. Wenn sie nicht aufpassten, so gruben sie sich vielleicht noch bis unter den Ravelin und dann würden sie hier praktisch auf dem Pulverfass stehen. „Wie kriegen wir das denn raus, ob die unter uns graben?", fragte Paul und ging an Hans vorbei zur anderen Seite der Kanone. Hans lehnte sich mit dem Rücken gegen das Rad der Kanone und schaute ratlos in den Becher Wasser, den er sich gerade eingegossen hatte und der zwischen seinen Beinen stand. Er griff nach diesem Becher und sah die Wellen darin, als er ihn schüttelte.

Eine Idee raste durch seinen Kopf. Er stellte den Becher auf den Boden zurück und kniete sich davor, dann wartete er, bis Paul auf die andere Seite lief. Auch dabei waren die Wellen zu sehen! Paul fragte „Was machst du denn da?" und Hans erklärte seinen Plan.

Wenig später standen an allen Ecken des Ravelins mit Wasser gefüllte Eimer und vor jedem saß einer der Männer und beobachtete die Wasseroberfläche. Nun konnte man sehen, ob da unter ihnen jemand grub. Bis zum Abend wurde dann diese Methode überall auf der Mauer zum Einsatz gebracht. Es wurden halbwüchsige Kinder in die Kasematten der Bastionen gesetzt, die dort im Scheine von einer Fackel aufpassten, ob sich die Wasseroberfläche kräuselte und die, mit einem Ohr am Boden, lauschten, ob irgendwo gegraben wurde.

Wenn dann einer von ihnen bei sich feindliche Aktivitäten feststellen und melden würde, so konnten dann die Bergleute aus Tirol ihrerseits einen Tunnel graben, um die Feinde zu stoppen. An diesem Abend ging Hans stolz nach Hause, er hatte mit seiner Idee vermutlich die Stadt gerettet, zumindest hatte Paul ihm das gesagt.

100

23. Kapitel

Pech im Spiel ...

Osmanisches Heerlager vor Wien, am 25. Juli 1683

Sechs Tage und damit länger als sie es je gedacht hätte, war Swetlana nun schon bei dem Riesen. Sie kannte seinen Namen nicht und er redete nicht mit ihr. Einsam und alleine saß sie nackt und gefesselt in dem Zelt. Ursula ließ sich nicht sehen. Sie hatte nur am Anfang mal durch die Zeltplane geflüstert, dass es ihr verboten worden war. Damit war es auch still um sie herum geworden. Das Kleid war am ersten Abend zerrissen und ihr Herr hatte, da sie ja sowieso im Zelt bleiben musste, auch gar keine Veranlassung dafür gesehen, ihr ein neues zu besorgen. Es war ja Juli und damit warm genug. Zu Essen und zu trinken erhielt sie erst abends und auch erst, nachdem der Riese mit ihr zufrieden gewesen war.

Auch ihr Plan, ihn so zu reizen, dass er sie töten würde, hatte nicht funktioniert. Hatte Taras darauf bestanden, dass sie keinen Laut von sich gab, war es dem Riesen völlig egal. Es schien ihn nur noch mehr in Stimmung zu bringen, wenn sie schrie, strampelte oder um sich schlug. Er ließ sich dadurch einfach nicht in seinem Tun beirren. Aber sie konnte eben auch nicht schweigen. Zu stark waren die Schmerzen, die der riesenhafte Mann bei ihr verursachte. Alles an ihm war groß und er war genauso kräftig, wie sie befürchtet hatte. Jetzt gab es wohl keine Stelle an ihrem Körper, die nicht schmerzte.

Ihren Platz an der Zeltstange durfte und konnte sie nur verlassen, wenn er sich an ihr vergehen wollte. Unmittelbar danach war sie wieder gefesselt. Auch waschen durfte sie sich nicht. Ihm gefiel wohl ihr Geruch und er grunzte nur, wenn er die Fesseln löste. Swetlana selbst hatte das Gefühl, dass sie ganz fürchterlich stank.

An diesem Abend nun hatte sie einfach keine Kraft mehr zur Gegenwehr, als er sich an ihr verging. Sie lag einfach nur noch unbeweglich da. Und was Taras sicher gefallen hätte, das missfiel dem Riesen so sehr, dass sie wenig später nackt und mit hinter dem Rücken gefesselten Händen am Feuer vor dem Zelt saß. Jeder der Tataren konnte sie so sehen. Da die Arme gefesselt waren, konnte sie noch nicht mal ihre Blöße bedecken. Mit gesenkten Kopf saß sie dort und harrte auf die Dinge, die nun kommen würden. Von oben sah sie auf ihren geschundenen und verdreckten Körper. Nackt in der Öffentlichkeit. Noch eine Sünde!

Die Männer grölten, tranken und würfelten. Es ging lautstark zu und Swetlana hob ihren Blick. Direkt vor sich sah sie die Flammen des Feuers. Es schien ein Ausblick auf ihr zukünftiges Leben zu sein. Für ewig würde sie im Höllenfeuer schmoren! Dann begannen die Flammenzungen ein Eigenleben zu führen und riefen sie.

Wäre das ein Ausweg, sich jetzt in das Feuer zu stürzen? Sie beugte sich nach vorn und bemerkte, dass der Riese den Strick so um den Balken, auf dem sie saß, gelegt hatte, dass sie nicht aufstehen konnte. Auch dieser letzte Ausweg war ihr verwehrt. Tränen stiegen ihr in die Augen und wuschen eine helle Spur auf ihrem Körper frei. Erneut senkte sie ihren Blick.

Die Männer würfelten weiter und irgendwie ging es dabei ja auch um sie. Swetlana war auch nur ein Ding, das als Einsatz für die Männer dienen sollte. Sie verstand nichts von dem, was die

Männer redeten, nur dass sie mehrmals hintereinander den Besitzer wechselte. Aber sie hatte keine Kraft mehr. Sie hatte resigniert und aller Lebenswillen war aus ihrem geschundenen Körper gewichen.

Unvermittelt tauchten zwei andere Männer auf. Swetlana sah nur ihre Stiefel und wagte nicht, aufzublicken. Die Männer setzten sich und nun konnte sie die Hosen sehen. Das waren keine Tataren. Vorsichtig blickte sie auf und sah einen Mann, der sicher Ungar war. Die Männer begannen nun ebenfalls zu würfeln. Fast drückte Swetlana ihnen die Daumen, dass sie Glück im Spiel haben würden. Nie wieder wollte sie in der Gewalt der Tataren sein, doch würde sich dann für sie etwas ändern? Sicherlich nicht!

Aber die Hoffnung hielt sich in ihr und sie sah nun zu den Würfeln hinab, die direkt vor ihr auf den Baumstumpf geworfen wurden. Sie hatte zwar nicht viel Ahnung vom Würfeln, aber sie konnte in den Augen der Männer lesen. Mit gesenkten Blick, durch die Wimpern hindurch, sah sie die Freude über die gewonnen Gegenstände in den Gesichtern und zum Schluss zog ihr neuer Herr, ein eher schmächtiger Tatar, sie nach vorn und schien sie zu setzen. Doch auch diesmal verlor der Tatar.

Da es schon spät war, gingen die Männer zu ihren Zelten und Swetlana folgte ihrem neuen Herrn, der sie, immer noch gefesselt, am Strick hinter sich her zog. Aber der Weg war nicht weit. Das Zelt stand in unmittelbarer Nähe der Fahne, die neben dem Zelt von Taras von ihr errichtet worden war. Dort löste der Mann die Fesseln und zeigte auf einen Bach, der auch Pferdetränke war. Offensichtlich wollte er, dass sie sich darin wusch.

Da er anscheinend Ungar war, sagte sie „Danke", auf Ungarisch. Der Mann schien überrascht zu sein, nickte ihr zu und stellte sich neben sie, als sie sich im Mondlicht und dem Schein der letzten Feuer ausgiebig in dem Bach wusch. Dazu setzte sie sich hinein und ließ sich das Wasser mit beiden Händen über den Kopf laufen. Hatte sie es nun besser getroffen? Zumindest war sie nach einer Weile sauber und stank nicht mehr. Swetlana stand auf und streifte sich das restliche Wasser mit beiden Händen vom Körper.

Dann brachte der Mann sie zu seinem Zelt zurück. Er fragte sie, woher sie kam und sie nannte den Namen ihres Dorfes, dass er nicht kannte. „Morgen besorge ich dir noch ein Kleid", sagte er schließlich, dann zeigte er auf sein Lager und sie nickte. Viel hatte sich wohl nicht geändert. Sie war nun sauber und sie konnte ihn verstehen, aber sonst? Swetlana kniete sich vor das Lager, dann legte sie sich darauf, während er seine Sachen ablegte und sorgfältig aufhängte.

Es schien so, als ob er sich besonders viel Zeit ließ und ihr kam das sonderbar vor. Der Riese hatte sich noch nicht mal die Hose ausgezogen und dieser Mann hier? Der war nun auch nackt und kam zu ihr herunter. Wie sie es gelernt hatte, leistete sie keinen Widerstand bei der Vereinigung. Der Mann war kräftig und doch fast zärtlich dabei.

Schnaufend ließ er von ihr ab und nachdem er sich neben sie gelegt hatte, fragte er, „Du wirst doch nicht fliehen? Sonst müsste ich dich fesseln!" Sie antwortete „Nein." und der Mann schlief fast sofort neben ihr ein. In diesem Zelt lag sie endlich wieder und konnte schlafen, doch der Schlaf kam lange nicht zu ihr. Durch den offenen Zelteingang konnte sie die Fahne mit dem Halbmond im Schein des Feuers sehen.

24 Kapitel

Eine Räuberbande?

Osmanisches Heerlager vor Wien, am 25. Juli 1683

Mit seinem Freund ging er durch das Lager. Es standen sicher tausende Zelte hier. Gerade war es Abend geworden, als sie schon von fern die Tataren grölen hörten. Eigentlich konnte er sie nicht leiden, aber er konnte ihre Sprache verstehen, daher hörte er aus den Rufen, dass sie um eine Frau würfelten. Istvan schüttelte den Kopf. Das war wieder so typisch! Während sie die Stadt belagerten, Gräben aushoben und Tunnel für Minensprengungen schufen, trieben sich die Tataren mit ihren Pferden umher, verwüsteten die ganze Gegend, vergewaltigten alles, was ihnen vor die Hose kam und raubten, was immer ihnen in die Finger fiel. Das war schon auf dem ganzen Vormarsch so gewesen und keiner konnte oder wollte ihnen Einhalt gebieten. Mit ihren mehr als 40.000 Reitern stellten sie fast ein Drittel des Heeres und daher wollte sie ihr Anführer wohl nicht verärgern.

Früher hatte Istvan die Osmanen immer als ein friedliches Volk angesehen. Er war aus Ungarn, das nun schon einige Jahre unter der Regentschaft des Sultans stand. Doch dieser war, solange man seine Abgaben pünktlich zahlte, sehr tolerant. Selbst ihren evangelischen Glauben durften sie behalten und mussten nicht, wie es die Herren aus Wien ihnen früher immer vorschreiben wollten, zum anderen Glauben der Sieger konvertieren.

Sein Blick ging zum freien Himmel. Er genoss die Wolken über sich, die von der tief stehenden Sonne rötlich angeleuchtet wurden. Schon ein paar Tage waren sie nun nicht mehr beim

Schaufeln von Laufgräben, sondern sie gruben sich immer tiefer durch die Wiener Erde hindurch. Damit sahen sie aber fast kein Tageslicht mehr. Wenn sie am Morgen begannen, war es noch dunkel, da sie sich ja nicht sehen lassen wollten. Und am Abend verließen sie erst nach dem Einbrechen der Dämmerung ihren Tunnel wieder.

Er war ein echter Maulwurf geworden, aber das war er von zu Hause ja gewohnt. In seiner Heimat leitete er ein kleines Bergwerk und hier griff er selbst zur Schaufel. Am vorangegangenen Tag war es zum Graben zu nass gewesen und man hatte alle Mühe gehabt, dass Wasser aus den Gräben zu bekommen. Daher waren sie in den Laufgräben gewesen, doch den ganzen heutigen Tag konnten sie wieder den Tunnel vorantreiben. Istvan sah zu den Zelten der Tataren hinüber.

Diese wild aussehenden Männer gehorchten nur dem Sultan und seinem Stellvertreter, der nun gerade dieses Heer führte. Aber vermutlich auch nur solange, wie sie erhielten, was sie wollten. Das Kalifat auf der Krim war der östlichste Teil des Reiches, über das der Sultan herrschte. Und das Land mit den wildesten Kriegern. Für Istvan waren diese Männer eher eine Räuberbande, aber das sagte er niemanden.

Schließlich bogen sie um die Ecke und sahen das Feuer der Tataren. Eine Gruppe saß darum und würfelte. Auch eine Frau saß dort. Gefesselt und nackt. Vermutlich ein Wetteinsatz. Eine Weile sah er ihnen zu, wie sie um die Frau würfelten. Wie eine Ware. So, als ob sie um einen Ring oder eine Kette spielten. Die Frau sah zum Boden und war schmutzig. Aber etwas in ihrer Haltung zeigte auch den Stolz der Frau, der im Moment nur irgendwo tief in ihrer Seele verschüttet war. Vermutlich durch die Gewalt, die die Männer ihr angetan hatten. Das ließen zumindest die Spuren auf ihrem Körper erahnen. Mit einem Blick auf die Frau ließ er sich dazu verleiten, sich an das Feuer zu setzen und das Spiel aufzunehmen.

Istvan kannte zwar auch ein paar Tricks beim Würfeln, aber die ließ er diesmal lieber weg. Bei seinem Gegenüber saß das Schwert sicherlich ziemlich locker. Der Tatar war eher schmächtig, aber in seinen Gesichtszügen lag etwas Brutales und Istvan war sich sicher, dass der Mann keinen Augenblick zögern würde, ihn zu töten, wenn er sich betrogen fühlte. Und so war auch das Spiel mit den Tataren etwas Gefährliches, doch er hatte keinen Zweifel daran, dass die Frau wohl die Nacht nicht überleben würde, wenn sie als Gewinn in das Zelt dieses Mannes kommen würde.

Hatte er Mitleid mit ihr? Eigentlich nicht! Vielleicht wollte er einfach mal wieder mit einer Frau zusammen sein, aber das ging eben nicht, wenn er immer vor der Stadt bei deren Belagerung war. Er dachte für einen Augenblick an Frau und Kinder, die er in Ungarn zurückgelassen hatte. War er ihnen damit untreu? Auch das verneinte er. Hier ging es nicht um Treue, sondern nur um die Befriedigung seiner Bedürfnisse. So wie essen und trinken. Zumindest so ähnlich und damit war die Sache für ihn auch schon wieder vergessen. Ein Seitenblick auf die Frau und er konzentrierte sich wieder auf die Würfel.

Nur noch ein Wurf war nötig, um zu gewinnen! Istvan nahm die Würfel in die Hand und pustete darauf. Das hatte ihm bisher immer Glück gebracht. Und auch diesmal sollte es helfen! Als die drei Würfel auf den Baumstamm fielen, da zeigten sie dreimal die Sechs! Die Hand des Tataren zuckte zu seinem Säbel, doch ein anderer Mann hielt ihn auf. Fluchend zog sich der Mann in sein

Zelt zurück und der andere drückte Istvan das Seil mit der daran hängenden Frau in die Hand. Erst jetzt merkte er, dass sie sehr unangenehm roch. Den Tataren war das vielleicht egal gewesen, ihm jedoch nicht! Er zog sie zu einem Bach, aus dem die Pferde der Tataren sonst tranken.

Dort stehend beobachtete er die sich waschende Frau und für einen Moment dachte er daran, dass dies wohl Unrecht war, was er nun mit ihr vorhatte, aber er wischte diesen nutzlosen Gedanken zur Seite. Sie war nur ein Wettgewinn! Dann zog er sie hinter sich her zu seinem Zelt.

Er ließ sich besonders viel Zeit beim Entkleiden, um seine Erregung zu unterdrücken. Sonst wäre das ganze Vergnügen bestimmt schon nach ein paar Augenblicken zu Ende gewesen. Dann begann er mit dem, was er schon die ganze Zeit vorgehabt hatte. Trotzdem war es viel zu schnell vorbei gewesen. Hatte er doch die letzten Wochen eher wie ein Mönch gelebt. Er schlief ein und vermutete, dass sie wohl am nächsten Morgen verschwunden sein würde, doch sie lag noch schlafend neben ihm, als er erwachte.

Schnell besorgte er ihr etwas zu essen und zu trinken und band sie dann im Zelt an den Pfahl. Aber mehr zu ihrem Schutz vor den Tataren. Später würde er ein Kleid für sie besorgen. Als er das Zelt verließ, warf er noch einen Blick zurück und dabei beschloss er, sich sofort darum zu kümmern. Er drückte Ursula, die ihm gerade über den Weg lief, ein paar Münzen in die Hand. Dann holte er sich seine Schaufel und ging los.

25. Kapitel

Ungeahnte Köstlichkeiten

Osmanisches Heerlager vor Wien, am 27. Juli 1683

Seit dem Vortag trug sie nun wieder Sachen. Swetlana saß zwar immer noch im Zelt, aber ihr neuer Herr hatte ihr durch Ursula Kleidung zukommen lassen. Eigentlich hätte sie das Zelt sogar verlassen können, den sie trug nun auch keine Fesseln mehr, nachdem sie ihm versprochen hatte, nicht wegzulaufen, doch sie blieb auf der Decke sitzen. Draußen war es ihr zu gefährlich. Da waren die Tataren und die waren nicht sehr zimperlich mit ihr umgegangen. Zu tief steckte noch die Angst vor ihnen und selbst die dünne Zeltwand konnte da einen gewissen Schutz bieten. Denn wenn sie nicht gesehen wurde, dann konnten die Männer ihr auch nichts tun. So zumindest ihre Ansicht.

Immer wenn sie auch nur die dunklen Laute der Männer hörte, zuckte sie schon zusammen. In diesen Momenten kamen dann wieder in ihr die Bilder hoch, wie sie wehrlos den Männern ausgeliefert gewesen war. Das war sie zwar immer noch, aber Istvan war um Welten zivilisierter, als die brutalen Schläger, von denen selbst der Mann nur abfällig als „Räuberbande" sprach, wenn sie zusammen waren. Aus seinen Schilderungen entnahm sie, dass die Tataren wohl einen großen Teil des Heeres stellten, aber sonst kein so hohes Ansehen genossen. Mit Bewunderung sprach Istvan von den Janitscharen und auch von dem Sultan, doch sie konnte sich da kein Bild machen. Das einzige, was sie von ihnen wusste, war, dass ihre Familie durch die Janitscharen ausgelöscht worden war.

In der Nacht träumte sie dabei von den Kämpfern, wie diese schwertschwingend hinter ihr herliefen. Vermutlich hatte sie „Glück" gehabt, dass sie den Janitscharen in die Hände gefallen war und nicht den Tataren. Sonst hätte sie wohl schon die Gefangennahme nicht überlebt. Die Kämpfer hatten ihr ein anderes Schicksal zuerkannt, sonst hätten diese sie wohl auch geschändet und getötet, wie die anderen Frauen in ihrem Dorf. Doch bei diesen Überlegungen fragte sie sich schon, ob es nicht vielleicht besser gewesen wäre, dort zu sterben, als nun hier in Schande zu leben, bis sie einer der Männer irgendwann doch noch erlösen würde.

Doch was wäre danach? Konnte sie mit all der Schuld noch in den Himmel gelangen? Oder wäre die Sünde mittlerweile so groß, dass die Hölle ihr schon gewiss war? Jeder Tag, den sie hier in diesem Lager lebte, brachte sie dem Höllenfeuer einen großen Schritt näher.

Aber aus irgendeinem Grund hatte Gott gewollt, dass sie noch lebte. Es war sicherlich ihr Schicksal, hier zu sein. Eine Art von Prüfung vielleicht. Wer konnte es schon wissen? Daher betete sie stumm jeden Tag und hoffte, dass all das einen Sinn ergab, der ihr im Moment aber noch verborgen war. Ihre Mutter hatte ihr einmal vor vielen Jahren gesagt „Nichts geschieht ohne Grund in deinem Leben." Allerdings wusste sie noch nicht, was dieser Grund war.

Mit Istvan kam sie eigentlich gut aus. Der Mann war, nach all der Gewalt der anderen beiden Männer zuvor, fast zärtlich zu ihr. Aber dennoch war sie ihm jederzeit vollkommen ausgeliefert. Sie war seine Beute und er konnte alles mit ihr machen, was er wollte. Sogar sie verkaufen, wenn er ihrer überdrüssig werden würde. Und weil sie dies wusste, versuchte sie Istvan jeden Wunsch zu erfüllen und ihm zu gehorchen. Swetlana wusste nicht, ob es das war, was Istvan wollte. Bei den beiden Männern davor war es ja auch ganz unterschiedlich gewesen. Taras wollte, dass sie leise alles hinnahm, was er mit ihr anstellte, der Riese jedoch wollte sie quälen und schreien hören. Istvan wiederum hatte sie sogar gestreichelt.

So wartete sie nun den ganzen Tag, bis er am Abend wieder zurückkam. Er brachte einen Korb mit, den er vor sie stellte. Neugierig sah sie Istvan an und der nickte. Swetlana klappte den Korb auf und machte große Augen. Brot, Äpfel und Trauben waren darin. Bisher hatte sie jeden Tag gebratenes Pferdefleisch bekommen. Oftmals war ihr richtig schlecht davon geworden, denn sie war diese Nahrung nicht gewohnt. Doch das hier war genau das, was sie jetzt unbedingt haben wollte. Ein Heißhunger überfiel sie.

Mit zitternder Hand nahm sie einen Apfel heraus und fragte, fast bettelnd, „Darf ich?", und der Mann nickte. Er nahm das Brot heraus und Swetlana biss genüsslich in den Apfel. Es schien ihr so, als ob sie noch nie eine solch leckere Frucht gegessen hätte. Istvan zerteilte das Brot in zwei Hälften und gab ihr eine davon. Sie roch daran und biss gierig hinein. Das Brot schmeckte anders als in ihrem Dorf, aber auch sehr gut. „Wir holen die Vorräte aus meiner Heimat Ungarn", sagte Istvan und sie fragte „Warum nehmt ihr nicht das Brot von hier?" Dabei dachte sie an das Korn in ihren Scheunen im Dorf.

„Die Tataren zerstören alles im Umkreis. Da bleibt nichts übrig. Sie sind unwissende Barbaren. Sie rauben die Kühe und verbrennen das Korn. Für sie ist es nutzlos. Das ganze Heer bezieht seine Verpflegung nun aus der Ferne", erklärte Istvan, zog seinen Dolch aus dem Gürtel und schnitt eine Wurst in zwei Hälften, die er auf das Brot legte. Doch Swetlana nahm die Wurst herunter und gab sie zurück. Sie wollte nur das Brot genießen. Dazu noch ein paar süße Trauben und zum Schluss holte Istvan noch zwei Becher und goss roten Wein aus einem Krug ein. „Der kommt von einem Weinberg ganz in der Nähe meiner Heimatstadt", sagte Istvan und dann gab er einen Becher an sie weiter.

Der Wein war süß und schwer. Die ganze Kraft der Sonne steckte darin und das Getränk stieg Swetlana sofort in den Kopf. Es machte leicht, fröhlich und unbeschwert. Nach dem zweiten Becher drehte sich alles um sie herum. Als Istvan ihr den Becher abnahm, da küsste sie ihn. Sie warf sich ihm förmlich an den Hals und der süße Wein löste alle ihre Bedenken. Die junge Frau sank in seine Arme und er legte sie auf sein Lager ab.

Für ein paar glückliche Momente vergaß sie, dass sie nur eine Kriegsbeute war. Nun war sie nur noch Frau und gab sich ihm hin. Sie genoss die Streicheleinheiten auf ihrer nackten Haut und seine kräftigen Bewegungen in ihrer Mitte. Jeden Stoß spürte sie so intensiv, dass sie aufstöhnen musste. Alles drehte sich um sie herum und das war nicht nur der Wein. Ihr wurde heiß und kalt zugleich. Dann lief ein Zittern durch ihren Körper, bevor sie sich aufbäumte, ihre Anspannung herausschrie und dann erschöpft zurückfiel. Wenige Augenblicke später war sie entspannt und glücklich eingeschlafen.

26. Kapitel

Freundschaft?

Wien, am 1. August 1683

Wieder saß Arika im Stall und dachte daran, dass sie nun schon seit zwei Wochen verheiratet war. Es war wieder Sonntag und ein neuer Monat hatte begonnen. In den letzten Tagen hatte sie alles gemacht, was Sebastian von ihr verlangt hatte. Der Mann duldete keine Widerworte und sie hatte das schon am zweiten Tag der Ehe erkannt. Das Geschäft war seitdem geschlossen und sie hatte ihrem Manne mehrmals täglich zu Willen sein müssen. Es schien auch kein Ende seines Verlangens in Sicht zu sein. Die strengen Regeln hatte er wieder gelöst und sie brauchte nicht mehr bei allem Fragen, was sie tat, aber ein „Nein." akzeptierte er nicht, das hatte ihr die drohend zum Schlage erhobene Hand deutlich gezeigt. Und sie wollte es nicht darauf ankommen lassen, dass er sie schlug. Gerade war die letzte Kuh fertig gemolken, da stand Hans in der Stalltür. „Ich habe das Frühmahl schon vorbereitet", sagte er und sie antwortete „Ich danke dir." Dann verschwand er und sie stand vom Hocker auf.

In den letzten Tagen hatte sie sich mit Hans angefreundet und sie alberten oft wie Kinder herum. Der junge Mann konnte ziemlich komisch sein, auch wenn seine Scherze mitunter etwas derber waren, aber von ihrem Dorf war sie ja einiges gewöhnt. Sie nahm den Eimer und folgte ihm in die Küche. Dort saß Sebastian schon am Tisch, während Hans ihr die Becher zum Befüllen hinhielt. Vorsichtig goss sie die Milch hinein, um keinen Tropfen zu verschütten, aber das war aus dem schweren Eimer gar nicht so einfach und der strenge Blick von ihrem Mann sorgte auch nicht gerade für eine ruhige Hand. Doch Hans bewegte den Becher so, wie sie mit dem Eimer zitterte. Beide mussten darüber lachen und dann begann das Mahl mit einem kurzen Gebet.

Nachdem der Rest des Essens wieder verschlossen war, schob Hans den Tisch beiseite und Sebastian zog die Wanne in die Mitte. In anderen Familien wurde im öffentlichen Badehaus gebadet, das hatte ihr die Nachbarin am vergangenen Sonntag erzählt, bei ihnen eben zu Hause. Arika holte das Wasser vom Brunnen und schon bald brodelte es im Kessel über dem Feuer.

„Du zuerst", sagte Sebastian zu Arika und blieb diesmal in der Küche. Als sie im Unterkleid in die Wanne steigen wollte, ergänzte er „Alles!" und sie sah zu Hans, der auch noch in der Küche stand. Der drehte sich kurz zur Wand, wodurch sie von ihm unbeobachtet das Kleid abstreifen und schnell in die Wanne steigen konnte. Nun erst verließ Sebastian die Küche und sie saß völlig nackt in der Wanne. Das Wasser ging ihr nur bis zum Nabel und ließ damit ihren Oberkörper unbedeckt. Arika spürte die Blicke von Hans, dann zog sie schnell die offenen Haare nach vorn, wodurch diese ihre Brust bedeckten. Sie griff zur Seife und fragte „Kannst du mir den Rücken waschen?" und er nickte. Sie beugte sich vor und spürte die streichelnden Berührungen.

Von ihr nicht beeinflussbar begann sich eine Gänsehaut über ihren Rücken zu ziehen. Dabei dachte Arika daran, dass die einzige zärtliche Berührung ihres Mannes der Kuss am zweiten Tag gewesen war. Sie verlor sich in dem Einseifen und seine Hände gingen deutlich tiefer, als sie es gemusst hätten. „Den Rest schaffe ich alleine", sagte sie mit stockender Stimme und griff zur Seife. Ihre Hände berührten sich für ein paar Augenblicke, dann wusch sie sich schnell weiter und stieg aus der Wanne. Sie spürte seine Blicke auf ihrer Haut und schlug den Blick nieder. Dann reichte

Hans ihr das Tuch und verschwand aus dem Raum, um Sebastian zu holen.

Nachdem sich alle drei gesäubert hatten, gingen sie zum Dom hinüber. Arika vermied es dabei, Hans in die Augen zu sehen, denn ihre eigenen Augen hätte zu viel über ihre Gefühle verraten. Es kostete sie eine immense Kraft, ihren aufgewühlten Körper wieder unter Kontrolle zu bekommen. Immer noch spürte sie seine Finger auf ihrer Haut, auf ihrem Hintern.

Mitten im Gottesdienst gab es einen gewaltigen Knall und alle sprangen von ihren Bänken auf. Von hinten rief einer „Die Osmanen haben den Dom mit ein paar Kanonenkugeln beschossen, doch das Haus Gottes hat den Heiden widerstanden." „Preisen wir Gott!", rief der Pfarrer von vorn und alle brachen in Jubel aus.

Als die Kirchenglocken das Ende des Gottesdienstes verkündeten, strömten alle aus dem Haus. „Ich muss noch zum Rat", sagte Sebastian. „Ich muss zu meiner Kanone", erklärte Hans und beide Männer ließen Arika vor dem Dom stehen. Kurz sah sie nach oben und bemerkte, dass das Dach des Südturmes des Domes doch etwas schwerer beschädigt war. Dann sah sie auf den großen Platz. Alles ging seinen gewohnten Gang. Unschlüssig stand sie da. Was sollte sie nun tun? Noch auf den Markt gehen?

Arika erkannte die Nachbarin, die nach ihr den Dom verließ. Ein kleiner Schwatz mit der Frau war nun möglich und zusammen gingen die beiden Frauen zurück zu ihren Häusern. Dort holte Arika den Schlüssel aus dem Beutel und betrat das Haus. Ein Sonntag ohne Mann! Schweigend ging sie zur Küche und sah die Wanne in der Ecke stehen. Dabei musste sie wieder an Hans und seine Hände denken. Die gerade erst verschwundene Gänsehaut kam zurück.

Das durfte nicht sein! Sebastian durfte nie erfahren, wie sie im Moment für Hans fühlte. In der Mitte des Raumes stehend horchte sie in das Haus. Es war Stille! Nur im Stall war das Vieh zu hören.

Gedankenverloren strich sie mit den Fingern über den Rand der Wanne. Diese Empfindung hatte sie noch nie gehabt und die würde sie auch nie wieder empfinden dürfen. Erneut konnte sie die Hände von Hans auf ihrem Rücken spüren und auch die Gänsehaut kam zurück. Diesmal aber zog sie sich über ihren ganzen Körper. Jedes Härchen stellte sich auf. Arika kniff sich in den Arm und der Schmerz riss sie von diesem Gedanken los. Suchend blickte sie sich um. Alles war gemacht. Nichts blieb noch zu tun. Doch wenn sie nichts tat, so würden diese verbotenen Gedanken immer und immer wieder zu ihr zurückkommen. Sie musste sich mit etwas ablenken, nur mit was?

Arika war alleine im Hause. Was sollte sie tun? Dann fiel ihr erleichtert ein, dass das Heu noch aus der Scheune heruntergeholt und zu den Tieren gebracht werden musste. Schnell ging sie durch den Stall in den Hof und öffnete die Scheune. Es war halbdunkel in dem Raum und sie brauchte einen Moment, um sich darin zu orientieren. Links stand die Leiter und dorthin ging sie. Stufe für Stufe stieg sie hinauf und griff in das Heu. Von dort warf sie es hinter sich und hinab, bis sie vermutlich genug davon hatte.

Danach stieg sie wieder hinab und ging zu dem Haufen in der Mitte des Raumes. Überraschend umklammerten sie zwei Hände um die Hüfte und sie fuhr erschrocken mit einem leisen Schrei herum. „Hans!", entfuhr es ihr. Ihre Augen trafen sich und dann küsste er sie. Erschrocken zuckte sie zurück. „Was machst du da? Das dürfen wir nicht!", sagte sie und löste sich aus seiner Um-klammerung. Doch er kam ihr hinterher.

116

Wieder küsste er sie und wieder ging sie einen Schritt zurück. „Dein Vater schlägt mich tot und dich auch", sagte sie, doch Arika spürte, wie der Widerstand in ihr zusammenbrach. Die mühsam verdrängte Gänsehaut war wieder da. Es kribbelte auf ihrem ganzen Körper. Dieses Kribbeln verscheuchte den letzten Gedanken aus ihrem Kopf. Ein neuer Kuss folgte und sie fiel rückwärts in das Heu.

Hans fiel hinter ihr her und küsste sie wieder. Schon lange hatte sie es aufgegeben, sich zu wehren. Gegen Gefühle konnte man nicht ankämpfen. Ihre Lippen trafen die seinen. Immer länger wurde der Kuss, dann streifte Arika Kleid und Unterkleid bis zur Hüfte hoch. Sie winkelte ihre Knie an, während er mit fahrigen Fingern versuchte seine Hose zu öffnen.

27. Kapitel

Anfang oder Ende?

Wien, am 1. August 1683

D as, was als Spaß in der Wanne beginnen sollte, hatte sich in eine ganz andere Richtung entwickelt, als es Hans sich gedacht hatte. Er hatte Arika necken wollen und war daher mit der Seife sehr weit nach unten gegangen, doch die Reaktionen der Frau hatte er so nicht erwartet und seine eigenen darauf auch nicht! Natürlich mochte er sie, doch bisher hatte er sie wie eine Schwester angesehen. Ein paar sanfte Berührungen hatten das geändert. Sein Herz war ja sowieso schon von ihr eingenommen, doch nun war es zu einer Flamme geworden, die ihn zu verzehren drohte. Er hatte sie zum ersten Mal aus der Nähe nackt gesehen und dabei verstohlen ihren Körper bewundert, als sie aus der Wanne stieg. Grazil und doch kraftvoll war ihre Erscheinung. Die seidig glatte Haut hatte er ja schon berührt, doch nun sah er auch den weichen Flaum über ihrem Schoß.

Er hatte aus dem Zimmer gehen müssen, um nicht zu sehr durch sein Starren aufzufallen und sein Vater hätte ja jederzeit wieder in die Küche zurückkommen können und ihn in dieser verfänglichen Situation sehen können. Er verzichtete dann auch darauf, dass sie ihm den Rücken wusch. Der Vater hatte in der Küche gestanden und es sicher bemerkt.

Etwas hatte sich geändert und die Zeit im Dom, in der sie Seite an Seite gesessen hatten, war eine weitere Qual gewesen. Wenn er einen Finger gerührt hätte, so hätte er sie berühren können, doch sein Vater saß auf ihrer anderen Seite! Das war alles viel zu ver-

118

rückt und konnte nie passieren. Als dann nach dem Gottesdienst Sebastian gesagt hatte, dass er noch zum Rat ging, und das dauerte bei ihm, mit anschließenden Umtrunk, oft Stunden, hatte sich auch Hans schnell verabschiedet. Zwar musste er an diesem Tag nicht auf seiner Bastion sein, doch er konnte auch nicht alleine mit Arika bleiben.

Das war zu gefährlich! Gefährlicher als sein sonstiger Platz auf dem gefüllten Pulvereimer.

Aber wo sollte er hin? Er war durch die Stadt gegangen, ohne ein Ziel zu haben und vielleicht hatte er gerade deshalb wenig später vor dem eigenen Hoftor gestanden. Die Hand auf dem Riegel hatte er noch daran gedacht, dass es falsch war, aber wie von selbst hatte sich das Tor geöffnet und leise hinter ihm wieder geschlossen. Er hatte nach ihr Ausschau gehalten und dabei ein Geräusch aus der Scheune gehört.

Und nun lagen sie schwer atmend im Heu. Das, was nie hätte passieren sollen, war über ihm hereingebrochen! Arika hatte ihm helfen müssen. Zu unerfahren und zu aufgeregt war er gewesen, als das es ohne ihre helfende Hand hätte klappen können. Und zu schnell war es schon wieder vorbei gewesen. Er dachte an die hastigen Bewegungen, die die Angst vor dem Entdecken durch den Vater nur noch schneller gemacht hatten. Hans suchte ihren Blick im Halbdunkel der Scheune. Vorsichtig strich er ihr eine Locke, die sich unter der verrutschten Haube hervorgeschoben hatte, aus dem Gesicht. „Das darf nie wieder passieren, sonst schlägt mich dein Vater tot", sagte sie, nach Luft ringend. „Und dich gleich mit", setzte sie noch hinzu und versuchte ihre Sachen zu richten.

Langsam kamen sie zur Ruhe und nun setzten die Gedanken wieder ein. Was war da gerade geschehen? War dies das Ende der Freundschaft? Oder der Beginn von etwas neuem? Nur von was? Das konnte nie gutgehen! Mit einem Mal hatte er das Gefühl, das sein Vater jeden Moment nach Hause kommen konnte und sie so in der Scheune fand. Hastig stand er auf und schüttelte sich das Heu von der Kleidung, dann sah er in den Hof und wartete.

Sie trat hinter ihn und er spürte ihre flüchtige Berührung, die ihn schon wieder in Brand setzte. Hans drehte sich um und versuchte sie erneut zu küssen, doch sie wich zurück. „Nein. Das darf nicht sein", sagte sie gepresst und versuchte den Kopf wegzudrehen, doch er nahm ihr Gesicht in seine Hände. Wenn sie es gewollte hätte, so hätte sie sich ihm ohne Mühe entziehen können. Er wusste, wie stark sie war, fast genauso stark, wie er selbst. Doch sie blieb und ihre Augen füllten sich mit Tränen. Vorsichtig strich er diese aus ihrem Gesicht und küsste sie. Wieder sagte sie „Das kann nicht gut gehen." Doch das wusste er selbst. Nur im Moment konnte er nicht anders.

Hans folgte seinem Gefühl und das konnte doch nicht falsch sein. Ein lautes „Ja!" sagte sein Kopf dazu. Doch genau hier musste enden, was nie hätte beginnen können. Er hatte diese Freundschaft zerstört. Oder waren sie es beide gewesen? Konnte es eine Freundschaft zwischen Frau und Mann überhaupt geben? Von nun an würden sie beide sehr vorsichtig sein müssen, damit ihre Blicke sie nicht verraten würden.

Er riss sich von ihr los und ging nach draußen. Dort überquerte er den Hof und betrat das Haus. Vorsichtig schaute er sich um, so, als ob er etwas Verbotenes tat, doch es war still im Haus. Sebastian war noch unterwegs. Langsam stieg er nach oben und ging durch die offen stehende Tür in das Zimmer des Vaters. Von dort aus konnte er in den Hof sehen und dann sah er sie, wie sie das Heu aus der Scheune in den Stall trug. Ein paar Mal musste sie gehen und schließlich hörte er, wie sie unten in den Flur kam.

Sein Blick ging zur Seite und Hans sah das Bett, in dem einst auch seine Mutter geschlafen hatte. Nun gehörte es auch Arika. Neben dem Bett lag ihr Kamm und er nahm ihn in die Hand. Fast zärtlich strichen seine Finger über dieses Kleinod, das täglich ihr Haar berührte. Versonnen schaute er auf das Schmuckstück und bemerkte nicht, dass sie in den Raum gekommen war.

Ihre Hand auf seinem Arm riss ihn von dem Kamm los. Nun standen sie wieder voreinander und erneut kam die Frage von ihr, die auch er hätte stellen können, „Wie soll das weiter gehen?" Doch er hatte keine Antwort darauf. Von nun an würde jeder Scherz, jede zufällige Berührung und jeder Blick eine andere Bedeutung haben, als noch am Tage zuvor. Und hier im Hause lief man sich praktisch ständig über den Weg.

Er sah in ihre Augen und versank darin. Warum hatte er sich nicht vorher zu ihr bekannt? Wäre das überhaupt möglich gewesen? Vorsichtig legte er den Kamm zurück und ging wortlos an ihr vorbei zu seinem Zimmer. Er spürte ihren Blick in seinem Rücken und er versuchte dem Verlangen zu widerstehen. Es war schwer, aber es musste sein!

28. Kapitel

Ein Dienst an Gott

Osmanisches Heerlager vor Wien, am 1. August 1683

Istvan hatte sie am Morgen gefragt, ob sie mit zum Gottesdienst kommen wolle und sie hatte ihn ungläubig angesehen. Doch er hatte genickt und ihr war wieder eingefallen, dass ja Sonntag war. Anscheinend wurde hier im osmanischen Lager ein Gottesdienst für alle Christen abgehalten. Swetlana konnte es immer noch nicht glauben, als Istvan sie aus dem Zelt holte und auf ein freies Feld hinter dem Lager brachte, wo schon ein paar hundert Männer, aber auch einige Dutzend Frauen, standen. Es würde zwar ein evangelischer Gottesdienst sein, aber seit ihrer Gefangennahme hatte sie ja mit keinem Priester mehr sprechen können und auch an keinem Gebet teilgenommen. Vorn war ein kleiner Altar auf der Wiese aufgebaut und ein großes, hölzernes Kreuz war dahinter in die Wiese gerammt worden.

Da stand sie nun und wenn sie sich umdrehte, so sah sie dort die Fahne mit dem Halbmond über dem Lager wehen. Irgendwie kam ihr das seltsam vor, dass hier so ein Dienst an ihrem Gott stattfand, wo die Männer doch versuchten die Stadt einzunehmen. Und niemals wäre jemand dort drin darauf gekommen, einen Gottesdienst für die Osmanen abzuhalten, wenn es dort welche gegeben hätte. Offensichtlich waren diese Männer sehr viel Toleranter den anderen Glaubensrichtungen gegenüber.

Der Gottesdienst begann und wurde auf Ungarisch abgehalten, weil ja viele der Männer Ungarn waren. Aber Swetlana konnte ja jedes Wort verstehen, da ihre Mutter mit ihr in dieser Sprache auch noch oft geredet hatte, selbst als sie schon lange hier gewohnt hatte. In diesem Gottesdienst wurde der Kampf gegen Wien mit keiner Silbe erwähnt. Er fand für eine Stunde einfach nicht statt, obwohl die Kanonen doch deutlich zu hören waren. Nur wenige hundert Schritte von ihnen entfernt, da standen die Batterien und schossen in die Stadt hinein.

Von Zeit zu Zeit zogen auch beim Gottesdienst die Wolken aus Pulverdampf über die dort versammelten Menschen. Damit brachte sich der Kampf für sie immer wieder in die Erinnerung. Swetlana dachte daran, dass an diesem Tage sicherlich die Menschen in der Stadt auch beim Gottesdienst waren. Auf welcher Seite würde Gott stehen, wenn es zu einer Entscheidung kam? War Gott überhaupt noch hier anwesend? Oder hatte er sie schon alle längst verlassen? Auf beiden Seiten wurde derselbe Gott verehrt! Swetlana konnte es nicht verstehen, wie diese Männer hier gegen die Männer in der Stadt zu Felde zogen. Dann ging der Gottesdienst zu Ende und das letzte Wort des Pfarrers galt nun doch noch dem Kampf „Möge Gott uns den Sieg bringen", sagte er und Swetlana dachte daran, dass der Pfarrer in der Stadt sicherlich gerade denselben Wunsch äußerte, denn von dort zog in diesem Moment das Läuten der Glocken zu ihnen herüber.

Anschließend trafen sich alle zu einem schlichten Mahl auf der Wiese. Es wurden Decken ausgebreitet und Brot wurde gebracht. Alle setzten sich einfach auf die Fläche, auf der sie zuvor den Gottesdienst abgehalten hatten. Istvan ließ sich neben ihr nieder und sie begannen ein Gespräch über Gott und die Welt. Es war fast wie ein Gespräch unter Freunden, wenn nicht der Donner der Kanonen sie immer wieder daran erinnert hätte, dass sie nicht freiwillig hier war. Doch es gefiel ihr, endlich mal unter dem freien Himmel zu sein. Hier brauchte sie vor den Tataren, wegen denen sie sonst das

Zelt nicht verließ, keine Angst zu haben. Hier hatte sie den Schutz der Gemeinschaft von Christen.

Sie sah sich um, aber sie war vermutlich die einzige „Kriegsbeute" hier. Die anderen Frauen sahen so aus, als ob sie mit ihren Männern mitgekommen waren. Damit fühlte sie sich für einen Moment wieder einsam, bevor sie den Gedanken wegwischte und sich weiter mit Istvan unterhielt. Für einen Nachmittag lachten und scherzten sie, da er an diesem Tag auch nicht mehr in den Kampf musste. Es fühlte sich alles gut an und für ein paar Stunden hatte sie das Gefühl, an ihrem Ziel angekommen zu sein. Doch dann erinnerte sie sich wieder daran, dass Istvan ja Frau und Kinder hatte. Bei ihm würde sie nie etwas anderes sein, als ein Zeitvertreib nach dem Kampf. Trotzdem fühlte es sich gut an.

Hand in Hand gingen sie später wieder zum Zelt und dort holte Istvan wieder einen Krug mit dem köstlichen Wein hervor. Da sie nun aber schon die Wirkung kannte, trank sie nur einen Becher und diesen auch ganz langsam. Aber auch diese kleine Menge an dem starken Wein ließ mit seiner Wirkung nicht lange auf sich warten. Der Wein brachte Istvan dazu, von seiner Familie zu erzählen, die er ja nun schon so lange nicht mehr gesehen hatte. Er kam richtig ins Schwärmen, als er von seiner Frau erzählte und für einen Moment dachte Swetlana, wie schön es wohl wäre, solch einen Mann zu haben. Doch dann fiel ihr wieder ein, dass sie das wohl nie erleben würde.

Wenn sie die Gefangenschaft irgendwie überleben würde, so würden die Menschen sie später dafür Steinigen, dass sie sich einem Heiden hingegeben hatte. Eine richtige Familie würde sie niemals haben können. Ihre Augen füllten sich mit Tränen und Istvan bemerkte es. Er versuchte sie zu trösten und küsste sie. Allerdings machte er es damit nur noch schlimmer und sie begann zu schluchzen. Nun begann er sie zu streicheln und diese Berührung holte sie wieder zurück in das Zelt. Dabei dachte sie daran, dass er sie ja jederzeit wieder weiterverkaufen konnte, wenn er ihrer überdrüssig werden würde.

Swetlana musste alles machen, damit er nicht auf diesen Gedanken kommen würde und gerade war sie dabei, ihren Rauswurf zu riskieren. Wenn er nicht mit ihr zufrieden war, so war es nur noch eine Sache von wenigen Augenblicken und sie würde wieder nackt am Feuer sitzen und die Männer würden um sie würfeln, wie sie es bei dem Riesen erlebt hatte.

Sie wischte sich die Tränen ab und küsste den Mann. Dann setzte sie sich wieder zurück und goss einen neuen Becher Wein für sich und ihn ein. Gemeinsam stießen sie an. War es vielleicht auch ein Werk Gottes, dass sie hier saß? War es eine Prüfung für sie? Oder für ihn?

29. Kapitel

Handel oder Betrug

Wien, am 2. August 1683

Z wei Wochen hatte er sein Geschäft schon geschlossen. Das hatte zum einen den Grund, dass er mehr Zeit mit seiner jungen Frau verbringen wollte, aber viel mehr, weil er damit dafür sorgte, dass seine Vorräte nicht zu schnell erschöpft wurden. Überall in der eingeschlossenen Stadt begann der Hunger um sich zu greifen. In der Ratsversammlung am Tage zuvor hatten sie beschlossen, die Lebensmittelpreise einheitlich und für alle Verbindlich festzulegen. Auch er hatte mit abgestimmt, insgeheim aber sich schon die Hände gerieben. Diese Festlegung bedeutete eigentlich nur, das die Preise schon so extrem hoch waren und die Leute trotzdem alles zahlen würden, nur um ein Stück Brot oder Wurst zu erhalten. Durch das Umräumen hatte er nun eigentlich nur noch Waren in seinem Angebot, die niemand während einer Belagerung ernsthaft brauchen würde. Gartengeräte, Schaufeln, Kämme und diverse andere Luxusgegenstände, die keiner kaufte, der am Hungertuch nagen würde. Doch in der Ecke seines Kontors, von außen nicht einsehbar, hatte er die Dinge, die im Moment fast mit Gold aufgewogen wurden.

Natürlich war es beabsichtigt, dass der Geruch von geräuchertem Schinken durch den Laden und auf die Straße zog. Schließlich konnte er ja keine andere Werbung machen, wenn er nicht sofort an den Pranger wollte. Der am 27. Juli angeordneten völligen Mobilisierung aller wehrhaften Männer war er durch sein Alter und auch durch ein paar Beziehungen entgangen. Außerhalb des Ladens humpelte er nun ein bisschen an einem Stock, den er im Laden dann an die Wand lehnte. Das fühlte sich zwar ein bisschen nach Betrug an, aber so konnte er in seinem Laden bleiben und musste nicht mit einem Gewehr auf der Mauer stehen. Das machte ja Hans schon, den er nun viel seltener sah, als noch vor ein paar Tagen. Ging der Sohn ihm deswegen aus dem Weg?

Vielleicht! Aber darüber konnte er sich im Moment keine Gedanken machen. Jetzt war es wichtiger, dass der Geruch nach Geräuchertem auf die Straße zog. Sebastian wedelte noch mit einem Stück Holz und half dem Duft noch etwas nach. Sollte ihn ein Kontrolleur des Rates dazu befragen, so konnte er ja seiner Frau die Schuld geben, dass diese die Vorratskammer nicht richtig geschlossen hatte. Allen anderen konnte er ja ein Angebot machen und in Zeiten der Not griff jeder zum rettenden Strohhalm in der Flut.

So stand er hinter dem Tisch und wartete. Aber lange brauchte er sich nicht gedulden, denn die eingesetzte „Werbung" brachte den gewünschten Effekt. Nach außen hin verkaufte er Körbe, allerdings mit einem sehr wertvollen Inhalt. Die Preise wurden nur geflüstert und das kurze Entsetzen in den Gesichtern seiner Kunden konnte er zwar verstehen, aber es war ihm auch egal. Noch vor wenigen Tagen waren seine Waren nicht mal ein Zehntel dessen Wert gewesen, was sie nun kosteten und die Preissteigerung, die schon abzusehen war, würde dafür sorgen, dass es in seinem Beutel immer schwerer wurde.

So eine Belagerung hatte eben auch ihre guten Seiten, zumindest wenn man vorgesorgt hatte und seine Vorratskammer und die Lager waren voll. Nicht geachtet der vier Kühe, die er ja auch noch zu Geld machen konnte, falls diese Belagerung länger dauern würde, doch das Ersatzheer war ja schon auf dem Weg und damit würde es sicher nur noch ein paar Tage oder höchstens zwei Wochen dauern, bis er seinen Warenbestand wieder auffüllen konnte.

Trotzdem wollte er mit seinen Waren sparsam sein und er hatte auch keine Skrupel, die Leute wieder wegzuschicken, wenn sie seinen Preis nicht zahlen wollten. Bis zum Mittag hatte er mit drei Kunden mehr verdient, als sonst am ganzen Tag mit mehreren Dutzend Menschen. Still lächelte er in sich hinein. Dass er mit dem Leid der Menschen sein Geschäft machte, das war für ihn ein normaler Handel. Später kam eine Frau, angelockt durch den Duft, in seinen Laden. Er erkannte sie als Nachbarin und diese sagte, nachdem er ihr den Preis in ihr Ohr geflüstert hatte, mit einem erschrockenen Schritt zurück, „Aber ich habe Mann und drei Kinder. Das jüngste keine zwei Monate alt. Ich brauche das Essen." Dabei versuchte sie sein Herz mit Tränen zu erweichen, doch er schüttelte den Kopf. „Wo soll ich so viel Geld hernehmen?", fragte sie und er zeigte auf die Kette an ihrem Hals.

Sie legte die Hand auf den Anhänger „Den hat mir mein Mann vor Jahren geschenkt", erklärte sie und drehte den Anhänger vor ihren Augen. Vermutlich überlegte sie gerade, ob sie das wohl tun sollte. „Wievielt dafür?", fragte sie schließlich. „Ein Brot und zwei Würste!", antwortete Sebastian. „Zwei Brote und zwei Würste? Ich habe vier Mäuler zu stopfen", bat sie und er überlegte. „Hast du noch etwas dazu?", fragte er sie und die Frau schüttelte den Kopf. „Dann gilt mein Angebot oder du hungerst", beharrte er auf seinem Preis.

Langsam öffnete sie die Kette und nahm sie in die Hand. Behutsam strich sie mit den Fingern darüber und zögerte, doch dann übergab sie das goldene Schmuckstück. Sebastian nickte und steckte den Schmuck in seinen Beutel, dann ging er nach hinten und kam mit einem Korb zurück. „Wie versprochen!", sagte er und übergab ihn an sie.

Die Frau öffnete den Deckel und sah hinein. Dann schluckte sie und nickte. Tränen liefen über ihr Gesicht, danach ging sie mit hängenden Schultern auf die Straße hinaus. Nur kurz sah er ihr nach, dann kam der nächste Kunde und das Feilschen begann erneut.

Als er am Abend den Riegel vor die Tür schob, setzte er sich an den Tisch und begann zu rechnen. Auf dem Zählbrett lagen die Münzen und wanderten immer weiter nach oben, dann sah er in sein Lager und überschlug, dass er am nächsten Tag die Preise etwas erhöhen konnte. Das würde er nun jeden Tag machen, denn der Hunger würde ja auch größer werden.

Sebastian schloss die Ausbeute des Tages in den Schrank ein und stieg nach oben. Arika saß am Fenster und sah auf den Hof hinunter, als er in den Raum trat. Sie drehte sich zu ihm um, aber im Moment war er für sie zu müde. Sicherlich war sie erstaunt, dass er sich einfach nur neben sie legte. „Geschäfte machen müde!", sagte er noch, dann schloss er die Augen. Fast sofort war er eingeschlafen und träumte von vielen Gulden.

30. Kapitel

Ewige Finsternis

Osmanisches Heerlager vor Wien, am 2. August 1683

it der Schaufel über der Schulter machte sich Istvan wieder auf den Weg durch den Laufgraben zum Anfang des Tunnels, den er nun schon zwei Tage mit etwa dreißig Soldaten aushob. Insgesamt waren es 5.000 osmanische Soldaten, die speziell für den Minenkrieg und für Schanzarbeiten ausgebildet waren. Dazu kamen noch viele ungarische und französische Bergwerksingenieure, so wie er, die für viel Geld von den Osmanen angeworben worden waren, damit sie die Soldaten unterstützen und anleiten sollten. Damals hatte sich das alles gut angehört, das Geld, das man ihm für jeden Monat geboten hatte, entsprach in etwa dem, was er sonst in einem Jahr verdienen würde, doch im Angesicht des Todes war das nun nicht mehr so viel. Zwar hatte er gewusst, dass seine Arbeit gefährlich war, doch nun sah er, um wie viel diese hier noch gefährlicher geworden war.

Am Abend des Vortages hatten die Wiener eine Mine gezündet und dabei einen Teil seines Tunnels zum Einsturz gebracht. Fünf seiner Männer waren dabei verschüttet worden und sie hatten nur einen noch lebend ausgraben können. Nun wollte er viel mehr auf Sicherheit setzen, als er es zuvor für nötig erachtet hatte.

Er trat in den Tunnel und prüfte die Stabilität der Wände. Die hölzernen Stützbalken wollte er nun im halben Abstand setzen, wie er es noch am Tage zuvor festgelegt hatte. Damit würde der Tunnel stabiler, allerdings wurde er damit auch nicht mehr so schnell gebaut werden können. Schnurgerade zog sich der Tunnel

130

auf den Ravelin zu. Nur so konnten sie die Richtung halten. Das Licht immer direkt hinter sich wussten sie, dass sie immer noch gerade gruben. Am Anfang, bei den anderen Tunneln, hatten sie noch mit Fackeln versucht, die Richtung zu halten, doch dann waren sie zu weit gekommen und die Feuer verbrauchten die ganze Luft in dem Schacht. Hier arbeiteten sie nun anders.

Bei dem Tempo würden sie sicher noch fünf oder sechs Tage brauchen, bevor sie unter der Mauer angekommen sein würden. Aber die Mine hatte auch nur dann eine Wirkung, wenn sie exakt unter der Mauer zur Sprengung gebracht wurde. Zu weit vorn war sie wirkungslos und machte die Arbeit einer ganzen Woche zunichte.

Einige Soldaten kamen ihm mit Säcken entgegen, in denen sie den Aushub wegtrugen. Ganz vorn würden zwei seiner Leute graben und die anderen trugen die Erde nach draußen. Gegraben wurde aber nur am Tage, auch wenn die im Tunnel herrschende Finsternis diese auch in der Nacht gestattet hätte, doch dann wäre nicht mehr gewährleistet, dass der Tunnel gerade war.

Istvan lehnte die Schaufel an die Wand und zog den Hammer aus dem Gürtel. Vor Jahren hatte er eine Zimmermannslehre gemacht, die ihm danach, bei seinen Arbeiten im Bergwerk, schon oft geholfen hatte. Mit Beil und Hammer bearbeitete er ein Stück eines Balkens und setzte ihn dann in eine Verstrebung ein. Jeder Schlag saß. Dann zog er die Hälfte der Soldaten zusammen und legte fest, dass sie nun Balken von draußen bringen sollten. Die Verstrebungen wurden vom Tunnelanfang beginnend in den Tunnel eingebracht. Somit waren ganz vorn nur noch halb so viele Soldaten bei der Arbeit und damit kamen sie nun noch langsamer vorwärts, aber so war der Bau eben sicherer.

Bei dieser Arbeit konnte er seine Gedanken fliegen lassen und sie gingen auf eine lange Reise, zu seiner Frau und den Kindern. Wie lange würde er noch hier sein, bevor er sie wieder in die Arme schließen konnte? Damals war von vier Wochen die Rede gewesen. Doch nun war er schon die doppelte Zeit unterwegs. Auch hatte er im Lager der Tataren gehört, dass der Angriff auf Wien vom Sultan gar nicht befohlen worden war. Hinter der Hand tuschelte man, dass es die Entscheidung ihres Heerführers gewesen war. Der Sultan hatte befohlen die Grenze zu sichern und die ungarischen Burgen zu verstärken.

Offensichtlich hatte der Befehlshaber gedacht, dass er die Grenze am besten schützte, wenn er Wien einnahm und damit die Grenze so weit nach Westen schob, dass die Flüsse eine natürliche Grenze bilden würden. Zugleich mit den Gedanken an seine Familie kamen ihm auch die Gedanken an Swetlana in den Kopf. Liebte er diese Frau? Eigentlich nicht. Aber dennoch fühlte er sich irgendwie zu ihr hingezogen. Gerade am Tage zuvor war er mit ihr beim Gottesdienst gewesen. Es hatte so etwas Friedliches im Angesicht des ständigen Todes gehabt.

Er mochte sie, aber er wusste auch, dass es nur für die Zeit dieser Belagerung war. Allerdings hatte er sich vorgenommen, sie nicht wieder in die Hände der Tataren fallen zu lassen. Das wäre sonst unchristlich gewesen. Dass er mit seiner Hände Arbeit dafür sorgte, dass die Osmanen eine christliche Stadt einnehmen konnten, daran dachte er nur kurz und griff wieder zum Beil. Unter präzisen Schlägen hob er Span für Span ab und passte den Balken seinem Gegenstück an.

Der Mann werkelte im Dunklen und dass nur wenige Schritte über ihm gerade gestorben wurde, das störte ihn nicht. Er hatte seine Arbeit und für diese würde er bezahlt werden. So einfach und unkompliziert sah er das Ganze. Nur ein einfacher Bergwerksschacht. Wie sonst zur Silberförderung, nur das hier am Ende kein Erz zu finden sein würde, sondern viele Fässer mit Schießpulver dafür sorgen würden, dass die Stadtmauer über ihnen in sich zusammen fiel. Wenn er das erreicht haben würde, so wäre der Krieg für ihn vorbei und dann würde er auch wieder nach Hause können.

Allerdings nutzte es nichts, schneller zu arbeiten. Er wusste, dass schnelles arbeiten nicht gut war. Zu schnell würden sich Fehler einschleichen und die konnten das Leben von allen dreißig Männern, ihm inbegriffen, fordern, die sich gerade im Schacht befanden. Balken für Balken stand an der Wand und stützte damit die Decke. Als es dann hinter ihm dunkel wurde, da hatte er bereits fünfundzwanzig Balken gesetzt. Er rief nach vorn „Genug für heute" und die Männer stellten langsam die Arbeit ein. Alle gingen an ihm vorbei und er klopfte ihnen im Scheine einer Fackel anerkennend auf die Schulter.

Mit dieser Fackel verließ er als letzter den Schacht. Ein letzter Blick zurück auf das tägliche Werk, dann stand er im Graben und zog die Abendluft in seine Lungen. Nach der stundenlangen Arbeit in der Finsternis war die von Pulver geschwängerte Luft draußen eine richtige Wohltat. Langsam schritt er dem Lager entgegen und damit auch der Frau, die dort schon auf ihn warten würde.

Er kam aus der Finsternis des Tunnels und ging in die Finsternis der Nacht. Eigentlich war es immer um ihn finster, nur im Zelt bei ihr brannte das Licht, das sah er nun schon vom Weg aus. Schneller wurden seine Schritte.

31. Kapitel

Neue Freunde

Wien, am 8. August 1683

S eit fast einer Woche hatte ihr Mann nun schon sein Geschäft wieder geöffnet und es war Sonntag geworden. Diese Woche war für Arika irgendwie komisch abgelaufen. Obwohl sie doch mit den beiden Männern unter einem Dach lebte, hatte sie die beiden kaum gesehen. Konnte ihr Mann in den Wochen davor kaum die Finger von ihr lassen, so sah er sie nun kaum noch an. Er legte sich abends in das Bett und schlief meist, mit einem glücklichen Lächeln auf dem Gesicht, ein. Arika lag daneben und konnte nicht schlafen. Ihre Gedanken flogen aber nicht zu ihrem Mann, sondern zu Hans in das Zimmer auf der anderen Seite des Flures. Doch er schien ihr aus dem Weg zu gehen. Oder hatte er nur zu viel mit der Verteidigung der Stadt zu tun?

Die Erinnerungen an die Begegnung in der Scheune zerwühlten ihre Gefühle. Natürlich hatte sie verstanden, dass er sich auch zu ihrem Schutz von ihr zurückzog, aber selbst wenn sie nur mit ihm hätte scherzen oder lachen können, hätte ihr das gutgetan. Am Morgen hatte sie, nackt und alleine, in der Wanne gesessen und beim Einseifen an Hans gedacht, doch der stand oben auf der Mauer und hielt Wache. Natürlich war auch das notwendig, schließlich wurden sie ja belagert, aber er fehlte ihr und auch ihr Mann war da schon wieder in seinem Laden und zählte vermutlich gerade die Würste nach, ob auch keine fehlen würde.

In den letzten Tagen hatte sich Arika mit Karola, ihrer Nachbarin, angefreundet. Die Frau war zwar zehn Jahre älter, aber es hatte sich so ergeben, dass sie immer dann auf der Straße war, wenn Arika gerade vor dem Laden fegte. Ob das nun Zufall war oder Karola dann immer nur nach draußen kam, wenn sie Arika sah, konnte sie nicht sagen. Es tat aber gut, mit jemanden zu reden. Karola hatte drei Kinder und ihr Mann stand bei Hans an der Kanone, wie sie am Vortag überraschend festgestellt hatten. So hatten sie noch mehr verbindendes gehabt.

Immer wieder hatten sie einen kurzen Schwatz gemacht, obwohl sie sich da immer von Sebastian argwöhnisch beobachtet gefühlt hatte. Von Karolas Erzählungen bekam Arika ein Bild von der Situation in der Stadt. Bei ihr gab es immer genug zu essen, aber bei Karola schon lange nicht mehr. Die Freundin erzählte ihr, dass in der Stadt mittlerweile alles gebraten wurde, was nur irgendwie verwertbar war. Ratten, Hunde und Katzen wanderten in den Kochtopf. Es hatte sich ein neuer Begriff gebildet. Man sagte jetzt „Dachhase" wenn man von Katzen sprach. Vermutlich um sich davon abzulenken, dass man vor wenigen Wochen noch mit den Tieren im Park gespielt hatte, die nun in die Pfanne wanderten. Aber der Hunger sorgte dafür, dass man nicht wählerisch sein konnte.

Karola hatte ihr auch erzählt, dass der Rat der Stadt ein paar Häuser festgelegt hatte, in welche die immer zahlreicher werdenden Toten gebracht werden mussten. Die Friedhöfe lagen ja außerhalb der Stadtmauern und dorthin konnte man sie nicht bringen. Die Häuser wurden auch von Soldaten bewacht. Vermutlich hatten man Angst davor, dass sich die ausgehungerte Bevölkerung über die Leichen hermachen würde. Das jagte Arika einen Schauer über den Rücken und sie dankte Gott dafür, dass sie immer noch genug zu essen hatte. Doch vielen ging es eben nicht so gut.

Auf dem Weg zur Kirche, den Arika ohne ihren Mann antrat, der in den Rat der Stadt musste, traf sie nun Karola mit ihren beiden Söhnen und der jüngsten Tochter, die sie, in ein Tuch eingewickelt, auf dem Arm trug. Wieder war der Hunger das Thema ihre Unterhaltung und Karola sagte „Ich habe kaum noch Milch für sie." Dabei spielte sie mit dem Kind in ihrem Arm und sah traurig in das Gesicht des Kindes. „Wenn das so weiter geht, werde ich sie wohl verlieren", setzte sie hinzu und Arika sah die Tränen, die aus ihren Augen auf das Gesicht des Kindes tropften. Was konnte sie tun? Sie dachte an die Vorratskammer, von der aber Sebastian den Schlüssel immer um den Hals trug. In anderen Familien hatte da die Frau den Schlüssel, so wie Karola, auch wenn es in ihrer Kammer schon lange nichts mehr gab.

„Ich kann dir nichts geben. Sebastian schließt jeden Brotkrümel nach der Mahlzeit sofort wieder weg. Wenn ich da etwas davon verschwinden lasse, so schlägt er mich bestimmt", sagte Arika nachdenklich. Doch sie überlegte weiter, wie sie der Freundin und deren Tochter helfen konnte. Dann fielen ihr die Kühe ein. „Ich könnte dir heimlich etwas Milch geben", erklärte sie und sah das Leuchten in den Augen der Freundin. „Würdest du das wirklich tun?", fragte Karola zweifelnd doch Arika nickte. „Aber Sebastian darf mich nicht erwischen. Ich habe ja jeden Früh meinen Becher Milch, der Rest wird von mir zu Butter gemacht. Davon kann ich dir nichts geben, aber meinen Frühstücksbecher kann ich dir überlassen", erklärte Arika und nun überlegten sie auf dem Rest des Weges zum Dom, wie Arika den Becher, von Sebastian ungesehen, an die Freundin weitergeben konnte.

Vor dem Laden, auf der Straße, war es unmöglich, aber beim Arbeiten im Hof musste es sicher gehen. Sie verabredeten sich dafür, dass Karola nun jeden Morgen am hinteren Hoftor warten würde, wenn Arika das Heu aus dem Schuppen holte. Dabei wurde sie dann hoffentlich nicht von ihrem Manne gesehen, seine Schläge fürchtete sie, auch wenn er sie noch nie geschlagen hatte.

Als sie den Dom erreichten, sah Arika die Kanonenkugel, die eine Woche zuvor den Südturm getroffen hatte und noch immer in der Wand steckte. Ihr Blick ging nach oben und dort sah sie das zerstörte Dach des Turmes, aber auch auf dem Hauptturm die Mondsichel, die sich über dem Dom, an der Spitze des Turmes befand. In der Sonne glänzte diese so, als wolle sie damit die Angreifer verhöhne, die ja auch unter dem Zeichen der Mondsichel hierhergekommen waren.

So thronte der Mond weithin sichtbar über der ganzen Stadt. Die beiden Frauen betraten den Dom gemeinsam durch das Tor und danach trennten sich ihre Wege. Während Arika fast ganz vorn saß, musste Karola in der Bank der Handwerker sitzen, die sich fast am anderen Ende des Domes befand. Nun saß Arika alleine in ihrer Bank. Weder Hans noch Sebastian waren an ihrer Seite und besonders Hans hätte sie nun gebraucht.

Die junge Frau vertiefte sich in ihr Gebet und hoffte, dass Sebastian sie nicht bei ihrem Plan erwischen würde. Sie sah zur Statue der Maria und bat um deren Beistand.

32. Kapitel

Ein Neubeginn

Wien, am 8. August 1683

Eine ganze Woche hatte er mit Kämpfen auf dem Ravelin verbracht und ihre Kanone hatte mehr als einmal einen blutigen Tribut von den Feinden eingefordert. Die anderen Kanonen der Bastionen standen zu weit oben, als dass sie in das unmittelbare Kampfgeschehen im Vorfeld eingreifen konnten. So waren die Kanoniere dort meist damit beschäftigt, die gegnerischen Kanonen zu bombardieren oder mit Gewehren die direkt unter ihnen kämpfenden Osmanen zu beschießen. Nun war es also wieder Sonntag geworden und Hans stand schon seit dem Sonnenaufgang hier hinter seiner Mauer und dachte dabei an den Sonntag der letzten Woche zurück. Seit dem war er sowohl seinem Vater, als auch Arika, aus dem Weg gegangen, wo immer er konnte. Selbst das nun so früh auf der Mauer stehen am Sonntag war dem geschuldet, dass der Vater ihm sicher sofort ansehen würde, was mit ihm los war, wenn er ihm nur ein paar Minuten in die Augen gesehen hätte. Die Unbekümmertheit und Leichtigkeit der Freundschaft zu Arika war dahin. Was sollte nun kommen?

Paul stieg zu ihm herauf und klopfte ihm auf die Schulter. „Nun ist es für dich Zeit in den Gottesdienst zu gehen", sagte er und Hans nickte. Er zeigte dem Freund noch schnell seine Beobachtungen des Vormittages und dann stieg er zur Stadt hinab. Dabei ging er betont langsam, denn er musste sich überlegen, was er zu seinem Vater und zu Arika sagen würde, damit sein innerer Zustand nicht sofort für beide offensichtlich wurde. Waren die beiden denn schon wieder zu Hause? Es war kein so langer Weg, den er zurücklegen musste und wenn er gewollt hätte, so würde er noch in einer Schänke einkehren können, in der die gerade aus dem Gottesdienst kommenden Männer einkehrten. Doch er entschied sich anders und war schon wenig später an der Haustür angekommen.

Der Laden war geschlossen und Hans betrat das Haus. Aus der Küche hörte er ein Singen und er folgte der Stimme. Dann betrat er den Raum und Arika nickte ihm freundlich zu. „Wo ist denn mein Vater?", fragte er, ohne sich wirklich dafür zu interessieren, er wollte ihm nur gerade nicht über den Weg laufen. Arikas Anblick hatte alles in ihm sofort wieder aufgewühlt, was er so lange versteckt haben wollte. „Er ist wieder bei der Sitzung der Kaufmannsgilde", antwortete sie. „Na das kann ja wieder spät werden", entgegnete Hans, doch irgendwie war er erleichtert und erschrocken zugleich. Einerseits war der Vater sicher noch für Stunden außer Haus, andererseits war er nun damit auch für den Rest des Tages mit Arika hier alleine.

„Machst du mir ein Bad? Ich will noch in den Gottesdienst", fragte er und sie nickte, dann schob er den Tisch beiseite und zog die Wanne nach vorn, während sie schon den ersten Eimer mit Wasser vom Brunnen im Hof holte. Danach ging Hans mit dem Eimer noch ein paar Mal, bevor die Wanne voller Wasser war.

Nachdem Arika auch das heiße Wasser vom Herd genommen und in die Wanne gefüllt hatte, streifte er seine Kleidung ab und stieg in den hölzernen Zuber hinein. „Wäschst du mir bitte den Rücken?", fragte er und hielt ihr die Seife hin. Arika strich sich eine vorwitzige Locke aus der Stirn, nahm das Seifenstück und begann ihm damit den Rücken einzuseifen, dabei machte sie mit ihrem Lied weiter, aber Hans hörte gar nicht hin. Er genoss die streichelnden Bewegungen und für einen Moment dachte er wieder daran, dass er das ja gerade vermeiden wollte. Doch es ging einfach nicht. In diesem Hause konnte man sich eben nicht aus dem Wege gehen.

Daher beschloss er für sich, es so hinzunehmen, wie es kam. Hans stand in der Wanne auf, drehte sich zu Arika um, die mit dem Lied aufgehört hatte, und beugte sich zu ihr. Dann küsste er sie einfach so. Für einen Moment stand sie nur wie erstarrt vor ihm, dann löste sie sich von ihm und sagte erneut, wie eine Woche zuvor in der Scheune, „Das dürfen wir nicht!" Doch am Klang ihrer Stimme hörte er, dass sie das nicht wirklich ernst meinte. Er stieg aus der Wanne, trocknete sich schnell ab, nahm ihre Hand und sagte „Komm mit."

Arika folgte ihm einfach, ohne einen sichtbaren Widerstand zu leisten. Seine Sachen im Arm, stieg er nackt vor ihr die Leiter nach oben, bis sie im Dachgeschoss des Hauses angekommen waren. Dort warf er seine Sachen auf einen kleinen Schrank, zog die Frau weiter hinter sich her und öffnete eine Tür. „Das war mal die Kammer der Magd. Sie liegt genau über meinem Zimmer. Oft habe ich gehört, wie hier der Geselle mit der Magd…", sagte Hans und zog Arika in das Zimmer hinein.

Trotz des noch hellen Tages war es dämmrig in der Kammer, da durch das kleine Dachfenster nicht viel Licht in den Raum fiel. Es war eigentlich nur ein Bett und genau davor standen sie nun beide. Er schloss die Tür und küsste Arika wieder. „Um wie viel einfachen wäre es doch, wenn ich noch die Magd und du der Geselle wärst", sagte sie seufzend. „Und wenn die Belagerung nicht wäre, so könnten wir fliehen. Vielleicht nach Venedig", ergänzte Hans, doch sie wussten beide, dass das im Moment nicht möglich war.

Sie hatte nur sich selbst und diesen Raum. Langsam öffnete er die Knöpfe ihres Kleides. Dann schob er seine Hand hinein. Der Stoff rutschte mit einem leisen Geräusch über ihre Schultern und Hüften zu Boden. Das Unterkleid folgte und er löste das Band ihrer Haube. Spielerisch zog er an ihre Haarsträhnen und begann ihren Körper zu streicheln. Sanft zog er die Kurven ihre Brüste nach, die Rundungen ihre Hüfte. Er kniete sich vor sie hin und küsste das Haar über ihrem Schoß. Seine Finger erkundeten weiterhin jede Rundung, jedes Fältchen an ihr und es war ein so gewaltiger Unterschied, zwischen all dem Tod und der Zerstörung draußen und diesem duftenden Schoß vor ihm, der so viel Liebe und Leben versprach.

Hans spürte, wie sie unter seinen Berührungen schwer zu atmen begann, dann zog sie ihn zu sich nach oben und begann seinen Körper zu streicheln. Heute hatte sie Zeit und konnten sich in Ruhe erkunden. Das Ziehen in seinen Lenden wurde schmerzhaft.

Im Kuss vereinigt fielen sie schließlich auf das Lager. Ihrer beiden Körper verschmolzen in der Mitte und er spürte, wie sie seinen Bewegungen entgegenkam. Schon lange waren sie an dem Punkt vorbei, an dem es noch ein Zurück gegeben hätte. Immer weiter trieben sie dem Punkt vollkommenen Glücks entgegen. Nie gekannte Gefühle rasten durch seinen Körper, während er ihren zuckenden Leib unter seinen Fingern spürte.

Mit einem Stöhnen lösten sich alle Anspannungen und sie sanken erschöpft auf das Bett zurück. Aneinander gekuschelt schliefen sie im Zimmer der Magd ein.

33. Kapitel

Unerfüllte Liebe

Wien, am 8. August 1683

Das Läuten der Glocken ließ sie aufschrecken. Arika lag nackt in dem Bett und Hans an ihrer Seite. Sie waren eingeschlafen und nun würde Sebastian sicher nach dem Gottesdienst wieder nach Hause kommen. Sie rüttelte Hans an der Schulter wach, der sie küssen wollte, doch sie sprang aus dem Bett und raffte ihre Sachen an sich. „Schnell. Mein Mann kommt Heim!", sagte sie und nun erst erkannte auch Hans den Ernst der Situation. Schnell zog sie sich wieder an, während Hans seine Sachen holte und es ihr gleichtat. Danach verließen sie das Zimmer wieder, stiegen nach unten in die Küche und räumten die noch immer darin stehende Wanne beiseite. Als Sebastian das Haus betrat, saßen sie beide in der Küche und unterhielten sich, als sei nichts passiert. Aber konnte sie ihrem Mann noch in die Augen sehen? Nach diesem Betrug? Sie stand auf und holte das Geschirr, so konnte sie mit dem Rücken zu ihrem Mann stehen bleiben, der von der Sitzung der Gilde erzählte.

Dann holte er die Speisen aus der Vorratskammer und sie setzten sich an den Tisch. Nach einem kurzen Gebet begannen sie mit dem Mahl. Dabei erzählte er, ungeachtet des vollen Tisches, von dem Hunger in der Stadt. Von der zerstörten Wasserleitung und den ersten Krankheiten. Offenbar war die Ruhr wieder ausgebrochen und die ausgehungerten Menschen konnten der Seuche nichts mehr entgegensetzten. Es starben wohl mehrere hundert Menschen am Tage an der Krankheit. Das war ein Vielfaches von denen, welche durch die Kampfhandlungen getötet wurden. Sebastian erzählte auch, eher davon unbeeindruckt, dass der Rat der Stadt nun hohe Strafen für Preistreiber angesetzt hatte. Dabei wusste sie doch von Karola nur zu gut, dass eigentlich Sebastian auch kräftig bei der Erhöhung der Preise mitmachte. Hätte er da nicht selbst diese Strafen verdient? Doch das wollte sie ihn lieber nicht fragen. Sie sah Hans an und wusste nicht wirklich, wie es mit ihrer Freundschaft weitergehen sollte.

Arika wusste nur eines, dass das, was sie an diesem Nachmittag empfunden hatte, so ganz anders von dem war, was sie bei ihrem Mann gefühlt hatte. Als Sebastian dann vom Tisch aufstand und die Reste wieder in die Vorratskammer trug, tauschten sie einen langen Blick. Etwas Sehnsüchtiges lag in den Augen von Hans und vermutlich auch in ihren eigenen. Schnell riss sie sich wieder los, als sie hörte, dass sich Sebastian wieder der Küche näherte. Nun stand Hans vom Tisch auf und ging aus der Küche.

Kurze Zeit später war Arika alleine in dem Raum. Sie hörte, wie Sebastian laut seine Lager aufräumte und versank in der Erinnerung an die zärtlichen Momente, die noch keine Stunde her waren. Das war keine Freundschaft mehr, das war Liebe! Noch nie hatte sie eine so tiefe Zuneigung gefühlt, noch nie solch eine Vertrautheit. Nie solch ein Glück, wie in den Händen von Hans. Und auch noch nie solch ein Verlangen! Sie stand am Herd, mit dem Rücken zu Küche, und träumte sich nach oben, in das Zimmer der Magd hinein. Dieses warme Kribbeln lief wieder durch ihren Körper. Wie aus der Ferne hörte sie Hans sagen „Träum nicht!" und zuckte dabei zusammen.

Schnell drehte sie den Kopf zu ihm zurück, aber er nahm den Finger vor den Mund. Verstehend nickte sie, denn nebenan war ja Sebastian und hätte sie hören können. So blieben nur ihre Blicke, die mehr erzählten, als alle Worte, die sie hätte finden können.

Gleichzeitig wusste sie aber, dass diese Liebe für immer unerfüllt bleiben würde. Trotzdem sauste immer stärker das Verlangen nach ihm durch ihren Körper.

Das Rumpeln im Lager wurde immer größer und Arika sagte „Ich gehe erst mal das Heu für die Tiere holen." Das sagte sie so laut, dass es auch Sebastian hören konnte, doch von ihrem Mann kam nur ein unverständliches Gemurmel als Antwort. Arika riss sich von ihren Empfindungen los, ließ Hans dort stehen, verließ die Küche und ging auf den Hof hinaus. Erwartete sie, dass er ihr folgen würde? Das war aber viel zu gefährlich. Eigentlich wollte sie ihm im Moment nur aus dem Wege gehen, denn seine Nähe würde sie bestimmt nur zu einer unvernünftigen Reaktion verleiten.

Fast war es eine Art von Flucht und diese führte sie nun auch noch genau dorthin, wo sie vor einer Woche aufeinander getroffen waren. Sie betrat die halbdunkle Scheune und sah nach oben, kam aber nicht dazu, die Leiter hinaufzusteigen, denn als sie den Fuß auf die unterste Sprosse setzte, stand Hans hinter ihr und küsste die Seite ihres Halses. Sie versuchte ihn von sich fort zu schieben, aber es blieb bei dem Versuch.

„Das geht nicht", sagte sie leise und setzte dann fort, „Er schlägt mich bestimmt tot." Dabei dachte Arika erneut an die zum Schlage erhobene Hand von Sebastian an ihren ersten Tagen als Ehefrau. Viel zu sehr hatte er sie damit eingeschüchtert. Doch in der letzten Zeit hatte er sich kaum noch für sie interessiert. Seine Gier nach dem Gold andere Leute hatte vermutlich sein Verlangen nach ihr ausgelöscht.

Hans zog sie von der Leiter und drehte sie um. „Hierher ist der noch nie gekommen. Mein Vater weiß vermutlich noch nicht einmal, dass es diesen Schuppen überhaupt gibt", erklärte Hans. „Ich habe aber trotzdem Angst vor ihm", entgegnete Arika und versuchte sich aus den Armen von Hans zu befreien, doch der hielt sie einfach fest. Ihr Befreiungsversuch war auch nur sehr halbherzig geführt, denn so wirklich wollte sie ihn nicht von sich schieben.

Noch viel zu sehr hing sie mit ihren Gedanken an den zärtlichen Berührungen, die sie in der Mägdekammer erhalten hatte. Mit Mühe riss sie sich dann doch von ihm los und fragte „Wie soll das weiter gehen?" Doch darauf wusste auch Hans keine Antwort. „Warum hast du mich nicht zuerst gefragt, ob ich deine Frau werden will", seufzte sie und dachte doch gleichzeitig, „Warum habe ich nicht Nein gesagt?" Es wäre so viel einfacher gewesen, wenn sie noch die Magd gewesen wäre, doch dafür war es nun eben zu spät.

Damit standen sie nun Auge in Auge und keiner der beiden konnte sich von dem anderen trennen. Sie spürte den Schmerz fast körperlich, wie sich ihr Herz zusammenzog. Nur noch ein Kuss und sie würde den Verstand verlieren. So wich sie zurück, doch hinter ihr stand die Leiter, die ihre Bewegung stoppte und noch bevor sie etwas sagen oder tun konnte, war er diesen einen Schritt hinter ihr hergekommen und nahm ihr Gesicht in beiden Hände. „Nicht", flehte sie, doch er küsste sie. Arika verlor den Boden unter den Füßen und nur die Leiter, gegen die sie gelehnt war, verhinderte, dass sie der Länge nach in den Schuppen fiel. Doch seinen Händen konnte sie nicht mehr entkommen. Ihr Herz stand nun in Flammen.

34. Kapitel

Zwischen Leben und Tod

Wien, am 9. August 1683

Seit dem Morgengrauen lag der Ravelin unter Dauerbeschuss durch die Osmanen. Bis zu diesem Tag waren sie zwar auch unter Beschuss gewesen, doch nun schlug eine Kugel nach der anderen in der niedrigen Mauer ein. Oder flog darüber hinweg. Die Osmanen schienen praktisch unbegrenzte Vorräte von Kanonenkugeln zu haben. Sie selbst konnten nur zurückschießen, wenn es sich wirklich lohnen würde. Nur die kleinen Kanonen, so wie die von Hans, schossen noch, aber die verschossen ja auch Metallschrott auf die Gräben, die keine fünfzig Schritte entfernt waren. Eine Kugel schlug in die Maueroberkante am anderen Ende des Ravelins und die Steinbrocken wirkten wie Kartätschenladungen. Überall lagen Tote und Verletzte, doch schnell wurden die Lücken wieder mit frischen Soldaten gefüllt.

Alle liefen nur noch gebückt herum. Die Kanone war nun geladen, Paul richtete sie aus und Hans rannte mit dem Eimer zum Pulvermagazin. Auf dem halben Wege hörte er eine Explosion hinter sich, danach wurde er von einer Druckwelle erfasste und gegen die Tür des Magazins geschleudert. Das Holz gab splitternd nach und er flog in den dunklen Raum. Dort drehte er sich um und sah eine schwarze Wolke über die Mauer ziehen. Mühsam rappelte er sich hoch und hielt sich die schmerzenden Rippen. Er ließ den Eimer fallen und starrte in den sich langsam auflösenden Rauch.

Ein Stück der Mauer fehlte. Genau an der Stelle, an der vor wenigen Augenblicken noch seine Kanone gestanden hatte, da

146

klaffte jetzt eine Lücke, in die ein Ochsenkarren mitsamt Tieren quer hineinpassen würde. Das Rohr der Kanone lag auf der Fläche, der Rest fehlte. Hans griff sich ein Gewehr und trotz der Schmerzen lief er nach vorn.

Schon waren die Osmanen zu hören, die versuchten, die Lücke zu stürmen. Die Kanonen schossen nun auf die beiden Bastionen. „Wir müssen die Lücke stopfen!", rief einer der Offiziere und von unten wurde ein Karren geholt, hinter dem man sich verschanzen konnte. Hans sah die zweite Kanone, die am anderen Ende der flachen Mauer stand und deren Besatzung gefallen war. Mit ein paar anderen Männern schob er die Kanone zur Lücke und von dort schossen sie aus wenigen Schritten Entfernung die Metallladung in die Masse der anstürmenden Feinde hinein.

Wer auf diese kurze Entfernung getroffen wurde, der löste sich praktisch auf. Überall flogen Geschosse durch die Luft und so seltsam wie es schien, war es doch genau hier der sicherste Platz auf der ganzen Mauer.

Hans wusste, dass keine Kanone diese Zerstörung angerichtet hatte, sondern eine Mine die Mauer aufgesprengt hatte. Und wo eine Mine gesprengt war, da konnte keine andere sein. An allen anderen Stellen schon. Wer wusste schon, wohin die Osmanen ihre Tunnel vortrieben. Durch den dauernden Beschuss konnte keiner in Wien hören, wo gerade gegraben wurde. Überall und jederzeit konnte eine zweite Ladung gesprengt werden.

Stundenlang wehrten sie die anstürmenden Feinde ab und gleichzeitig füllten sie den Karren in der Mauerlücke mit Sand, wodurch er eine gute Sperre abgab. Erst gegen Abend brachen die Angriffe ab und der Beschuss wurde weniger. Erst jetzt konnte

Hans sich an eine Wand setzen. Die Rippen taten immer noch weh, aber er musste an Paul und die anderen Männer denken. Die Mine war genau unter ihnen gezündet worden und hatte alle getötet. Nur der Umstand, dass er gerade Pulver für den nächsten Schuss hatte holen wollen, der hatte ihn gerettet.

Einen Augenblick später losgelaufen, oder schneller zurückgekommen, und er wäre jetzt auch tot. Spurlos verschwunden, wie seine Freunde. Pulverisiert! Mühsam stand er auf und stützte sich auf das Gewehr. Die Schmerzen wurden immer größer und er ging gebeugt von der Mauer herunter. Langsam lief er zu seinem Haus. Erst jetzt kamen die Tränen, wegen des Verlustes des Freundes hoch, aber in der einsetzenden Dämmerung konnte sie keiner sehen und wenn ihm jemand begegnete, dann drehte Hans schnell den Kopf zur Seite.

Als er in der Gasse entlang lief, die zu seinem Elternhaus führte, dachte er daran, dass sein Freund im Hause nebenan gewohnt hatte. Dann stand er vor der Tür und klopfte. Pauls Frau machte auf, mit ihrer kleinen Tochter auf dem Arm. Sie sah ihn fragend an und er schüttelte nur den Kopf. Ihre Augen füllten sich mit Tränen. Kein Wort war gesprochen worden und dennoch war alles gesagt. Tröstend nahm er sie in den Arm. Aber er konnte nichts sagen. Gemeinsam weinten sie auf der Straße.

Nicht mal ein Grab würde der Freund erhalten. Dafür war von ihm nicht mehr genug vorhanden. Erst als es ganz dunkel war, betrat er das Elternhaus. In der Küche sitzend zog er sich die Uniformjacke aus und zündete eine Kerze auf dem Tisch an. Danach zog er sein Hemd über den Kopf und sah sich seine Brust an. Sie war blau angelaufen von der Prellung. Hans hörte ein Geräusch hinter sich, erhob sich und drehte sich um. Arika stand in der Küchentür. „Das sieht ja schlimm aus", sagte sie erschrocken. „Aber im Gegensatz zu meinen Kameraden bin ich noch am Leben", entgegnete er. „Möchtest du noch etwas essen?", fragte sie ihn, doch er wusste, dass sein Vater den Schlüssel für die Vorratskammer hatte und so schüttelte er den Kopf. Er setzte sich wieder und erzählte. Arika setzte sich zu ihm und hörte aufmerksam zu. Dann sagte sie „Die arme Karola. Drei Kinder und nun keinen Mann mehr." Hans nickte traurig und dachte wieder an die Freunde.

Immer noch tat ihm beim Atmen die Brust weh. „Kannst du mir ein Tuch straff um die Brust wickeln? Da gehen die Schmerzen bestimmt zurück", fragte er und sie nickte. Langsam stieg sie vorsichtig die Leiter hinauf und kam wenig später mit einem Tuch zurück. Hans stand unten an der Leiter und leuchtete mit der Kerze nach oben, wodurch sie sicher auf den Boden kommen konnte.

Als sie vor ihm stand rief der Vater von oben „Arika?" und sie antwortete schnell „Ich komme gleich in das Bett." Dann wickelte sie ihm das Tuch straff um die Brust. Das Atmen ging wirklich besser und sie stiegen vorsichtig nach oben, nachdem sie die Kerze gelöscht hatten. Oben trennten sie sich und gingen in ihre Zimmer. Hans legte sich auf sein Bett, aber der Schlaf kam nicht. Er dachte an seine Freunde und begann ein Gebet. Dabei sah er ihre vertrauten Gesichter vor sich.

35. Kapitel

Frieden unter Kanonen

Osmanisches Heerlager vor Wien, am 10. August 1683

Er war in Swetlanas Armen erwacht. Am Abend hatte er seinen großen Erfolg gefeiert. Die Mine war genau an der Stelle explodiert, an der er sie hatte haben wollen. Direkt unter dem Ravelin, in der einen Längsseite der Mauer. Er hatte sogar genau die Mitte getroffen, so wie er es vorgehabt hatte. Anerkennend hatte er seinen Männern nach der Zündung auf die Schulter geklopft. Dass der Sturmangriff auf diese Lücke danach gescheitert war, das lag nicht in seiner Macht und dafür konnte er nichts. Seine Aufgabe hatte er zu seiner eigenen Zufriedenheit gelöst.

Die zehn Fässer Schießpulver hatten eine gigantische Lücke in die Mauerfront gerissen. Mit dem Fernglas hatte er die Explosion verfolgt. Das Loch war sicher fünfzehn Schritte breit. Heute nun würde er sich und seinen Männern einen Tag der Ruhe gönnen, bevor sie morgen mit dem nächsten Tunnel beginnen würden. Diesmal würde es auf die Spitze des Ravelins zugehen und damit würde dann das nächste Stück des Mauerwehres zerstört werden. Wenn die Sprengung dann genauso gut lief, wie die gestrige, so wäre der Ravelin dann eigentlich nicht mehr durch die Wiener zu halten sein. Und wenn erst einmal der vorgelagerte Ravelin gestürmt war, dann würde sie die dahinter liegende Stadtmauer auch nicht mehr aufhalten können. Bis dahin würden sie aber sicher etwa zehn Tage graben müssen.

Es war eine lange Feier gewesen. Obwohl seine osmanischen Soldaten dem Wein nicht zugesprochen hatten, wie er und seine zwei ungarischen Begleiter, hatten auch diese an der Feier teilgenommen. Irgendjemand hatte ein Reh erbeutet und es auf dem offenen Feuer gebraten. Für jeden hatte es ein großes Stück leckeres Wildbret gegeben, selbst für Swetlana, die als einzige Frau unter vielen Männern irgendwie deplatziert gewirkt hatte. Doch niemand hatte daran Anstoß genommen.

Er hatte mit ihr den leckeren ungarischen Wein getrunken und wieder hatte er nicht den Eindruck gehabt, dass sie eine Gefangene war. Offensichtlich hatte die Frau nun langsam die Qualen durch die Tataren überwunden. Istvan versuchte es ihr so leicht wie möglich zu machen, aber sie war trotzdem sein Eigentum. Auch, wenn sich das irgendwie komisch anfühlte. Vielleicht beschützte er sie auch dadurch vor einem weit dunkleren Schicksal. Bei den Tataren würde sie jetzt vielleicht schon nicht mehr am Leben sein.

Swetlana lag nackt ausgestreckt neben ihm und hatte die Augen geschlossen. Die Frau atmete ruhig und entspannt. Etwas Friedliches lag in ihrem Gesicht und wieder dachte er an Frau und Kinder. War es richtig, was er hier tat? Oder redete er sich das Ganze mit der Behauptung des Schutzes nur schön? Er sah sie an und Strich ihr eines der kurzen Haare aus dem Gesicht. Diese zärtliche Berührung weckte sie noch nicht, ließ sie aber im Schlaf ihre Position wechseln. Dadurch wendete sie ihm ihr Gesicht zu. Er war versucht, sie zu küssen, würde sie damit aber sicher wecken.

Noch zögerte er. Wieder dachte er an die Tataren. Swetlana hatte ihm nicht erzählt, was sie bei den Männern hatte erdulden müssen, vermutlich aus Scham hatte sie es verschwiegen, doch an so etwas wie Zärtlichkeit hätte weder Taras noch der andere Mann gedacht. Warum eine Frau küssen, die man nur zur Befriedigung niederster Triebe brauchte, um sie danach wegzuwerfen oder zu verspielen? Dann konnte er es nicht mehr verhindern. Istvan beugte sich zu ihr, küsste sie und Swetlana schlug die Augen auf. Sie lächelte ihn an. In diesem Zelt waren sie nun nur Mann und Frau, nicht Gefangene und ihr Bewacher. Zwei Menschen, die sich nicht ganz egal waren. Zumindest war das von seiner Seite aus so geworden. Wie sie dachte, dass konnte er nicht wissen.

Die Sonne stand schon am Himmel und anscheinend wehte der Wind im Moment günstig, womit sie die Kanonen nur ganz schwach hörten und auch den Pulverdampf nicht riechen mussten. Das gab der Situation noch etwas Friedlicheres. Ein Tag der Erholung nach all dem Tagen des in der Erde Herumwühlens. „Hast du gut geschlafen?", fragte er sie und die Frau nickte. Dann richtete sie sich neben ihm auf und saß mit dem Rücken zu ihm. Der Mann fuhr die Linie ihrer Wirbelsäule mit den Fingern entlang und sie sah zu ihm zurück. „Möchtest du heute mit mir baden gehen?", fragte er sie und sie sah ihn ungläubig an.

„Baden? Mitten im Krieg denkst du an Baden?", fragte sie und hielt den Kopf schief. Er setze sich auf und nickte. „Ich weiß einen kleinen Tümpel im Wald. In seiner Nähe holen wir das Holz für die Abstützung der Tunnel. Zieh dich an und komm mit", legte er fest und hielt ihr das Kleid hin. „Du wirst doch nicht versuchen zu fliehen?", fragte er lächelnd, doch sie schüttelte den Kopf. Sie wäre auch nicht weit gekommen, denn die Tataren waren überall in der Umgebung unterwegs.

Zusammen machten sie sich auf den Weg. Die Axtschläge, die nun immer lauter wurden, wiesen ihnen den Weg. Schon nach ein paar hundert Schritten waren sie im Wald und der Kanonendonner war nun vollkommen verschwunden. Man konnte sogar einzelne Vögel in den Bäumen singen hören. Nur das Geräusch der fallenden Bäume unterbrach dann und wann die Ruhe. Doch das waren so friedliche Geräusche in all der Hektik des Krieges, dass man sich fast darüber wunderte.

Nach weiteren hundert Schritten betraten sie die Lichtung mit dem kleinen Waldteich, den er als Tümpel bezeichnet hatte. Dieser war etwa hundert Schritte im Durchmesser und hätte etwas Idyllisches haben können, wenn nicht immer wieder Soldaten mit geschulterten Baumstämmen an ihnen vorbei gegangen wären. Istvan zeigte zur Seite, wo noch keine Rodungen stattfanden und sie ging voran.

Wenige Augenblicke später saßen sie im Schilf am Rande des Teiches. Sie ließen die Füße in das Wasser hängen und sahen zur Sonne hinauf. Es war ein richtig schöner, warmer Tag. Die spiegelnde Oberfläche des Teiches lockte zum Baden und schon hatte Swetlana das Kleid abgestreift und war, ungeachtet der Tatsache, dass ihr hunderte Männer zusahen, nackt in den Teich gesprungen. Istvan streifte auch seine Sachen ab und folgte ihr in das kühle Wasser.

Sie schwammen ein Stück und umkreisten einander. Später lagen sie zum Trocknen auf der Wiese, umgeben vom Schilf und damit relativ geschützt, vor den Blicken anderer. Warum konnte nicht jeder Tag so wie dieser sein?

36. Kapitel

Unzüchtige Gedanken

Wien, am 12. August 1683

un lebte sie schon mehr als vier Wochen in der Stadt und was waren das für vier Wochen gewesen. Sie war nun verheiratet und die Frau eines reichen Kaufmannes, aber so richtig glücklich war sie nicht. Die Gewohnheiten in der Stadt waren ihr nach der ganzen Zeit auch noch nicht so vertraut. Doch das kam vermutlich daher, dass Sebastian sie eigentlich nie aus dem Haus ließ. Jetzt, da sein Laden wieder geöffnet war, war es noch viel schlimmer geworden. Die meiste Zeit war sie im Haus, nur beim Fegen der Straße konnte sie nach draußen gehen und sich dabei, unter seinen wachen Augen, kurz mit Karola unterhalten. Sonst war sie in den vier Wänden gefangen. Es war ein sehr großes Haus. Das Grundstück war fünfzehn Schritte breit und mehr wie fünfzig, den Hof und den Schuppen eingerechnet, lang. Doppelt so lang wie die anderen Häuser in der Straße.

Es lag zwischen zwei Straßen und man konnte es sowohl von vorn, über den Laden betreten, als auch über den Hof durch das breite Hoftor, durch das auch die Waren angeliefert werden konnten. Jetzt im Krieg gab es keine Waren, daher war das hintere Tor von Sebastian in der letzten Woche mit Nägeln verschlossen worden. Damit war natürlich auch Arikas Plan, Karola über dieses Tor zu versorgen, gescheitert. Das hintere Tor war so hoch, dass Arika nicht darüber hinwegsehen konnte und so musste sie sich etwas einfallen lassen.

Im Schuppen stand eine kleine Bank, die sie schnell vor das Tor schieben, darauf steigen und danach wieder in den Schuppen verstecken konnte. Sie hatte sich mit Karola ein geheimes Klopfzeichen ausgemacht und Arika konnte nur hoffen, das ihr Mann sie nicht im Hof sah. So übergab sie nun jeden Morgen einen großen Becher frisch gemolkene Milch über den Zaun. Damit konnte Karola ihrer jüngsten Tochter etwas davon geben, denn durch den Hunger konnte sie die Tochter nicht mehr Stillen und die Preise in Sebastians Laden konnte die Frau, nun ohne Mann mit drei Kindern, schon lange nicht mehr zahlen. Allen Schmuck, den sie jemals besessen hatte, hatte sie schon in Lebensmittel getauscht und selbst Ratten wurden nun in der Stadt mit Gold aufgewogen.

Zu all der Not und dem Elend kam bei Arika auch noch dazu, das ihr Mann sie nun praktisch kaum noch anfasste. In den ersten zwei Wochen ihrer Ehe hatte er so oft mit ihr geschlafen, dass es für ein Jahr gereicht hätte und in den zwei letzten Wochen hatte er sie nicht mal mit dem kleinen Finger berührt. Sie sehnte sich nach Zuwendung und Zärtlichkeiten und musste immer an die zwei Mal denken, als sie mit Hans das Lager der Liebe geteilt hatte. In jeder freien Minute schoben sich diese unzüchtigen Gedanken nach vorn. Sie war eine Verbrecherin! Eine Ehebrecherin! Das war ihr vollkommen klar. Sebastian hätte sie vor dem Haus auf der Straße erschlagen können und jeder hätte ihm Recht gegeben. Und doch konnte sie nicht anders. Sie dachte nur noch an Hans.

Jedes Mal, wenn sie den Schuppen betrat und das Heu roch, kam Hans in ihren Sinn. Jedes Mal, wenn sie in das Dachgeschoss des Hauses stieg und an der Kammer der Magd vorbei kam, waren ihre Gedanken wieder bei ihm. Er versuchte ihr aus dem Wege zu gehen, damit sie nicht in diese Nöte kommen würde, das hatte sie nun schon erkannt. Aber das machte es nicht leichter für sie. Es war zu viel Zeit zum Träumen und nachgrübeln. Arika hatte ja im

Haus praktisch nicht viel zu tun. Sie musste sich etwas suchen, was sie beschäftigte und damit diese unnützen und unzüchtigen Gedanken von ihr fern hielt. Nur was?

Im Laden konnte sie nicht mitarbeiten, das hatte ihr Mann ihr schon klar zu verstehen gegeben und an seinen dunklen Machenschaften wollte sie sich auch nicht beteiligen. Doch konnte sie nicht irgendetwas anderes tun? Nach langem Grübeln fiel ihr das Tuchlager ein, welches sie im Obergeschoss eingeräumt hatte. Entschlossen ging sie in das Kontor und fragte ihren Mann „Wir haben doch oben diese schönen Stoffe. Könnte ich daraus nicht Kleider für die Frauen nähen?" „Ich glaube nicht, dass in dieser Zeit jemand ein Kleid möchte. Aber wenn du es möchtest, so kannst du ja für dich Kleider nähen", entgegnete er und nahm ihr damit auch schon wieder etwas die Freude daran.

Natürlich hatte er Recht. Wer am Hungertuch nagt, der gibt seine Münzen nicht für schöne Kleider aus, aber das war das einzige, was ihr eingefallen war. Sebastian zog den Schlüssel für das obere Lager aus seiner Tasche und drückte ihn Arika in die Hand. „Such dir was Schönes aus", sagte er und drehte sich dem nächsten Kunden zu.

Langsam stieg sie die knarrende Leier hinauf und schloss die Tür auf. In ein paar Lichtstrahlen, die durch das geschlossene Fenster fielen, tanzten Staubkörner. Arika ging durch den Raum und öffnete das Fenster, dann sah sie sich in den Regalen um. Sie hatte sie ja eingeräumt und daher wusste sie auch, wo die gewünschten Stoffe zu finden waren. Mit den Fingern strich sie über den schönen Stoff und überlegte sich, wo sie die Kleider dann nähen sollte? Hier oben gab es ja keinen Tisch, der stand nur unten, in der Küche. Also zog sie sich zwei Ballen Stoff aus den Fächern heraus, verschloss das Fenster wieder und verließ den Raum.

Sorgfältig schloss sie wieder ab und legte den Stoff auf dem Fußboden neben der Stiege ab. Sie rief „Sebastian" nach unten und schon wenig später tauchte das mürrische Gesicht ihres Mannes unten auf. „Was schreist du denn so? Ich habe Kunden", sagte er und Arika bereute schon, dass sie ihn gerufen hatte. „Nimm mir bitte den Stoff ab", bat sie mit der süßesten Stimme, die sie hatte.

Der Mann nickte und griff nach oben. Wenig später saß sie in der Küche und betrachtete den Stoff. Erneut fuhr Arika mit den Fingern darüber und überlegte, wie der Schnitt sein sollte. Bei ihrer Mutter hatte sie das gelernt, aber hier in der Stadt waren die Schnitte anders. Sorgsam schob sie die Schere durch den Stoff. Dann begann sie mit Nadel und Faden das Kleid zusammenzunähen. Doch was als Ablenkung gedacht war, das funktionierte so nicht.

Sie hatte jetzt alle Zeit der Welt zum Träumen, da ihre Finger das fast von selbst taten und ihre Gedanken flogen zu Hans. Das schöne Kleid machte sie nicht für Sebastian, sondern für Hans, damit dieser sie darin beim nächsten Gottesdienst bewundern konnte.

37. Kapitel

Der rote Tod

Wien, 12. August 1683

D iese Belagerung dauerte schon länger, als jeder in der Stadt geglaubt hatte. Selbst Sebastian hatte damit gerechnet, dass nun, nach fast vier Wochen, das Entsatzheer vor den Toren der Stadt stehen und die Osmanen verjagen würde, doch es war anders gekommen. Vermutlich wurden sich die Unterstützer nicht einig, wer das Heer führen sollte, denn es konnte ja keine vier Wochen dauern, die Soldaten auf den Weg zu bringen. In den letzten zwei Wochen hatte der Hunger in der Stadt um sich gegriffen. Ihn als Kaufmann, mit einem vollen Lager, freute das, aber er sah auch, dass die Schwachen, die Alten und die Kinder dem Hunger nichts mehr entgegenzusetzen hatten. Fühlte er sich deswegen schuldig? Nein! Es war ja nicht sein Problem. Sein Geldbeutel wuchs beträchtlich und noch nie hatte er so gute Gewinne gemacht. Jede Wurst, jedes Brot, jeder Sack Mehl wurde ihm aus den Händen gerissen und mit Gold aufgewogen.

Doch nun kam noch ein neues Problem dazu: da die Osmanen bei ihren Grabungen vor den Toren der Stadt die Trinkwasserleitung beschädigt hatten, waren die Menschen nun auf Regenwasser und Wasser aus der Donau angewiesen. Er selbst hatte ja einen Brunnen im Hof, der bis tief in den Boden reichte und war damit unabhängig von der öffentlichen Versorgung, doch die Pumpen auf der Straße gaben nur noch schmutziges Wasser her. Und wer es trank, der bekam davon Bauchschmerzen, Krämpfe und blutigen Durchfall. Der „rote Tod", die Ruhr, war zurück!

Und wenn sie in normalen Zeiten, bei guter Versorgungslage, meist nur lästig war, so war sie nun tödlich!

Die Zahlen der Toten schnellten in die Höhe und die für sie reservierten Häuser reichten schon bald nicht mehr aus. Doch was sollte man machen? Die Friedhöfe lagen außerhalb der Stadtmauern und da würde man nur hinkommen, wenn die Osmanen verjagt oder abgezogen waren. Und das konnte noch einige Wochen dauern. Die Lage in der Stadt war verzweifelt und er musste sich nun auch in seinem Laden schützen. Er gab niemanden mehr die Hand und reichte die Ware nur mit zwei Fingern über den Ladentisch. Die Münzen nahm er erst am Abend zu sich. Er hatte einen kleinen Kasten auf dem Tisch stehen, in welchen die Kunden ihr Geld selbst hineinwerfen mussten. Er wollte nichts von dem berühren, das von ihnen kam. Zu groß war auch seine Angst.

Am liebsten hätte er ja seinen Laden geschlossen, doch dann wäre ihm das ganze schöne Geschäft entgangen, welches man mit der Not und dem Hunger haben konnte. Durch seine Befürchtungen und Ängste hatte er noch ein weiteres Manko: er kümmerte sich kaum noch um seine Frau. Dazu hatte er einfach nicht mehr die Zeit und vor lauter Angst, bei seinen dubiosen Geschäften ertappt zu werden, auch keine Lust. So lag sie nachts nur noch neben ihm und er grübelte über die Geschäfte des Tages nach. Von Zeit zu Zeit hörte er sie leise weinen, doch für Zärtlichkeiten hatte er gerade keinen Nerv.

Nach der Befreiung würde das sicher wieder anders werden. Er hatte ja noch so viel Zeit. Zuerst das Geld und dann die Frau! So wollte er es halten. Trotzdem machte sich ein ungutes Gefühl in ihm breit. So oft es ging, war er bei ihr. Nur wenn er im Kontor stand, musste er sie notgedrungen in der Küche alleine lassen.

Doch da konnte er sie dann singen hören und so wusste er auch, wo sie war und dass sie nichts Verbotenes tat. Nähen war ja in Ordnung. So war sie eben beschäftigt und vielleicht konnte er die von ihr genährten Kleider dann später auch an die zahlende Kundschaft verkaufen. Bisher hatte er nur den Stoff an die Schneider verkauft, doch wenn Arika geschickt genug war, so konnte er seinen Gewinn auch dabei noch steigern. Die Untätigkeit würde die Frau sonst sicher nur auf dumme Gedanken bringen!

Zwischen zwei Kunden ging er leise nach hinten und beobachtete sie bei der Arbeit. In das Kleid vertieft setzte sie Stich um Stich. Durch das Fenster fiel die Sonne auf ihre Hände und er konnte den schönen Stoff sehen, den sie sich ausgesucht hatte. Es war nicht der billigste und auch nicht der kostbarste gewesen. Genau der richtige, für die Frau eines Kaufmannes. Er trat einen Schritt vor und sie zuckte zusammen, so, als ob sie etwas Verbotenes gemacht hätte. Sebastian sah sich die Arbeit an und nickte zufrieden, dann ging er wieder in seinen Laden nach vorn.

Seine Gedanken blieben aber bei ihr zurück. Warum war Arika eigentlich so erschrocken, als er in den Raum getreten war? War sie so in Gedanken vertieft gewesen, dass sie ihn nicht bemerkt hatte? Oder war da etwas anderes? Keiner außer ihm konnte doch in den Raum kommen und da brauchte man doch dann auch nicht zu erschrecken. Natürlich war er besonders leise gegangen, aber war das ein Grund dafür? Der Zweifel bohrte sich durch seinen Bauch. Er nahm sich vor, die Frau noch ein bisschen mehr im Auge zu behalten.

Ein neuer Kunde betrat den Raum und an dessen Kleidung erkannte er, dass er bei ihm den Preis noch etwas nach oben setzen konnte. Wer eine so kostbare Jacke trug, der konnte für seine

Wurst auch etwas tiefer in den Geldbeutel greifen. Er nannte eine Zahl, die den anderen nach Luft schnappen ließ, doch der Mann bezahlte zähneknirschend und ging. Mit einem Ohr hörte er nach hinten zur Küche und lauschte dem Lied seiner Frau. Es war eine melancholische Weise, die etwas von der unerfüllten Liebe einer Prinzessin erzählte. Irgendwie nicht das Richtige, was eine verheiratete Ehefrau singen sollte. Was ging wohl in Arikas Kopf vor?

Sebastian wollte gerade zu ihr gehen, um nach ihr zu sehen, da wurde er auch schon wieder von einem neuen Kunden abgelenkt und in seinen Überlegungen gestört. Der Mann vor ihm sah nicht so aus, als ob er sich die Ware leisten konnte, doch er bezahlte den geforderten Preis, ohne mit der Wimper zu zucken. Das Geld konnte sicher nicht ehrlich erworben sein und vermutlich klebte noch das Blut seines ehemaligen Besitzers an den Münzen. Doch Skrupel, es zu nehmen, hatte Sebastian nicht. Zu sehr war er in die goldenen Münzen verliebt, als das er eine davon zurückweisen würde, wenn sie ihm angeboten wurde. Egal woher sie stammte.

Erneut horchte er in das Haus, konnte aber Arika nicht hören, daher verließ er den Laden und ging nach hinten. Er fand sie auf dem Hof mit dem Heu im Arm. Auf seine stumme Frage hin antwortete sie „Die Tiere müssen auch essen." Doch der Tonfall in ihrer Stimme gefiel ihm gar nicht. Es wurde langsam mal Zeit, dass er ihr wirklich zeigte, wer in diesem Hause der Herr war.

38. Kapitel

Ein langer Weg

In den Ausläufern des Erzgebirges, am 14. August 1683

Es hatte mehr als vier Wochen gedauert, bis sich der Zug der sächsischen Armee endlich in Bewegung gesetzt hatte. Nach Gerüchten, die Kurt bei einem Ball in Dresden aufgeschnappt hatte, ging es wohl hauptsächlich um die Führung des Heeres und als das, durch die Teilnahme des polnischen Königs, geklärte war, darum, wer die Verpflegung des Heeres zahlt. All diese Kleinigkeiten hatten diese Zeit gebraucht und es schien so, als wollten die anderen Herrscher die Sachsen gar nicht dabei haben. Freilich war es schon eine seltsame Konstellation in diesem Krieg! Einige katholische Länder, wie Bayern, Baden und Polen, zogen mit einer evangelische Armee, der sächsischen, gegen die Osmanen, die durch die katholischen Franzosen und die evangelischen Ungarn verstärkt waren. Hier war beim besten Willen nicht mehr zu unterscheiden, gegen oder für welchen Gott man unterwegs war. Vielleicht war dies ein Krieg, in dem es gar nicht um Gott ging, sondern nur um den gegenseitigen Beistand. Und so zogen die Männer mit den roten Röcken durch das Land. Sie würden über die Höhen des Erzgebirges ziehen und dann durch Böhmen. Immer in südliche Richtung.

Ein schier unendlicher Heerwurm zog hinter ihm her. Der Kurfürst hatte mehr als zehntausend Männer, tausende Pferde, hunderte Wagen und dutzende Kanonen aufgeboten. Noch ein paar Tage zuvor hatten sich die Stände in Sachen darüber aufgeregt, dass sie diesen Zug finanzieren mussten. Nur die Zusage des Kurfürsten, dass der Kaiser alles bezahlen würde, hatte die Ständeversammlung dann doch zustimmen lassen. Es war ihnen nicht wirklich zu vermitteln gewesen, dass man einem katholischen Herrscher beistehen wolle, der die evangelischen Bewohner seines Landes verfolgen ließ. Doch mit Verweis auf den Unterstützungspakt waren sie dann doch endlich aufgebrochen.

Karl zog ziemlich an der Spitze des Heeres mit seiner Kompanie durch die staubige Gegend. Er hatte sich entschlossen, zu Fuß zu gehen und so führte sein Diener Johann, der ihn auf diesem Feldzug begleitete, das Pferd irgendwo hinter der Kompanie. Die anderen Offiziere saßen auf ihren Pferden und schonten so ihre Stiefel, doch er wollte etwas tun. So ging er voran. Die vier Teile des Heeres zogen getrennt und würden sich erst vor Wien vereinigen. Dadurch konnten sie besser verpflegt werden. Der sächsische Teil zog eben über Böhmen. Der polnische Teil würde dann später bestimmt auch über Böhmen ziehen. Vielleicht vereinigten sie sich ja auch schon vor der Donau, aber wer konnte das schon wissen.

Im Moment war noch vieles von der Lage in der umkämpften Stadt unklar. Melder kamen nur sehr selten durch die Blockade hindurch. Herzog Karl V. von Lothringen, der mit seinen mehr als dreißigtausend Kämpfern im Wienerwald Position hielt und gegen die Spitzen des osmanischen Heeres kämpfte, war die einzige verlässliche Informationsquelle. Nur von ihm kamen immer wieder Meldungen, aber die meisten davon waren eher Hilferufe. Der Feind war ihm mehr als fünffach überlegen. Nur mit den Männern des Ersatzheeres zusammen konnten sie einen gemeinsamen Angriff wagen und bis dahin musste der Herzog dort ausharren. Ging seine Stellung verloren, so würden sie die Donau nicht überschreiten und den Wienern nicht helfen können.

Kurt drehte sich um und sah in die Gesichter seiner Soldaten. Die meisten waren noch so jung und nur zwei seiner Unteroffiziere hatten Erfahrungen im Kampf. Diese beiden waren vor zehn Jahren gegen die Franzosen mit im Krieg gewesen. Der Rest der Männer, ihn eingeschlossen, kannte Kriege und Kämpfe nur vom Hören, von Erzählungen der Alten und von den Übungen. Dazu kam nun auch noch, dass sie als Heer gerade erst im letzten Jahr in einer Umstrukturierung gewesen waren.

Kurfürst Johann Georg III., der erst vor drei Jahren Kurfürst geworden war, hatte dieses Heer geschaffen und er begleitete sie sogar persönlich in diesen Kampf. Nicht wie sein Vorgänger, der nur den Prunk gesucht hatte. Kurt sah wieder vor sich auf den Weg, der sich langsam nach oben schlängelte. Reiter waren vor ihnen und sicherten die Vorhut. Hier war zwar nicht mit einem Feind zu rechnen, aber man konnte nie vorsichtig genug sein und das Schlimmste, was passieren konnte, war, dass das marschierende Heer vom Feind überrascht worden wäre. Bei der Geschwindigkeit des Heeres würden sie sicher zwei Wochen für den Weg brauchen. Also würden die Menschen in Wien bis Anfang September aushalten müssen.

Gegen Mittag wurde eine Marschpause befohlen und jeder blieb an seinem Platz. Kurz wurde gegessen, was der Tornister hergab und es wurde getrunken. Danach wurden die Flaschen in einem nahen Bach wieder gefüllt. Johann war zu ihm nach vorn gekommen und hatte ihm etwas Brot und Wein gebracht, welchen er in den Packtaschen des Pferdes untergebracht hatte. Somit war das Pferd wenigstens zu etwas nutze gewesen, wenn auch nur als Gepäckträger.

Dann erfolgte der Ruf zum Aufbruch. Die Linien formierten sich wieder und die Unteroffiziere kontrollierten die Ausrüstung der Männer. Hier wurde noch einmal ein Riemen glatt gezogen, dort ein Banderolier gerichtet, damit die Männer nicht schon durch die Strapazen des Marsches ausfielen. Danach gab er das Kommando „Vorwärts!" und die Kolonne der Männer setzte sich wieder in Bewegung.

Nun begann zu beiden Seiten der Marschstraße ein Wald. Wenn sie auf der anderen Seite daraus herauskommen würden, so wären sie dann schon in Böhmen. Aber das würde sicher erst am nächsten Tage sein. Kurt richtete seinen Blick nach vorn, die scheinbar endlose Straße entlang. Weit voraus, gegen Abend, würden sie ihr Nachtlager beziehen. Die Zelte waren hinten auf den Wagen. Erst dann würde es auch wieder richtige Verpflegung geben und die Soldaten würden ihr Marschgepäck für den nächsten Tag auffüllen können. Noch hatten sie Verpflegung auf den Wagen, doch schon bald würden diese durch die gekauften Vorräte aus dem Lande ergänzt werden müssen. Da sie durch freundliches Land zogen und nicht durch das Land des Feindes, mussten sie alles bezahlen. Oder besser: der Kaiser musste es bezahlen, denn zu seiner Rettung hatte man sie ja gerufen. Da traf es sich gut, dass es unmittelbar nach der Ernte war und die Scheunen voll waren.

Für viele Bauern würde es ein sehr gutes Jahr mit einem guten Geschäft werden. Denn mit dem Geld des Kaisers musste man ja nicht knausern.

39. Kapitel

Ein mutiger Schritt

Osmanisches Heerlager vor Wien, am 15. August 1683

Wieder war es Sonntag geworden, doch Istvan konnte sie diesmal nicht auf den Gottesdienst begleiten. Noch immer dachte sie an den schönen Tag am Teich zurück, den sie im Wald verbracht hatten. Obwohl ihr das am Anfang ziemlich abwegig erschien, so hatte sie sich doch irgendwie in den Mann verliebt. Sie wusste selbst, dass das ein unmöglicher Zustand war, schließlich war er ja verheiratet und sie seine Gefangene, allerdings fühlte sich alles so gut an in seiner Nähe. Doch wenn man es genau nahm, so verhalf sie ihm damit zum Ehebruch! Zwar war es nicht für sie strafbar, da sie ja nicht verheiratet war, aber Swetlana war somit eine Dirne geworden! Sie teilte ihr Lager mit dem Mann für etwas Brot und ein paar Streicheleinheiten. Das machte es aber nicht besser.

Seit er wieder in seinem Tunnel war, sah sie ihn praktisch nur noch in der Nacht. Den ganzen Tag war er unter der Erde und sie wartete sehnsüchtig auf ihn. Da die Tataren keine zehn Schritte entfernt waren, traute sie sich immer noch nicht aus dem Zelt. Nur in seiner Begleitung war sie frei und was würde nun heute werden? Swetlana wollte doch zum Gottesdienst und dazu musste sie hinaus! Vielleicht konnte sie mit Ursula gehen, die ein bisschen wie ihre Freundin geworden war, aber um sie zu fragen, hätte sie zum Zelt von Taras gehen müssen und das schien ihr zu gefährlich zu sein. Sie hatte einmal seinen Blick eingefangen und der hätte auch Wasser sofort zu Eis gefrieren lassen. Selbst jetzt im Sommer!

Aber eigentlich wollte sie zu diesem Gottesdienst und er war ja nur etwa zweihundert Schritte entfernt! Sie konnte den Platz mit dem Kreuz vom Zelt aus sehen, doch dorthin ging es direkt an dem Zelt von Taras vorbei. Einen anderen Umweg gab es nicht. Überall standen die Zelte der Tataren! Egal in welche Richtung sie ging, es war überall das Gleiche. Sie setzte sich in das Zelt und dachte nach, wie sie dorthin gelangen konnte, doch ihre Gedanken flogen zu Istvan. Es fühlte sich so gut an, wenn sie an ihn dachte. Dieses warme Gefühl der Geborgenheit und Liebe flutete wieder ihren Körper und sie musste sich regelrecht davon losreißen, um einen Weg zum Kreuz finden zu können. Einen Weg zu Gott!

Ihr Blick fing die Spitze des Kreuzes ein. Eigentlich war sie ja schon so gut wie tot. Wenn die Osmanen siegen würden, so würde Istvan zu seiner Frau gehen und sie hier zurücklassen. Die Osmanen würden sie töten. Wenn sich die Osmanen zurückziehen würden, wäre es dasselbe. Und wenn die Wiener gewinnen würden, so würden diese sie steinigen für ihre Sünden. Praktisch war sie eine lebende Leiche. Eine Tote auf Urlaub unter den Lebenden! Betend schloss sie die Augen.

Doch bis zu ihrem Tod wäre jede Stunde, die sie im Glück verbrachte, eine schöne Stunde. Und warum nicht vor dem unvermeidlichen Ende noch so viel Glück wie möglich mitnehmen? Swetlana öffnete ihre Augen und sah durch den Spalt der Zeltplane wieder das Kreuz. Es schien sie dorthin zu rufen! Sollte sie gehen? Und die Gefahr? Würde Gott sie für diesen Weg beschützen? Und wenn nicht? Was würde passieren? Dann wäre sie Tod, aber für ihren Glauben gestorben!

Diese Tatsache gab ihr einen Ruck. „Das ist es!", sagte sie laut zu sich selbst. Dann stand sie auf, richtete ihr Kleid und trat hinaus. Ganz langsam ging die Frau los.

Taras saß vor seinem Zelt und hatte die Beine auf einen Holzklotz gelegt. Er hatte seine Hand am Griff des Säbels und seine Augen blitzen sie an, doch er blieb sitzen. Gelassen ging sie auf ihn zu und würde auf Armlänge an ihm vorbei müssen. Immer weiter folgte sie dem Pfad, bis der Mann aufstand und den Säbel zog. Wieder legte er ihr die Spitze auf die Kehle, so wie er es damals bei ihrer Festnahme gemacht hatte. Swetlana blieb stehen und zeigte nur stumm auf das Kreuz. Der Mann funkelte sie an, konnte aber nichts dagegen tun, denn sie war ja nicht mehr sein Eigentum. Und Istvan könnte es ja auch erlaubt haben, auch wenn sie vergessen hatte, ihn zu fragen. Doch das wusste ja Taras nicht.

Für einen gefährlichen Moment standen sie Auge in Auge, bis Swetlana langsam nach vorn ging, obwohl ja die Schwertspitze immer noch an ihrem Hals lag. Sie spürte den Widerstand, doch Taras nahm schließlich die Waffe herunter und gab ihr den Weg frei. Einen Schritt später war sie an ihm vorüber und es folgte nur ein Schlag mit der flachen Seite des Schwertes auf ihren Hintern. Einige andere Tataren lachten und Swetlana ging nun etwas schneller, denn schließlich wollte sie ja nicht den Beginn des Gottesdienstes verpassen.

Gerade noch pünktlich stand sie neben Ursula direkt vor dem improvisierten Altar und faltete ihre Hände. Das erste Gebet war ein Dankesgebet, dass sie es bis hierher geschafft hatte, dann folgte sie den Ausführungen des Pfarrers. Blieb nur der Weg zurück, den sie ja auch noch gehen musste und da würde sie wieder am

Zelt von Taras vorbei müssen. Aber vielleicht konnte sie Ursula auf dem Rückweg begleiten.

Nach dem Gottesdienst brach sie dann doch wieder alleine auf. Derselbe Weg und dieselben Männer, die sich ihr wieder in den Weg stellten, doch auch diesmal war Swetlana mutig. Der Weg von und zum Gottesdienst gehörte einfach noch dazu. Und sie würde dann ja nicht in die Hölle kommen, sondern direkt in den Himmel.

Als Märtyrerin für ihren Glauben!

So dachte sie zumindest und das gab ihr den Mut. Erneut stellte sich Taras ihr in den Weg und wieder bahnte sie sich den Durchgang zu ihrem Zelt. Als er ihr dann wiederum mit dem Schwert auf den Hintern schlug, blieb sie stehen, drehte sich zu dem Manne um und ging einen Schritt zurück. Auf Armeslänge stand sie dem Tataren gegenüber. Sie funkelte ihn an und sah für einen Wimpernschlag so etwas wie Angst in seinem Blick. Hinter ihm stand Ursula mit weit aufgerissenen Augen und verfolgte das stumme Kräftemessen zwischen ihnen beiden.

Schließlich zog Swetlana die Augenbrauen hoch, lächelte und ging. Für sich hatte sie gewonnen und wenn sie morgen sterben würde, diesen Moment des Sieges konnte ihr niemand mehr nehmen. Danach setzte sie sich in das Zelt und wartete. Dabei ging sie in eine stille Zwiesprache mit Gott über das, was sie hier erleben musste.

Es war sicher eine Prüfung, bevor sie zu ihm gerufen werden würde und sie wollte diese Prüfung bestehen. Lächelnd sah sie vor sich hin. Mit Gott an ihrer Seite war alles so einfach. Das Kreuz war immer noch zu sehen. Es stand neben der Fahne mit dem Halbmond.

Sicherlich war auch Istvan ein Teil dieser Prüfung. Oder eine Belohnung für die erlittene Schmach. Swetlana konnte es nicht wissen, sie würde es einfach so nehmen, wie Gott es für sie vorbestimmt hatte. Die Frau lehnte sich an den Zeltpfahl, streckte ihre Beine aus und wartete so auf die Heimkehr von Istvan, ihrem „Mann".

So, wie seine Ehefrau darauf wartete, dass er aus dem Krieg zurückkehren würde, so wartete Swetlana darauf, dass er von seiner täglichen Arbeit heimkehrte. Sie sehnte sich nach seiner Umarmung, seinem Lächeln, seinen Zärtlichkeiten, die im Moment nur ihr galten. Niemanden sonst in der Welt. Still dankte sie Gott für diesen Mann.

40. Kapitel

Die Löwen von der Löwelbastion

Wien, am 15. August 1683

eit seine Kanone auf dem Ravelin zerstört worden war, hatte man Hans zum Melder gemacht. Er war jung, schnell und kannte sich gut aus. Alle Informationen zwischen den Bastionen, dem Ravelin dazwischen und der Festungskommandantur, vertrauten die Offiziere seinen schnellen Füßen an. Er trug nun kein Gewehr mehr, das wäre beim Laufen auch sehr hinderlich gewesen, sondern hatte zwei Radschlosspistolen, die er sich in den Gürtel gesteckt hatte. Zusammen mit seinem kurzen Schwert war er nun damit schwer bewaffnet. Sein eigentlicher Platz war auf der Kanonenplattform der Löwelbastion. Direkt in der Nähe des Kommandanten. Jede Bastion wurde wie eine eigenständige kleine Festung geführt, aber alle arbeiteten und kämpften immer zusammen. Da war er als Melder sehr wichtig.

Mitunter traf er unterwegs Michael, den Melder der Burgbastion. Er war genauso alt wie Hans und manchmal hatten sie dabei einen Moment, um sich kurz zu unterhalten oder ein schnelles Pfeifchen zu rauchen. Schon lange war klar gewesen, dass hier bei ihnen die Entscheidung fallen würde. Die ununterbrochenen Angriffe der Osmanen auf die beiden Bastionen, den Ravelin und die Stadtmauer dazwischen, ließen daran keinen Zweifel. An diesem Stück Mauer, auf etwa vierhundert Schritten Länge, entschied sich die Zukunft Wiens.

Offensichtlich hatte das auch der Stadtkommandant schon erkannt und hatte hier in den Häusern, unmittelbar hinter der Mauer, weitere Kämpfer zusammen gezogen. Sozusagen als zweite Linie, falls es den Osmanen gelänge, die Mauer zu überwinden, was Gott verhindern möge. Immer wieder wurden Minen vor der Mauer gesprengt, aber die Plätze der Sprengungen waren so unpräzise, dass kaum Schäden entstanden. Doch tausende osmanische Kämpfer, allen voran die gefürchteten Janitscharen, waren in den Gräben unterwegs. Teilweise konnte man die Gesichter der Männer und ihre Schnurrbärte erkennen, so nahe waren sie. Zu nahe für die Kanonen. Mit Gewehren wurde von der Bastion herunter in den Graben geschossen. Von unten herauf war das um ein vielfaches komplizierter. Aber da schossen die Kanonen der Osmanen und fast im Minutentakt trafen die feindlichen Kanonenkugeln die Mauern.

Auf dem nach hinten offenen Batteriedeck der Bastion standen zwölf Kanonen und diese versuchten, die feindlichen Kanonen unter Beschuss zu halten. Immer wenn eine der schweren Kanonen schoss, dann erzitterte davon die ganze Bastion. Der Pulverdampf der zurückrollenden Kanonen entwich nach oben und würgte kurz im Hals, bevor er sich nach hinten verzog. An diese Erschütterungen und die unvermeidliche Druckwelle des Abschusses hatte sich Hans mittlerweile gewöhnt. Viel gefährlicher waren da die Kanonen der Osmanen. Manche ihrer Kugeln trafen das Deck einer Bastion und richteten dann ein furchtbares Gemetzel unter den Männern an. Am Vortag hatte eine Kugel die Schießscharte einer Kanone getroffen und die drei dahinter stehenden Männer getötet. Zum Glück war es keine Granate gewesen, die hätte sonst ein größeres Blutbad angerichtet.

Die Granaten wurden meist geworfen, aber einige Kanonen verschossen auch die explodierenden Kugelbomben. Meist kamen sie aus osmanischen Mörsern, aber die Schüsse waren recht ungenau. Treffer waren daher meist Zufall. All das sah und erfuhr Hans den ganzen Tag. Da er als Melder immer unterwegs war und auch in einer Ecke der Bastion schlief, sah er seinen Vater und Arika nur noch selten. Nur wenn er zur Kommandantur lief, so konnte er einen Umweg dorthin vornehmen. Aus seinen Gedanken an Arika wurde er durch einen Ruf des Kommandeurs herausgerissen. Der Mann stand mit dem Fernglas vorn an einer Kanonenscharte und zeigte nach unten.

Hans lief nach vorn und schaute ihm über die Schulter. Dort setzten sich die Osmanen gerade im Graben vor der Bastion fest. Es sah so aus, als wollten sie sich von dort bis zur Künette in der Grabenmitte vorarbeiten. Der Kommandant schickte Hans nach unten, in die Kasematten der Bastion, wo die Reservetruppe ihren Platz hatte. Die Männer sollten sich für einen Ausfall vorbereiten, um diese Feinde wieder aus dem Graben herauszuwerfen. Die entschlossenen Kämpfer bewaffneten sich und verteilten die gefährlichen Granaten. Dann warteten sie auf das Kommando zum Sturm. Hans stieg wieder nach oben und gab Bescheid, dass die Männer bereit waren. Der Kommandant nickte und sah wieder nach unten. Noch war der Feind zu weit entfernt. Bei einem Ausfall würde er im Moment noch zu viele Männer verlieren. Nun hieß es: Warten!

Immer durch das Fernglas sehend, vom Pulverdampf umweht, stand der Mann dort. Es störte ihn nicht, dass nur wenige Schritte entfernt tödliche Geschosse abgefeuert wurden und andere einschlugen. Hans war zurückgegangen und stand an dem oberen Ende der Treppe. Dort wartete er auf den Zuruf oder das Handzeichen des Kommandanten. Schließlich schrie dieser, durch den Lärm der Kanonen hindurch, „Los jetzt! Ausfall!"

Hans stürmte nach unten und schrie „Ausfall!" Die Männer rissen die Schwerter aus dem Gürtel und stürmten durch das gesicherte Ausfallstor hinaus. Der Schwung der Männer riss Hans mit, obwohl er das nicht gemusst hätte. Schwertschwingend und Granaten werfend stürzten sie sich unter fürchterlichem Gebrüll auf die Janitscharen.

Dies war ein Kampf wie im Mittelalter, wenn man die geworfenen Granaten mal nicht berücksichtigte. Ein Kampf, Mann gegen Mann. Auge in Auge. Schwert gegen Schwert. Nachdem Hans seine beiden Pistolen leer geschossen hatte, griff auch er zum Schwert.

Es dauerte eine ganze Weile, dann waren alle dort im Graben verschanzten Osmanen getötet, ihre Rampen, die Balken und das von ihnen mitgebrachte Holz angezündet. Anschließend sprengten sie noch ein paar gefundene Minen. Schließlich kehrten die Männer siegreich auf die Löwelbastion zurück.

Nachdem das Tor wieder geschlossen war, ging Hans nach oben und erstattete Bericht. Der Kommandant klopfte ihm auf die Schulter „Gut gemacht!", sagte er und sie sahen zusammen auf die Rauchfahne des brennenden Holzes. Einen Augenblick später ging der Kommandeur, von Hans gefolgt, nach unten und sagte „Männer ich danke euch. Ihr habt heute gekämpft, wie die Löwen!" Dann drehte er sich zu Hans um und sagte „Laufe zur Kommandantur und berichte dort über unseren Sieg. Er wird den anderen Kämpfern Mut machen."

Hans nickte und rannte los. Wenig später kam er völlig außer Atem beim Festungskommandeur an und brauchte einen Augenblick, bevor er Bericht erstatten konnte. Der besorgte Blick des Mannes hellte sich sofort auf und er klopfte Hans ebenfalls anerkennend auf die Schulter. Vermutlich hatte er mit einer schlimmen Nachricht gerechnet und nicht mit einem Sieg.

Er griff hinter sich und nahm eine Flasche Wein vom Tisch. „Bringe die dem Kommandanten und sage ihm Dank für diesen Erfolg." Hans steckte die Flasche in seine Meldetasche und lief los. Nun etwas langsamer. Dabei blieb auch etwas Zeit für einen kleinen Umweg und einen heimlichen Kuss für Arika.

41. Kapitel

Erwischt!

Wien, am 16. August 1683

E ine ganze Woche gab Arika nun schon die Milch über das Hoftor an Karola weiter. Es war nicht ganz so einfach, einen gefüllten Becher unter der Kleidung nach draußen zu schmuggeln, ohne dass dabei etwas von seinem wertvollen Inhalt verschüttet wurde. An diesem Morgen nun hatte Arika „versehentlich" eine Wurst unter den Tisch fallen lassen. In einem Moment, als Sebastian gerade nicht hingesehen hatte. Nachdem er alle Reste sorgsam wieder in dem Lager verschlossen hatte und sie wieder am Tisch genäht hatte, da hatte sie die Wurst heimlich aufgehoben und unter dem Tisch auf ihren Rock gelegt, damit Sebastian diese nicht sehen konnte, falls er doch noch mal zu ihr kommen würde, um zu sehen, was sie machte.

Selbstverständlich hatte Arika bemerkt, dass er ziemlich oft kam, um zu sehen, was sie gerade tat. Immer wenn sie mit dem Lied aufhörte, dauerte es gar nicht lange und er erschien an der Tür. Was hatte das Ganze zu bedeuten? Nach Sehnsucht nach ihr sah das nicht aus, eher nach Kontrolle und Überwachung. Offensichtlich hatte er das Vertrauen zu ihr verloren, wenn er es jemals gehabt hatte. Allerdings hatte er ihr ja auch den Schlüssel zur Vorratskammer nicht gegeben. Vielleicht war das ganz gut gewesen, bei ihr wäre die Kammer jetzt sicher schon leer und sie hätte Karola regelmäßig mit Essen versorgt.

War es dann richtig, diese Wurst nach draußen zu bringen? Oder sollte sie die Wurst schnell aufessen und damit alle Spuren des Diebstahles verwischen? Aber dann würde die Freundin weiter hungern und das wollte Arika nun auch wieder nicht.

Sie selbst war ja durch ihren Mann gut versorgt. Zusätzlich zu ihrer Sorge um das Hinausschmuggeln dieser Beute kamen nun aber auch noch ihre, immer noch vorhandenen, Gedanken an Hans. Fast träumte sie davon und ein Lächeln zog über ihr Gesicht. Erst am Tage zuvor hatten sie sich wieder in der Kammer der Magd geliebt und es waren schöne Momente, nach denen sie sich nun schon wieder zurücksehnte. Arika schien die Fingerspitzen von Hans sogar jetzt auf ihrer Haut zu spüren. Die Wurst auf ihrem Schoß sorgte mit ihrem Gewicht für ein wohliges Gefühl.

Arika blickte zum Küchenfenster. Eigentlich konnte sie es kaum erwarten, dass es wieder Sonntag werden würde. Dann wäre Sebastian wieder aus dem Hause und Hans konnte ungesehen zu ihr kommen. Doch zuerst musste diese Wurst aus dem Hause. Da sie auch noch die Milch hatte, würde sie zwei Mal nach draußen gehen müssen. Zuerst versteckte sie die Wurst in einem Seitenfach des Herdes, dann nahm sie den Becher und rief laut „Ich gehe erst mal die Tiere füttern." Dann wartete sie einen Augenblick und ging nach draußen auf den Hof.

Schnell lief Arika zur Hoftür und dort wartete schon Karola auf sie. Mit geübten Griffen und ohne einen Tropfen Milch zu verschütten, war die Bank mit einer Hand nach vorn geschoben und der Becher übergeben. „Komme in einer halben Stunde noch einmal", flüsterte Arika der Freundin zu und diese nickte dankbar. Die Bank schob sie schnell ein Stück zur Seite, ließ diese aber im Hof stehen.

Arika eilte in die Scheune und wollte das Heu holen, doch dort traf sie auf Hans, der sich unbemerkt in das Gebäude geschlichen hatte. „Was machst du hier?", fragte sie erschrocken, als er sie zu sich zog. „Ich muss schnell wieder zurück!", setzte sie fort, doch er antwortete „Für einen Kuss muss immer Zeit sein!" Dann küsste er sie. „Solltest du nicht auf deiner Mauer sein?", fragte sie, doch er winkte ab. „Ich bin als Melder unterwegs und auf dem Rückweg habe ich mir eine Pause verdient", erklärte er lachend. Wieder küsste er sie, bevor sie sich endlich aus seinen Armen befreien konnte. „Dein Vater überwacht jeden meiner Schritte", sagte sie, wohl wissend, dass Sebastian sicher nach ihr schauen würde, falls sie sich länger Zeit lassen würde. Und so riss sie sich schweren Herzen von ihm los.

Mit einer Hand voller Heu lief sie zurück und fütterte die Tiere, dann ging sie in die Küche und rief „Ich bin wieder da", schließlich nähte sie weiter und sah schon bald, wie Sebastian im Flur stand und zu ihr herübersah. Sie tat so, als ob sie es nicht bemerkt hätte und arbeitete weiter an dem Kleid. Das andere hatte sie am Vortag in der Kirche getragen und war von allen Frauen dafür bewundert worden. Anscheinend war es ihr ganz gut gelungen und nun war das nächste für den nächsten Sonntag auf dem Tisch.

Langsam näherte sich die Zeit, zu der Karola warten würde und so stand sie singend auf, verstaute die Wurst unter ihrem Kleid und rief dann nach vorn „Die Tiere sind etwas unruhig. Ich muss mal sehen, was denen fehlt." Und so machte sie sich auf den Weg zum Stall und von dort auf den Hof. Sie zögerte einen Moment und sah sich noch zweimal um, doch dann ging sie zu der Bank, die sie beim letzten Male einfach an der Seite stehen gelassen hatte.

Blitzschnell war sie oben und übergab die Wurst an die vor Freude strahlende Freundin. Dann schob sie die Bank in die Scheune und sah, dass Hans immer noch dort saß. „Wusste ich es doch, dass du noch mal zurückkommst", sagte der Mann freudestrahlend zu ihr. „Das ist viel zu gefährlich!", keuchte sie entsetzt und versuchte sich seiner Umarmung zu entziehen, doch er war einfach stärker.

Es dauerte einen Moment, bevor sie ihn zurückstoßen konnte. „Ich muss zurück!", sagte sie und griff sich so viel Heu, wie sie nur tragen konnte. Damit machte sie sich wieder auf den Weg zurück zum Stall.

Als sie das Heu in die Futterraufe legte, hörte sie hinter sich Sebastian brüllen „Du betrügst mich also?" Erschrocken fuhr sie herum und da traf sie schon eine schallende Ohrfeige, wodurch sie zu Boden ging. Was meinte Sebastian? Die Milch, die Wurst, Hans? Oder alle drei Dinge? Aber er hatte ja von betrügen gesprochen! Er zog sie auf die Füße und sie sagte „Ich wollte das nicht..." doch da traf sie der nächste Schlag. „Was wolltest du nicht? Es mir nicht sagen?" Drohend erhob er die Hand. „Aber Hans ...", begann sie, doch weiter kam sie nicht, denn nun blitzte es in Sebastians Augen auf. „Was ist mit Hans?", fragte er und nach einer kurzen Pause setzte er seltsam ruhig fort, „So so! Eine Ehebrecherin bist du also auch noch!"

Seine Gesichtsfarbe wechselte von Rot zu weiß und er packte sie am Arm. Alles Strampeln brachte nichts. In seiner Wut erhielt der Mann Riesenkräfte und zog sie einfach weiter hinter sich her zur Küche.

42. Kapitel

Grabenkämpfe

Wien, am 16. August 1683

ereits kurz nach der Morgendämmerung hatten die Grabenkämpfe vor der Burgbastion begonnen. Die Angreifer schossen aus ihren gegrabenen Laufgängen, die Verteidiger feuerten aus dem gedeckten Gang zurück, der die Bastionen und den Ravelin miteinander verband und der sich mitunter nur ein paar Schritte vom Feind entfernt befand. An einigen Stellen war dieser Gang zerstört oder durch Sprengungen verschüttet. Hans lief durch diesen gedeckten Gang, wenn er zum Ravelin musste, zur Löwelbastion oder von dort zurück. An den zerstörten Stellen sprang er durch das freie Gelände, immer an den Boden gedrückt. Gräben und Löcher zur Deckung gab es im Vorfeld genug. Dabei wusste er aber selten, ob hinter dem nächsten Grabenknick nicht ein Janitschar stand. Einmal war er fast mit einem von ihnen zusammen geprallt, konnte aber gerade noch entkommen.

Oder er lief über die etwas längere, dafür aber sichere Stadtmauer dort hin. Immer wieder musste er dabei den Kopf einziehen, denn die Schüsse fielen auch durch die Schießscharten nach innen. Zum Glück waren die Scharten so schmal, dass von draußen keine Granaten hindurch geworfen werden konnten. Die Wirkung in dem engen Gang oder auf der Mauerkrone wäre sicher verheerend gewesen.

An einigen Stellen standen sich die Feinde so nahe gegenüber, dass sich die Mündungen ihrer Gewehre fast berührten. Seit dem Nachmittag des vorherigen Sonntages war Hans nun fast ständig unterwegs gewesen. Die Übermittlung der Befehle zur Koordinierung der Angriffe war so wichtig, dass er selbst in der Nacht kaum geschlafen hatte, geschweige denn nach Hause gekonnt hätte. Die nächsten Tage würde es bestimmt so bleiben. Damit hatte er kaum noch Zeit, um an Arika zu denken. Das eigene Leben zu schützen und wach zu bleiben, das war da im Moment viel wichtiger.

Zunehmend wurden nun auch kleinere Ausfälle gemacht, bei denen es, wie schon am Tage zuvor, ziemlich archaisch zuging. Immer wieder mussten sie verhindern, dass die Osmanen an die Stadtmauer gelangen konnten. Sonst hätten diese ihre Minen dort platzieren und eventuell einen Durchbruch sprengen können. Daher mussten sie die Osmanen in ihrem Vormarsch stoppen. Meist mit einem direkten Ausfall. Mit Schwertern, Knüppeln und bloßer Körperkraft versuchte dann jeder einen Vorteil über den Feind zu erringen. Es wurden Holzschilde kurz zusammengenagelt und dann, wie im Ritterzeitalter, mit Schwert und Schild aufeinander zugestürmt.

In den verwirrenden Gangsystemen kam es zu Nahkämpfen und wüsten Schlägereien. Von seinen Positionen in den Bastionen aus, konnte Hans die Angriffe sehen und musste dann, im richtigen Moment, die Befehle der Kommandanten zu den Männern bringen. Besonders wichtig war dabei, das Geschützfeuer nicht in die eigenen Reihen zu leiten. In diesen Nahkämpfen war schon bald nicht mehr zu unterscheiden, wer sich wo befand, und ob ein Grabenabschnitt noch in eigener Hand war, oder schon vom Feind besetzt war. Selbst an den Uniformen war das nicht mehr zu erkennen. Jeder war verdreckt, entweder vom Pulver oder vom Schlamm.

Schon lange hatte Hans die Übersicht verloren und er bewunderte den Kommandanten, der anscheinend noch den Überblick hatte.

Irgendwann war Hans dann einfach neben einer der Kanonen der Löwelbastion an der Wand zusammengesunken und wenig später eingeschlafen. Das Dröhnen der Kanone, die nur zwei Schritte vor ihm feuerte, störte ihn nicht mehr. Der Schlaf holte sich sein Recht. Der Mann sah sich auf einer grünen Wiese mit Arika. Doch es war nur ein Traum, denn schon wenig später rüttelte ihn der Kommandant wieder wach. Ein neuer Ausfall war nötig und neue Kommandos mussten überbracht werden. Er rannte los, auch wenn er noch ziemlich schlaftrunken durch den Gang und über die Treppen torkelte.

Anscheinend lag nun die Wucht des Angriffs der Feinde genau auf ihrer Bastion. Mit einem ungestümen Ansturm der feindlichen Soldaten mussten die wenigen Verteidiger irgendwie zurechtkommen. Schon lange wussten sie ja, dass hier der Angriff stattfand. An den anderen Mauerabschnitten war nur gelegentliches Kanonenfeuer zu verzeichnen und richtiger Beschuss erfolgte nur aus der von den Osmanen besetzten und niedergebrannten Leopoldstadt. Zum Glück lagen die Inseln, auf denen dieser Stadtteil gebaut war, tiefer als die restliche Stadt, wodurch die Geschosse nicht den südlichen Teil von Wien erreichen konnten. Dadurch brauchte er sich um sein Elternhaus und um Arika keine Sorgen machen.

Doch mehr als von ihr zu träumen blieb ihm im Moment nicht übrig. Er konnte nicht in die Stadt, da ihn sein Kommandeur dringend in der Bastion brauchte und auch im Moment keine Nach-

182

richten für den Festungskommandeur zu überbringen oder von dort zu holen waren.

Der feindliche Kanonenbeschuss setzte seinen Nerven zu und es traf nicht nur ihn, sondern auch andere Soldaten in der Bastion. Die Männer konnten sich zum Teil keine Pfeife mehr anzünden, weil ihnen die Hände so sehr zitterten, dass er ihnen dabei helfen musste. Der Dauerbeschuss, der zum Teil schon seit Tagen anhielt, zerrte an den Nerven der Kämpfer.

Der Kommandant kam zu Hans herüber und gab ihm einen Brief. „Der muss zum Festungskommandeur", sagte er und Hans war sofort hellwach. „Arika!", fiel ihm nur ein, er steckte den Brief ein und rannte los. Die Zeit, die er auf dem Weg einsparte, die konnte er mit Arika verbringen. Wenig später hatte er die Botschaft in der Kommandantur abgegeben und lief zu seinem Haus. Schnell war er über das Hoftor gesprungen und ging in den Stall.

Wie lange würde er auf Arika warten müssen? Hans hörte sie aus der Küche singen. Sollte er hinüberschleichen? Doch da wäre auch Sebastian! Er hörte sie sagen, dass sie Heu brauchte und lief auf den Hof. Hans versteckte sich im Heuschuppen, denn da würde sie nun hingehen. Der Duft des Heus weckte seine Erinnerungen.

Es dauerte eine ganze Weile, dann kam die Frau in den Schuppen. „Was machst du hier?", fragte sie erschrocken, doch er zog sie einfach zu sich. „Ich muss schnell wieder zurück!", setzte sie fort, doch er antwortete „Für einen Kuss muss immer Zeit sein!"

Sein Traum fiel ihm wieder ein und er küsste sie. Suchend tastete sich seine Hand unter ihr Kleid, doch sie schob ihn von sich.

„Solltest du nicht auf deiner Mauer sein?", fragte sie ihn, doch er winkte ab. „Ich bin als Melder unterwegs und auf dem Rückweg habe ich mir eine Pause verdient", erklärte er. Dann küsste er sie erneut, bevor sie sich aus seinen Armen befreien konnte.

„Dein Vater überwacht jeden meiner Schritte", sagte sie und riss sich von ihm los. Dann ergriff sie das Heu und ging zurück. Sehnsüchtig blickte er ihr nach und ließ sich in das duftende Heu fallen. Wie gern hätte er dieses Liebeslager nun mit Arika geteilt. Seine Gedanken gingen zu den sterbenden Männern nach vorn. Hier war es viel schöner. Er schloss die Augen und träumte von ihr.

Ein Geräusch weckte ihn aus dem süßen Traum wieder auf. Die Frau schob eine Bank in die Scheune und sah ihn dort sitzen. „Wusste ich es doch, dass du noch mal zurückkommst", rief er erfreut aus. „Das ist viel zu gefährlich!", entgegnete sie und versuchte sich seiner erneuten Umarmung zu entziehen, doch er hielt sie einfach fest.

Es dauerte einen Moment, bevor sie ihn zurückstoßen konnte. „Ich muss zurück!", sagte sie, nahm sich einen Arm voller Heu und verließ die Scheune schnell wieder. Wie lange hatte er eigentlich hier von ihr geträumt? Erschrocken hörte er die Glocken des Doms. Es war höchste Zeit. Hans sprang über das Hoftor und rannte los. Vor dem nächsten Ausfall der Männer war er wieder auf seiner Bastion.

43. Kapitel

Strafe muss sein!

Wien, am 16. August 1683

ebastian stand in seinem Kontor und hörte, wie sie aus der Küche rief, dass die Tiere etwas brauchten. War sie nicht gerade erst im Stall gewesen? Das kam ihm komisch vor und er schloss den Laden. Danach ging er nach hinten und sah ihr aus dem Dunkel des Flures zu. Sie stand am Hoftor und reichte etwas hinüber. Das konnte nur etwas sein, das sie ihm zuvor gestohlen hatte. Seine Frau war eine elende Diebin! Egal was es war, es war sein Eigentum! Er schäumte vor Wut und sah ihr zu, wie sie die Bank zum Schuppen trug. Wie lange machte sie das schon? Tagelang? Wochenlang? Das war genug! Dafür musste sie bestraft werden! Ein paar Hiebe würden sie vielleicht zur Vernunft bringen. Er zog sich zurück und wartete hinter der Stalltür auf ihre Rückkehr, aber auch das dauerte außergewöhnlich lange. Gerade als er nach ihr sehen wollte, hörte er ihre Schritte im Hof. Sie betrat den Stall und stand mit dem Rücken zu ihm. Leise trat er aus seinem Versteck hervor und stellte sich hinter sie.

In dem Moment, in welchem sie das Heu in die Futterraufe legte, brüllte er sie an „Du betrügst mich also?" Als sie daraufhin herumfuhr, schlug er ihr mit der flachen Hand in ihr Gesicht. Er traf ihre Wange, wodurch sie zu Boden stürzte. Sebastian packte sie an den Oberarmen und zog sie auf die Füße. Die Frau sagte „Ich wollte das nicht ...", doch da traf sie der zweite Schlag. „Was wolltest du nicht? Es mir nicht sagen?", brüllte er sie weiter an und holte zum nächsten Schlag aus. „Aber Hans ...", sagte sie und nun wurde ihm schlagartig einiges im Hause klar.

„Was ist mit Hans?", fragte er, obwohl er schon seine Schlüsse gezogen hatte. Er ließ ihr einen Augenblick Zeit, für eine Erklärung, doch diese kam nicht. Also hatte er recht mit seiner Vermutung. Die Frau war eine Dirne! Erzürnt setzte er fort „So so! Eine Ehebrecherin bist du also auch noch!" Sebastian packte sie am Arm und schleifte sie trotz Gegenwehr hinter sich her in die Küche. Wie er sie bestrafen wollte, das hatte er sich noch nicht überlegt. Für den Diebstahl hätte er es bei ein paar Ohrfeigen belassen, aber für den offensichtlichen Ehebruch? Mit seinem Sohn! Sollte er sie über sein Knie legen und ihr den Hintern versohlen? Oder sollte er sie in das Gefängnis werfen lassen? Auf Ehebruch stand die Todesstrafe und sie würde am Galgen enden.

Wollte er das? Er hatte nicht viel Zeit, um sich etwas zu überlegen, denn die Küche war nur ein paar Schritte entfernt und die Strafe sollte ja sofort folgen!

Er betrat die Küche und schleuderte die Frau in den Raum. „Was mache ich mit dir?", brüllte er sie an und sah die Angst in ihren Augen. Schützend hob sie beide Hände nach oben und bettelte um Gnade. Sein. Blick fiel auf einen Riemen, den er am Vortag in der Küche hatte liegen lassen. Das war sicher ein Zeichen!

Der Mann ließ sie in der Ecke kauern, holte einen Strick aus dem Laden und band Arika die Hände zusammen. Ihre Tränen konnten ihn nicht erweichen. Sie hätte sich ihre Taten vorher überlegen sollen! Rabiat zog er sie auf die Füße und hängte ihre zusammengebundenen Hände mit der Schnur in den Haken, an dem sonst immer der Kessel hing. So stand sie nun fast auf Zehenspitzen, mit erhobenen Händen da und er setzte sich auf einen Stuhl vor sie hin.

„Erzähle mir alles! Aber lüge mich nicht an! Dann lasse ich dich vielleicht am Leben!", sagte er betont ruhig und hörte ihr zu. Sie erzählte von der Milch, von der Wurst und von Hans. Es war eine lange Erzählung und er wurde mit jedem Wort ruhiger. Gleichzeitig fasste er einen Entschluss, den er ja schon, in Anbetracht des Riemens, gefunden hatte. „Ist das alles?", fragte er, nachdem sie geendet hatte. Ängstlich nickte sie. Sie versuchte eine tränenreiche Entschuldigung, doch er wischte diese Ausflüchte mit einer Handbewegung fort.

Ruhig sagte er „Ich werde dich am Leben lassen. Vorerst. Aber eine Lektion musst du bekommen! Man belügt, betrügt und bestiehlt mich nicht!" Sebastian erhob sich, griff zum Messer, das auf dem Tisch lag und zerschnitt das Kleid auf der Rückseite, wodurch ihr nackter Rücken zu sehen war. Danach legte er die Klinge zurück, griff sich den Riemen vom Tisch und sagte „Fünfzehn Hiebe sollten fürs Erste reichen." Zornig wickelte er sich das eine Ende des schmalen Lederriemens um die Hand und holte aus.

Fünfzehnmal ließ er den Gürtel auf ihren Rücken sausen. Fünfzehnmal schrie sie vor Schmerz auf und dunkelrote Striemen zeichneten sich auf ihrem Rücken ab. Danach ließ er sie wimmernd dort hängen und öffnete seinen Laden wieder. Zu viel seiner kostbaren Zeit hatte er durch sie schon eingebüßt. Vielleicht fiel ihm ja noch etwas ein, was er als Strafe für sie fand und weglaufen konnte sie ja nicht, denn schließlich hing sie ja wie ein Fisch am Haken.

Als wäre nichts gewesen bediente der Kaufmann seine Kunden und ließ sich nichts anmerken, doch er überlegte die ganze Zeit weiter. Den Diebstahl hatte er ja nun bestraft. Aber was sollte er für den Ehebruch noch tun? Seinen Sohn traf keine Schuld. Nur sie war schuld! Arika hatte die Sünde in sein Haus gebracht! Das gehörte gesühnt!

Nachdem er am Abend seinen Laden verschlossen hatte, ging er zurück in die Küche und stellte sich vor sie hin. Er sah sie an und sagte „Du hast Schande über mein Haus gebracht. Ich sollte dich wie eine tollwütige Hündin erschlagen!" danach griff er sich das Messer vom Tisch und setzte es ihr an die Kehle. „Aber ich will Gnade vor Recht ergehen lassen", erklärte er weiter und zog die Klinge nach unten, womit das Kleid nun auch vorn zerschnitten war und nur durch die erhobenen Arme oben gehalten wurde.

Sebastian warf das Messer auf den Tisch, öffnete sich die Hose, ergriff Arika bei den Knien und zog sie nach oben, dann zwängte er sich zwischen ihre Beine und brüllte sie an „War es etwas so, als du mit Hans im Heu warst?"

Mit Gewalt rammte er sich in die Frau. Die Wut und der Zorn ließen ihn schnaufen. Zum Schluss ließ er von ihr ab, griff zum Messer und zerschnitt die Fesseln, wodurch Arika auf den Küchenboden stürzte. Erneut setzte er ihr das Messer an den Hals und sagte „Steh auf!" Schwankend erhob sie sich und der Rest des Kleides rutschte von ihren Armen.

Mit dem Messer im Rücken zwang er sie die Stiege nach oben, bis in das Dachgeschoss. Dort stieß er sie nackt in das Zimmer der Magd und legte den Riegel außen vor. Langsam stieg er wieder nach unten, holte die Vorräte aus der Kammer und setzte sich zum Essen an den Tisch.

44. Kapitel

Nicht in Gefahr?

Osmanisches Heerlager vor Wien, am 16. August 1683

H atte sie sich das so richtig überlegt, es auf eine offene Konfrontation mit Taras anzulegen? Swetlana saß im Zelt und sah hinaus. Sie war durch das Zelt geschützt, aber war das wirklich ein Schutz? Es war Nachmittag und Taras saß schon wieder vor seinem Zelt. Hatte der eigentlich nichts zu tun? Das ganze Heer war im Kampf und nur er und seine zwanzig Tataren saßen am Zelt und lungerten dort herum. War das Absicht? Immer wenn Istvan da war, fühlte sie sich sicher, doch er konnte ja nur nachts bei ihr sein. Den ganzen Tag saß sie hier. Wenn sie hinausging, so würde Taras sie sehen. Respektierte er fremden Besitz?

Istvan hatte sie als Räuberbande bezeichnet und Räubern war fremder Besitz egal. Was hatte sie eigentlich dazu bewogen, sich ihn gegenüber so zu verhalten? Swetlana dachte nach. Sie stützte die Ellenbogen auf die Knie und den Kopf in die Hände. Unbeweglich sah sie durch den Schlitz nach draußen und sah doch gar nichts. In Gedanken versunken hätte jemand das Zelt um sie herum abbauen können und sie hätte es vermutlich nicht bemerkt. Sicher war es die Stärke Gottes gewesen, die sie geführt hatte. Wenn das aber so war, so war sie noch nicht ganz verloren.

Es war nicht so, dass sie in die Hölle kommen würde! Diese Gottesdienste waren es, die ihr diese Stärke gaben und hatte die Mutter nicht einmal gesagt, dass Gott die reuigen Sünder liebte? Konnte sie aber etwas bereuen, wofür sie gar nichts konnte? Nein! Sie konnte nichts dafür! Sie war nur ein Opfer der Umstände. Erfrisch und gestärkt tauchte sie aus ihren Gedanken wieder auf. Sie würde in den Himmel kommen, wenn sie hier starb! Das war ihr nun nur noch viel deutlicher bewusst geworden.

Swetlana stand auf und streckte sich, so gut es eben ging in dem engen Zelt, dann trat sie hinaus. Sie war geschützt durch die Hand Gottes und wenn ihr etwas passierte, so würde sie ihre Familie im Himmel wiedersehen. Wozu dann Angst haben? Wozu aber auch, das Unvermeidliche hinauszögern? Die Frau trat einen weiteren Schritt nach vorn und sah sich um. Die Männer lungerten immer noch am Feuer herum. Es war heller Tag und diese Halunken hatten nichts anderes zu tun, als zu würfeln.

Da stand sie nun auf der freien Fläche. Was sollte sie tun? Hier gab es nichts für sie, was sie irgendwie beschäftigen konnte. Vielleicht konnte sie Ursula bei deren Arbeiten helfen. Dazu musste sie an Taras vorbei und etwas, wofür sie am Tag zuvor noch lange hatte überlegen müssen, das ging nun ganz von selbst. Swetlana schritt zwischen den Männern hindurch. Das Grinsen der Tataren und den obligatorischen Schlag auf den Hintern nahm sie einfach so hin, dann war sie am Zelt der Freundin. „Kann ich dir bei etwas helfen?", fragte sie die verdutzte Ursula. „Ja. Du kannst das Holz klein machen", antwortete die Frau. Swetlana nickte „Da draußen sitzen zwanzig Faulpelze und du hackst Holz?", fragte sie, als sie sich das Beil griff. Ursula seufzte und nickte. „Ja. Aber sage das denen lieben nicht", erwiderte Ursula.

Swetlana ging vor das Zelt und nahm sich einen Holzklotz. Mit ein paar Schlägen war er in kleine Scheite zerteilt. Mit der scharfen Waffe in der Hand fühlte sich Swetlana gut und etwas zu tun hatte sie nun auch noch. Sie musste das Holz für das Abendessen der Männer zerkleinern. Nach einer Weile kam Ursula aus dem

Zelt und sagte „Das reicht jetzt. Da habe ich ja für ein paar Tage Holz." Dabei lächelte sie Swetlana an und das tat der geschundene Seele gut. Eine gute Tat! Swetlana strahlt und übergab der anderen Frau das Beil. „Und nun?", fragte sie, „Was kann ich noch tun?" Doch Ursula hatte den Rest schon erledigt. „Komm. Setzt dich zu mir", sagte die alte Frau und zeigte auf den Platz neben sich.

Mit dem Blick zum Feuer begann sie zu erzählen, von ihrer Heimat in Ungarn und dem Kampf gegen die Pacht der Grafen. Diese hatten sie nicht mehr zahlen können und waren vom Hof gejagt worden. Ihr Mann war gestorben und sie hatte sich dem Zug anschließen müssen, um zu überleben. „Aber hier bist du doch immer in Gefahr?", fragte Swetlana und zeigte auf die Männer. „Ich bin alt und habe mein Leben hinter mir. Und du?", fragte Ursula. Swetlana seufzte und erzählte von ihrem Dorf und dem Überfall. Das konnte sie nun zum ersten Mal tun und sie sah das Entsetzen in Ursulas Gesicht. Tröstend legte die alte Frau ihr die Hand auf den Arm. „Kindchen", sagte sie traurig, doch Swetlana winkte ab. „Wenn ich hier sterbe, dann bin ich wieder bei ihnen", erklärte sie und dabei zeigte sie mit dem Finger nach oben.

Ursula griff hinter sich und zog ein Stück Brot aus dem Zelt, dann gab sie es Swetlana und ging noch einmal hinein, um einen Becher Wein zu holen. Mit Wein und Brot aßen sie, bevor es die Männer taten. Etwas, was Swetlana nicht kannte. Erst wenn der Hausherr da war, dann durfte gegessen werden. Aber hier gab es ja keine Häuser, nur Zelte und da war das vielleicht anders.

Als sie aufgegessen hatte, stand Swetlana auf und ging zurück zu ihrem Zelt. Dabei musste sie zwangsläufig erneut an den Männern vorbei. Wieder kam der Schlag von Taras, der sich vermutlich vor seinen Kumpanen aufspielen musste, doch diesmal blieb

Swetlana stehen und sah ihn an, so wie sie es schon am Tage zuvor gemacht hatte.

Was bewog sie dazu? Mut oder Übermut? Oder eine Art von Todessehnsucht? Sie bemerkte, wie Ursula vor ihrem Zelt aufstand und sie sah die vor Schreck aufgerissenen Augen der Freundin. Was passierte hier gerade?

Auch Taras erhob sich. Wieder stand sie Auge in Auge mit ihrem Peiniger, doch auch diesmal passierte nichts. Es dauerte eine kleine Ewigkeit, bis der Mann nicht mehr weiter wusste und zum Schlag ausholte.

Das Unvermeidbare passierte und seine Hand traf Swetlanas Wange, doch sie ertrug es einfach so. Sie wendete sich nicht ab, sondern sah wieder zu ihm. „Du hast keine Macht mehr über mich!", dachte sie sich und ging zurück zu ihrem Zelt. Erst darin hielt sie sich die schmerzende Wange. Solange sie bei Istvan war, solange war sie durch den Mann und Gott geschützt. Und danach? Dann würde sie sterben und wäre bei Gott!

45. Kapitel

Höllenqualen

Wien, am 17. August 1683

Arika hatte die ganze Nacht in der Kammer gelegen und keinen Schlaf gefunden. Sie hatte still vor sich hin geweint. Nicht wegen der Schmerzen, sondern wegen der Schande, die sie über sich und ihre Mutter gebracht hatte. Sie war entehrt! Eine Verbrecherin und Sebastian hatte alles recht gehabt, so mit ihr umzugehen. Und nun lag sie genau in dem Bett, in dem sie mit Hans das Lager der Sünde geteilt hatte. Das hatte sie Sebastian verschwiegen und nur von dem Nachmittag im Heu gesprochen. Vielleicht hätte er sie sofort getötet, wenn er gewusst hätte, dass es schon wiederholt passiert war und nicht nur, wie sie gesagt hatte, ein einziges Mal.

In der Ecke der Kammer war ein kleines Kreuz angebracht und vor dem bat sie nun, wegen der Schmerzen auf dem Bauch liegend, um Vergebung. Doch sie sah auch die drohend erhobene Hand der Heiligenfigur darunter. Sie war der Hölle schon so nah gekommen und für ihren Ehebruch würde sie für immer in den Flammen der Hölle schmoren. Da waren die Schläge von Sebastian nur ein kleiner Vorgeschmack darauf, was die Teufel mit ihr anstellen würden. Sie war so dumm gewesen. Hatte sie nicht wissen müssen, wohin das alles führen würde?

Was würde nun mit ihr geschehen? Würde Sebastian sie dem Gericht übergeben? Dann wären ihre Stunden jetzt schon gezählt. Er hatte es ihr gesagt und er hatte recht damit, dass auf den Ehebruch die Todesstrafe stand. Der Richter würde keine halbe Stunde brauchen und sie, nach einem Tag am Schandpfahl, am Halse aufhängen lassen. Sicherlich war sie nur noch am Leben, weil es Hans gewesen war, mit dem sie den Ehebruch begangen hatte. Bei jedem anderen Mann hätte sie Sebastian wohl schon an das Gericht übergeben.

Nur weil er sein Sohn war, war sie noch hier und betete um die Erlösung aus der Not und um die Vergebung ihrer schweren Schuld. Aber ging das überhaupt? Wenn sie nicht verheiratet gewesen wäre, dann wäre auch nichts passiert. Aber so? Der Pfarrer hatte sie getraut und ihr vor Gott ein Treueversprechen abgenommen. Dieses hatte sie dann einfach gebrochen und dafür gab es keine Sühne. Sie hatte ihr Wort, Gott gegenüber, nicht gehalten. Ihre Tränen durchtränkten das Bett, auf dem sie lag.

Als es draußen hell wurde, hörte sie Schritte vor der Kammer und dann wurde die Tür aufgerissen. Sebastian stand im Flur und brüllte sie wieder an. „Raus mit dir. Die Tiere wollen gemolken werden!", befahl er ihr, dann gab er ihr den Weg frei und sie lief nackt nach draußen. Die Frau stieg die Leiter hinab und ging in das Schlafzimmer, um sich etwas zum Anziehen zu suchen. Gerade hatte sie den Schrank geöffnet und wollte ein Kleid herausnehmen, als Sebastian in den Raum kam, sie an der Hüfte packte und bäuchlings auf das Bett warf. „Bevor du zu den Tieren gehst, werde ich es dir noch mal richtig besorgen, damit du nicht, wie eine läufige Hündin, hinter jedem Mann hinterherrennst und vielleicht noch meine Kunden belästigst", brüllte er sie an. Dann rammte er sich in sie hinein und sie schrie vor Schmerz auf.

Nach ein paar Stößen ließ er von ihr ab, zog ihr am Zopf, wodurch ihr Kopf ins Genick flog, und sagte, mit einem drohenden Unterton, „Vielleicht sollte ich dir die Haare scheren, damit jeder

194

deine Sünde sieht!" Dann ließ er sie los, stand auf, ging zum noch offen stehenden Schrank und warf ihr ein Unterkleid zu. „Mehr brauchst du nicht!", sagte er und setzte fort, „Wenn du auch nur einen Fuß vor das Haus setzt, dann bin ich bei dir. Wenn du das vergisst, so hängst du heute Abend nackt am Fensterkreuz und jeder wird deine Schande sehen können!" Schnell streifte sie sich das Kleid über und eilte nach unten. Wenig später kniete sie unter der ersten Kuh. Zum Sitzen tat ich der geschundene Hintern zu weh.

Sebastian stand an der Tür und beobachtete jeden ihrer Hand-griffe. Als die vierte Kuh gemolken war, nahm er ihr den Eimer ab und sagte brummend, „Damit du nicht auf falsche Gedanken kommst!", danach trug er ihn aus dem Stall und sagte, über die Schulter, „Warte hier!" Arika blieb genau auf dem Platz stehen und wartete. Sie wagte keinen Schritt zur Seite, bis er zurückkam.

Arika blickte zu Boden und sagte leise „Ich muss noch Heu aus dem Schuppen holen. Die Tiere haben Hunger." Nur kurz hob sie den Blick und Sebastian nickte. „Geh voran, ich bin einen Schritt hinter dir!", sagte er drohend und sie verließ den Stall. Quer über den Hof ging sie und sah, dass er wirklich nur einen Schritt hinter ihr war. Arika betete, dass sich Hans nicht in dem Schuppen ver-steckt haben würde. Das würde die Situation nur noch viel schlimmer machen. Jeder Schritt tat ihr weh. Sebastian war wirk-lich sehr brutal gewesen. Voller Angst blickte sie in den Raum, doch der Mann war zum Glück nicht da.

Fast erleichtert holte sie das Heu und brachte es zu den Tieren. Noch ein zweites Mal musste sie diesen Weg gehen, dann waren die Tiere satt. „Ich möchte mich noch waschen", sagte sie und zeigte auf den Brunnen im Hof, doch er schüttelte den Kopf. Der

Mann zog sie in die Küche und drückte sie auf einen der Stühle. „Hier bleibst du", sagte er und band ihre Hand mit einem langen Seil an einem Tischbein fest. Es war wohl mehr ein symbolischer Akt, denn es lagen Messer in der Küche, mit denen sie sich jederzeit hätte befreien können. Doch offensichtlich hatte er auch daran gedacht, denn er beugte sich zu ihr und sagte drohend „Löse den Knoten und du stirbst." Dann war sie alleine in der Küche.

Was sollte sie tun? Sollte sie weiter an dem Kleid nähen, dass sie vermutlich niemals anziehen würde? Oder einfach nur hier sitzen und den Tag verfluchen, als sie in dieses Haus gekommen war? Aber fluchen war auch Sünde. Ihre Mutter hatte ihr einmal, vor vielen Jahren, den Hintern versohlt, als sie geflucht hatte. „Gott hört es und schickt dich in die Hölle!", hatte die Mutter ihr damals gesagt. Um wie viel näher war sie jetzt der Hölle gekommen? Ihr geschundener Hintern brannte, als würde sie schon auf dem Höllenfeuer sitzen.

Sie zog das Kleid zu sich und begann zu nähen, doch ihre Tränen fielen auf den Stoff und schon wenig später musste sie das Kleid zum Trocknen aufhängen. Sebastian hatte sie so auf den Stuhl gesetzt, dass sie den Flur, und die Tür dorthin, im Rücken hatte. So konnte sie nicht sehen, wenn er dort stand und nach ihr sah. Und so blieb sie einfach den Rest des Tages sitzen, das Herdfeuer direkt vor sich. Ein kleiner Wink ihres Mannes sicherlich, der ihr noch deutlicher zeigen wollte, was sie erwarten würde. Solange sie keinen Fehler mehr machte und solange die Belagerung noch dauerte, würde er sie, der Arbeit wegen, am Leben lassen. Danach, wenn alle Wiener befreit sein würden, würde sicher ihre letzte Stunde schlagen. Dann brauchte er sie nicht mehr. Die Befreiung würde ihr den Tod bringen, das wusste sie nun. Und sie hatte es akzeptiert.

46. Kapitel

Gedanken in der Nacht

Sächsisches Marschlager in Böhmen, am 21. August 1683

un waren sie schon mehr wie eine Woche unterwegs und hatten fast die Hälfte des Weges geschafft. Die Soldaten hielten sich gut, obwohl das ja auch ihr erster längerer Marsch war. Bis auf ein paar Blasen an den Füßen und ein paar wund gescheuerte Stellen durch die Tornister waren noch alle in guter Verfassung. Es war ja auch, da hier noch kein Feind war, eher ein Spaziergang, wenn auch ein sehr langer. Sollten die Wege und das Wetter nicht schlechter werden, so wären sie sicher in einer Woche am Sammelpunkt bei Wien. Wo die anderen Heeresteile waren, das wussten sie nur ungefähr. Sie hielten mit reitenden Meldern Verbindung. Der größte Teil ihrer Streitmacht, die Polen, war noch nicht aufgebrochen, aber da sie mit ihren Pferden zum Sammelplatz ritten, und nicht wie die anderen Teile zu Fuß gingen, war das vermutlich auch so geplant gewesen. Nur so konnten alle zum selben Zeitpunkt vor Wien sein und keiner musste länger auf die anderen warten. So bot auch keiner ein einzelnes Ziel für die Osmanen. Nur zusammen waren sie stark genug, um sie wieder von der Stadt zu vertreiben. Die Zahlen, die ihnen der Herzog aus der Umgebung von Wien meldete, klangen schon erschreckend. Offensichtlich waren es mehr wie 150.000 Männer, die Wien belagerten.

Abend war es geworden und wie jeden Abend hatte sie ihr Marschlager auf einer großen Freifläche bezogen. Es war ein abgeerntetes Feld gewesen, das konnte man noch an den vereinzelt dort stehenden Stoppeln der Halme sehen. Dicht an dicht standen die Zelte und es waren hunderte. Die Soldaten hatten ja auch noch eine beträchtliche Anzahl an Zivilisten bei sich. Da gab es Marketenderinnen, Fuhrknechte, Diener für die Offiziere, so wie Johann, und natürlich die Familien der Offiziere und Unteroffiziere. Insgesamt mochten es nun mehr als fünfzehntausend Menschen sein, die hier auf diesem ehemaligen Feld die Nacht verbringen würden.

Am nächsten Morgen würden die Zelte wieder vorfahren und die Soldaten ihnen dann hinterher marschieren. Zur Zeit sicherten sich die Soldaten selbst. Rund um das Feld standen Soldaten und im weiteren Umland waren Reiter unterwegs, um den Feind schon auf weitere Entfernungen zu erkennen und danach zu melden. Aber es war ruhig. Schon seit Tagen. Ein ganz normaler Sommertag mit nicht zu viel Sonnenschein. Genau richtig zum Marschieren. Irgendwie schien ihnen das Wetter gewogen zu sein. Jetzt in der beginnenden Dämmerung wehte ein kühler Wind durch das Lager und ließ die Zeltplanen, die zum Teil noch offen standen, im Luftzug wehen.

Die Männer saßen an kleinen Feuern, die sie nicht wegen der Wärme, sondern nur zur Zubereitung der Speisen, angezündet hatten. So mancher gefangene Hase wurde dort gebraten und das dazu gereichte Brot schmeckte nach solch einem langen Marsch noch einmal so gut. Die mitfahrenden Marketenderinnen gingen im Lager umher und boten Getränke an. Sie waren zum Teil noch sehr jung, manche sicherlich noch keine achtzehn. Sie schleppten große Krüge mit Wein umher und hatten auch, für die Männer, welche keinen besaßen, einen Becher dabei.

Der Offizier hörte die jungen Frauen lachen. Sie trugen den Wein von den Wagen, an denen die Wirte die Fässer hatten, zu den Männern an die Feuer. Gegen kleine Münzen gaben sie die Getränke aus. Die Soldaten sprachen dem Wein und auch dem Bier gut zu und es wurde an manchen Feuern gelacht oder gesungen. Ein Hauch von Abenteuer und Freiheit lag über all dem und doch würden viele Soldaten diesen Marsch mit ihrem Leben bezahlen.

Zumindest wusste Kurt, dass er von dort nicht wiederkommen würde. Er hatte es schon lange erkannt, dass er dort im Kampf sterben und danach mit seiner Frau wieder vereint sein würde. Das hatte ihm dieser Traum damals prophezeit. Niemanden, nicht mal seinem treuen Diener Johann, hatte er es erzählt. Er zog in einen Kampf, um darin zu sterben und er war glücklich dabei. Erneut zog Kurt das Medaillon aus seiner Rocktasche und klappte es auf. Mit dem Fingern fuhr er über das Bild seiner Frau, dann klappte er den kleinen Anhänger zu, küsste ihn und verwahrte ihn sorgsam. Dieses Bild war, abgesehen von dem großen Bild in seiner Dresdener Wohnung, das einzige, was ihm von Frau und Tochter geblieben war und damit auch entsprechend kostbar.

Er winkte eine der Marketenderinnen zu sich, drückte ihr einen Gulden in die Hand und gab ihr den Auftrag, jedem seiner Männer einen Becher Wein zu geben. Die Frau prüfte das Geldstück, verstaute es vorn in ihrem Mieder, machte einen tiefen Knicks und ging an ihr Werk. Die Männer prosteten ihrem Offizier zu und Kurt stopfte sich ein Pfeifchen. Mit einem langen Span nahm er eine kleine Flamme aus dem Feuer vor sich und zündetet den Tabak an. Es dauerte eine Weile, dann blies er den blauen Dunst nach oben in den sich langsam verdunkelnden Himmel hinauf.

Sein Blick folgte dem Rauch und er dachte daran, wie er früher gewesen war. Damals, vor vielen Jahren, bevor sein Leben durch die Krankheit seiner Frau zerstört worden war. Ein melancholischer Zug schlich sich um seinen Mund und Johann hatte es vermutlich gesehen. Doch der Diener kannte ihn schon viel zu lange, um darauf einzugehen. Er brachte etwas Brot und Wein und Kurt ließ es sich schmecken. Zusammen mit einer guten Wurst war das ein sehr gutes Mahl.

Schließlich wurde es vollkommen dunkel. Ein Hornsignal ertönte und damit war für alle Wirte der „Zapfenstreich" befohlen. Nun wurden die Zapfhähne der Fässer geschlossen und blieben es auch für den Rest der Nacht. Wer noch etwas im Becher hatte, der trank noch den Rest und die Marketenderinnen verschwanden, nur um kurze Zeit später, nun ohne Krug, dafür aber mit deutlich kürzeren Röcken und tieferen Ausschnitten als zuvor, wieder durch das Lager zu ziehen.

Nun boten sie keinen Wein mehr für Münzen an, sondern sich selbst. Eine der Frauen kam auch zu Kurt, denn je höher der Dienstrang war, desto höher war auch der Gewinn, den sie damit erreichen konnte, doch der Offizier lehnte mit einem Kopfschütteln ab. Die junge Frau zog weiter und verschwand mit einem der Unteroffiziere in dessen Zelt.

Kurt stand auf und ging zu seinem Zelt. Er klopfte die ausgebrannte Pfeife aus und legte sich auf sein Lager. Johann deckte ihn fürsorglich zu. Wieder kam eine Nacht und damit vielleicht auch ein Traum von Sofie.

47. Kapitel

Gottes Gnade

Wien, am 22. August 1683

E rneut war es Sonntag geworden und Arika saß in der Mägdekammer unter dem Dach. In den letzten paar Tagen hatte sie Sebastian gedemütigt, geschlagen und vergewaltigt, wann immer es ihm in den Sinn gekommen war. Sie fühlte sich schrecklich, zerschlagen und schuldig. Aber sie hatte schon lange keine Tränen mehr. Ihr Mann hatte sich in einer Art geändert, die sie ihm nie zugetraut hatte, doch wie lange kannte sie ihn schon. Gerade mal etwas mehr wie einen Monat. Die Hälfte davon war er gut zu ihr gewesen, die letzte Woche hatte sie nur noch Wasser und Brot bekommen. Und das alles nur, weil sie Karola versorgt hatte.

Vermutlich zählte das schwerer für den Mann, als der begangenen Ehebruch. Vor einer halben Stunde hatte er sie nun hier oben eingeschlossen, da er das Haus verlassen wollte und anscheinend nicht so sicher war, dass sie noch da sein würde, wenn er zurückkam. Doch wo sollte sie hin? Selbst wenn sie den Mut zum Weglaufen gehabt hätte, sie wäre nur ein paar Schritte gekommen. Die Mauern hätten ihren Weg gestoppt. Eine Flucht wäre sinnlos gewesen. Ihr Blick ging zu dem kleinen Kreuz in der Ecke.

Und Hans? Sie hatte in den letzten Tagen oft an ihn gedacht, aber sie konnte ihm nicht die Schuld geben, sie selbst war schuld. Nun kniete sie sich vor das Kreuz und verrichtete ihr Gebet. Aus dem Hause und damit zum Dom ließ ihr Mann sie ja nicht mehr.

Sie hatte ihn danach gefragt und nur wortlos eine schallende Ohrfeige dafür bekommen.

Eigentlich wollte sie dort nur ihre Sünden beichten, doch sie durfte ja nicht hin. So musste Arika ihre Sünden nun hier dem Kreuz beichten und auf Vergebung hoffen. Sie trug nur das Unterkleid, denn etwas anderes brauchte sie ja, nach Sebastians Auffassung, nicht mehr zu tragen. Das Haus durfte sie ja sowieso nicht mehr verlassen. Aber jeden Tag, wenn sie unten in der Küche am Tisch festgebunden saß, durfte sie an den Kleidern nähen. Das war zwar irgendwie sinnlos, aber vermutlich war das ihrem Mann noch lieber, als dass sie dort saß, nichts machte und nur grübelte.

Offensichtlich hatte er davor Angst, dass sie dabei auf dumme Gedanken kam. Es blieb ihr nur das Füttern und Melken der Kühe, sowie das Nähen. Karola durfte sie nicht mehr sehen und sie konnte der Freundin noch nicht einmal etwas sagen. Für die Übergabe einer Wurst hatte Arika das Leben von Karolas jüngster Tochter aufs Spiel gesetzt. Darüber ärgerte sie sich am meisten. Und auch für das Leben der kleinen Tochter betete sie jetzt. Karola hatte ihr gesagt, was Sebastian für diese Wurst verlangt hätte. Dafür hätte man vor einem Monat noch eine ganze Kuh bekommen. War das gerecht? Sie fragte sich das, aber sie durfte es nicht ihn fragen, er würde sie nur wieder schlagen.

Nach einer Weile hörte sie Schritte vor der Kammer. Kam Sebastian schon wieder zurück? Wollte er kontrollieren, was sie hier in seiner Abwesenheit machte. Sie hörte wie Hans „Arika?", fragte und sie drehte sich zur Tür. Sollte sie antworten? „Ich bin hier", sagte sie leise, dann vernahm sie, wie er den Riegel von der Tür zur Seite schob und diese öffnete. „Ich habe dich schon überall gesucht", sagte Hans und trat auf sie zu. „Geh weg!", entgegnete sie ihm mit Tränen in den Augen, dann wendete sie sich wieder dem Kreuz zu, vor dem sie noch kniete. „Was ist denn los?", fragte er und setzte sich neben sie.

„Dein Vater hat mich erwischt und für den Ehebruch bestraft. Aber er hat mich am Leben gelassen", antwortete Arika und faltete wieder ihre Hände zum Gebet. „Er hat dich zur Strafe hier eingesperrt?", fragte Hans. „Ja. Aber nicht nur das", antwortete sie leise und sah Hans an. Sie spürte, wie die Tränen über ihre Wangen liefen. Jetzt hatte sie wieder Tränen. „Was hat er dir angetan?", fragte er und sie streifte sich das Unterkleid über den Kopf, damit Hans ihren zerschlagenen Rücken sehen konnte. Die Striemen, welche der Riemen in den letzten Tagen auf ihrer Haut hinterlassen hatte, verliefen, zum Teil noch blutig, in allen Farben kreuz und quer über ihren Rücken. Sie sah das Entsetzen in seinen Augen. „Das habe ich nicht gewollt", sagte Hans leise. „Es ist nicht deine Schuld. Ich bin ganz alleine dafür verantwortlich. Nicht du bist verheiratet, sondern ich bin es", erwiderte sie und sah in seine Augen.

Hans strich vorsichtig über ihren Rücken, doch die zärtliche Berührung schmerzte so sehr, dass sie zurückzuckte. „Soll ich dir eine Wanne Wasser fertig machen, damit du das Blut abwaschen kannst?", fragte er und sie entgegnete, „Aber ich darf hier nicht raus. Zumindest nicht aus dem Haus!" „Ich hole das Wasser", sagte Hans und sie nickte. Das warme Wasser würde ihr sicher guttun. Auch hatte sie sich seit fast einer Woche nicht mehr gewaschen.

Zweifelnd sah sie den Mann an. Konnte sie es wagen, ihm zu folgen? Was würde Sebastian sagen? Gleichzeitig hielt ihr Hans die Hand hin und sie zögerte immer noch, diese zu nehmen. Die Gewalt ihres Mannes steckte noch in ihrem Körper und alles tat ihr weh. Trotzdem versprach gerade die Wanne etwas Linderung ihrer Schmerzen und vielleicht wäre sie ja auch schon wieder in diesem Mägdezimmer, bevor Sebastian zurückkommen würde. Die Frau gab sich einen Ruck und nahm die Hand von Hans. Ein Kuss des Mannes folgte, dann reichte er ihr das Kleid.

Arika streifte sich das Kleid vorsichtig wieder über und stand auf. Dann folgte sie Hans nach unten. Der Mann zog die Wanne hervor und nahm den Eimer. Schnell war das erste Wasser warm und die Wanne halb mit kalten Wasser gefüllt. Während der Rest warm wurde, nahm er sie tröstend und vorsichtig in den Arm. Dann goss er den Kessel in die Wanne und half ihr beim Einsteigen. Es tat so gut die Wärme auf der Haut zu spüren. „Ich wasche dir den Rücken", sagte er. „Aber vorsichtig!", entgegnete sie, reichte ihm die Seife und er nickte. Arika biss die Zähne zusammen und beugte sich vor. Dabei dachte sie daran, dass mit einem Bad vor zwei Wochen alles begonnen hatte. Seine streichelnden Bewegungen waren dieselben, die sie in diese Lage gebracht hatten!

Schließlich nahm sie die Seife zurück und wusch sich den Rest ihres Körpers. Danach stand sie auf und fragte „Willst du auch baden?" und er nickte. Hans zog sich aus, während sie sich neben der Wanne vorsichtig abtrocknete, dann wusch sie ihm den Rücken. Das fühlte sich so gut an, aber sie durfte nicht wieder sündigen.

Arika musste stark bleiben! Als Hans aus der Wanne stieg, drehte sie sich von ihm fort, dann räumten sie die Wanne zur Seite. Hans versuchte sie zu küssen, doch sie wich ihm aus. Der Gedanke „Stark bleiben!" bröckelte mit jedem Augenblick, denn sie mit Hans alleine war, immer mehr.

204

„Schließt du mich bitte wieder oben ein?", fragte sie leise und er nickte. Dann ging sie zur Stiege und er legte ihr die Hand auf den Hintern. Vor Schmerzen zuckte sie zurück. „Hat er dich auch da geschlagen?" fragte Hans und Arika wurde rot. „Nein. Da hat er mir anders Gewalt angetan", sagte sie und schilderte die brutalen Handlungen von Sebastian. Hans verstummte und sie stieg nach oben. Er stand immer noch unten, als sie schon im Dachgeschoss war.

„Kommst du bitte?", rief sie von oben, denn sie konnte ja den Riegel nicht selbst schließen. Als er vor ihr stand küsste er sie dann doch. Sie ließ es zu und kam ihm entgegen, doch diesmal wich er aus und zog sich zurück. Verstehend nickte sie und ging langsam in das Zimmer. Er sagte „Ich liebe dich", als er die Tür schloss und den Riegel vorlegte. In Arikas Augen stiegen wieder Tränen, dann drehte sie sich zu dem kleinen Kreuz. Nun war sie wieder in der Gnade Gottes. Sie kniete sich hin und betete.

48. Kapitel

Dunkle Gedanken

Wien, am 22. August 1683

ies hatte ein Ausflug aus der Gewalt des Krieges werden sollen und dabei war es nur ein Weg zu einer anderen Form der Gewalt. Als er Arikas Rücken gesehen hatte, da hatte er gewusst, dass er der Schuldige dafür gewesen war. Es war so, als hätte er die Peitsche selbst geschwungen, so hatte ihn der Anblick getroffen. Bis vor ein paar Augenblicken hatte er noch gedacht, hier etwas Ruhe zu finden, doch nun wusste er, dass er sich von Arika fernhalten musste. Er wollte ihr Leid nicht noch mehr vergrößern.

Stumm sah er auf die Tür, deren Riegel er gerade vorgeschoben hatte und wusste, dass er damit dahinter auch sein Herz verwahrt hatte. Bei ihr! Bei Arika! Vielleicht würde es für sie besser sein, wenn er sich nicht wieder bei ihr sehen ließ. Vielleicht würde dann sein Vater auch aufhören, sie zu schlagen oder ihr anders Gewalt anzutun. Hans wendete sich von der Tür ab und wollte gehen, doch er kam nicht weit. An der Stiege stand das Bett, in dem Arika die ersten Tage hier im Haus geschlafen hatte. Darauf setzte er sich und sah wieder zu der verschlossenen Kammer.

Er hörte sie leise beten und musste sich von ihr losreißen. Das konnte nicht gut gehen. Der Vater würde sie als Ehebrecherin töten lassen, wenn er ihn hier so vorfinden würde. Alles leugnen würde es nur schlimmer machen und dabei war ja nichts passiert. Er hatte ihre Haut in der Wanne nur berührt und diese Berührungen hatten Schauer durch seine Körper gejagt. So wie auch ihre Berührungen,

als sie ihn gewaschen hatte. Ein lange nicht gekanntes Glücksge-
fühl hatte sich für ein paar Augenblicke eingestellt. Langsam stieg
er wieder hinab und ging zum Dom hinüber.

In dem Gotteshaus setzte sich ganz nach vorn, wo der Platz des
Vaters in der Bank neben dem Altar war. Zum Glück war der alte
Mann nicht da. Hans hätte nicht gewusst, wie er sich im Moment
ihm gegenüber verhalten hätte und das dann auch noch hier im
Dom. Im Hause des Herrn. Er faltete seine Hände und bat um ein
Zeichen, was er tun sollte. Von Ferne hörte er die Kanonen und
sah zum Altar hinauf. Das war sicher das Zeichen! Er sollte den
Kampf suchen und damit auch die Frau beschützen, die er liebte.
Das dann sogar im doppelten Sinne, denn wenn er nicht da war, so
hatte Sebastian keinen Grund, sie seinetwegen zu schlagen und
wenn er die Osmanen von ihr fern hielt, so würde sie auch von
deren Gewalt verschont bleiben.

Von der Kommandantur hatte er erfahren, dass der Befehlshaber der Osmanen der ganzen Stadt die vollständige Vernichtung
angedroht hatte, als sie damals die Kapitulation abgelehnt hatten.
Er hatte in einem Schreiben versprochen, dass er jeden Mann, jede
Frau und jedes Kind töten werde. Sogar die ungeborenen Kinder
wollte er durch seine Tataren töten lassen. Hans stand auf, bekreuzigte sich und ging vor das Tor des Doms. Dort traf er die Frau
seines Freundes, der an der Kanone gestorben war. Sie sah durch
ihn hindurch und hatte Tränen in den Augen. Er hielt sie an und sie
stammelte nur „Meine Tochter ist gestorben. Sie ist einfach in
meinen Armen verhungert." Er versuchte die Frau zu trösten, doch
sie schob ihn beiseite. „Dein Vater trägt daran die Schuld! Und
dessen Frau auch! Sie haben mir kein Essen verkauft", sagte die
Frau trotzig und lief in den Dom hinein. Hans sah ihr erschrocken
hinterher. Die Osmanen töteten schon jetzt die Kinder Wiens.
Noch bevor sie die Stadt überhaupt erobert hatten.

Er sah zur Stadtmauer, von welcher der Rauch der Explosionen aufstieg, dann lief er los. Auf seiner Bastion würde er gebraucht werden und dort kam er sicher auch auf andere Gedanken. Je näher er der Mauer kam, desto lauter wurde der Lärm der Kanonen.

Der Mann rannte die Treppe hinauf und die Druckwelle einer abgefeuerten Kanone traf ihn unvermittelt. „Du kommst gerade richtig!", sagte der Kommandant, als er Hans sah. „Die Osmanen haben einen Tunnel bis zu uns gewühlt und wir haben ihnen einen Tunnel entgegen gegraben. Es sind nur noch wenige Schaufeln, bevor wir den Durchbruch geschafft haben. Greif dir die Männer und wirf die Osmanen aus dem Tunnel, bevor sie uns eine Mine unter die Bastion legen können!", legte der Kommandant fest. Hans nickte, kontrollierte seine Pistolen und stieg nach unten. Von dort nahm er sich dreißig Männer mit Gewehren und folgte dem gegrabenen Tunnel.

Die Bergleute zog er ab und positionierte sich so mit seinen Männern, dass sie die Osmanen mit ihren Musketen erwarteten, wenn diese den Durchbruch gegraben hatten. Von der Gegenseite hörten sie das schabende Geräusch der Schaufeln auf der Tunnel-wand. Er zog die Fackeln nach hinten, wodurch sie in die Finster-nis des Tunnels schauten. Die Finger am Abzug und zehn Muske-ten auf die Wand gerichtet, hinter der sich der Feind langsam zu ihnen durch grub, warteten sie. Immer lauter wurde das Geräusch und dann fiel Licht zu ihnen herein.

„Feuer!", rief Hans und die Musketenkugeln schlugen in die Reihen der Feinde ein. Einige fielen tot um, andere flohen verletzt in die Tiefen des Ganges. „Hinterher!", rief Hans und mit gezoge-nen Schwert stürmten sie dem Feind nach. Doch die liefen viel zu schnell und so konnten sie diese Männer nicht einholen.

Nach etwa fünfzig Schritten drehten sie um. Hans zerstörte die Abstützungen und dies sorgte dafür, dass der Tunnel sich hinter ihnen wieder durch die herabfallende Erde schloss. Hier musste er vorsichtig sein und konnte sich nicht den Gedanken an die Frau hingeben. Immer wieder musste er in der Dunkelheit nach vorn springen, um einem Erdbrocken auszuweichen.

Er war der letzte der Männer. Wie lange würde der Gang verschlossen bleiben? Sicher würden die Feinde diesen wieder ausheben. Wie konnte er das verhindern? Vermutlich wurde nun schon überall gegraben und keiner wusste, wo sie sich überall schon an die Bastion, den Ravelin oder die Stadtmauer heran gearbeitet hatten.

Sollte es dem Feind gelingen, die Bastion zu sprengen, so würden sie die Mauer nicht mehr halten können. Von dem Verlust ihrer aller Leben mal ganz abgesehen. Dann war er wieder in der Bastion und erstattete Bericht. Aber er sah im Gesicht des Kommandanten, das ihn dieselben dunklen Gedanken wie ihn befallen hatten. Wo würde die nächste Mine hochgehen?

49. Kapitel

Minenschächte

Unter Wien, am 26. August 1683

Istvan stützte sich gegen die Tunnelwand. Es hatte länger gedauert, als er sich vorgenommen hatte, doch nun war der Tunnel genau bis zu der Stelle gegraben, die er sich vorgenommen hatte. Noch einmal kontrollierte er die Abstände und prüfte den Gang. Wenn er nach oben graben würde, so wäre er unter der Spitze des Ravelins. Istvan drehte sich zu den Männern hinter ihm um und sagte „Genau hier brauche ich eine Kammer. Zehn Schritte tief, zehn Schritte breit und so hoch, wie ein Mann greifen kann. Am Sonntag werde ich denen da drüben eine Überraschung präsentieren." Die Männer nickten und schon gruben sie los. Je breiter der Gang damit wurde, umso mehr Männer konnten gleichzeitig graben. Istvan sah ihnen zu und kontrollierte die Abstützungen, schließlich sollte der Tunnel ja nicht im letzten Moment noch einstürzen.

Als er den Gang gegraben hatte, da war es zwei Mal passiert, dass durch in der Nähe gezündete Minen ein Teil seiner Arbeit wieder zunichtegemacht wurde. Seine Männer waren dabei nicht zu Schaden gekommen, aber es hatte ihn bei der Arbeit behindert und er hatte schon eine Woche früher hier sein wollen. Die Männer mit den Eimern liefen an ihm vorbei nach draußen und brachten den Aushub ins Freie.

Wie in einem Bergwerk kam es ihm immer wieder vor und daher fühlte er sich auch richtig wohl hier unten. Sein ganzes Leben hatte er unter der Erde zugebracht. Von klein auf war er mit seinem Vater im Bergwerk gewesen und er konnte sich nicht daran erinnern, dass er als Kind im Sonnenlicht gespielt hatte. Er hatte im Boden gewühlt. In der Tiefe eines feuchten Ganges mit dem Hammer und dem Schlägel die Felswand bearbeitet. Doch es war ihm nicht so schwer vorgekommen. Natürlich hatte er, als Sohn des Bergwerksbesitzers, nicht den ganzen Tag den Hammer geschwungen, so wie es andere Kinder tun mussten. Doch er hatte sein Handwerk vom Vater sorgfältig gelernt bekommen.

Alles unter Tage hatte er machen müssen, Zimmerei, Schmiedearbeiten und auch die Arbeit mit den Lasttieren hatte er gelernt. Eigentlich hatte er erst das Dunkel des Stollens verlassen, als er seine Frau geheiratet hatte. Danach war er nur noch selten in die Tiefen des Berges eingefahren. Hatte es ihm gefehlt? Er wusste es nicht, er hatte dafür im Tausch seine Frau, die er sehr liebte und danach seine Kinder bekommen, denen er aber, da es nur Töchter waren, nicht viel von dem nahebringen konnte, was er so den ganzen Tag machte.

Nur das Gold, das er aus dem Berg holte, das faszinierte die Töchter. So manches Schmuckstück hatte er ihnen fertigen lassen, wenn von den Abgaben, die er seinem Grafen überlassen musste, noch etwas übrig blieb. In seinem Heimatdorf Telkibánya gab es einige Minen, auch wenn das Dorf nur klein war. Er dachte an die Berge der Umgebung und an den Eingang zu seiner Mine, der versteckt im Wald lag. Nicht so versteckt, dass man ihn nicht finden konnte, dazu waren viel zu viele Menschen damit beschäftigt, das Gold zu gewinnen. Sie lag eher idyllisch zwischen den Bäumen in einer kleinen Schlucht.

Allerdings hatte für diese idyllische Szenerie nur seine Frau einen Blick gehabt. Für ihn war es altvertraut. Die kleinen Hütten vor dem Eingang, wo in Klopfwerken das Gestein zerkleinert und das Gold gewonnen wurde. All das kannte er, seit er laufen konnte. Hier nun war alles anders. Hier war nur wenig Gestein um ihn herum, dafür viel Erde. Sein Bergwerk daheim führte nun sein jüngerer Bruder und er würde sicher schon bald wieder zurück in sein Dorf gehen können.

Wenn diese Mine hier explodieren würde, so wäre es nur noch eine Frage von Tagen, dass sie die Stadt gestürmt haben würden. Warum hatte er sich überhaupt auf dieses Abenteuer eingelassen? Nur weil sein Graf ihn dazu aufgefordert hatte? Er hätte sicher sofort einen Grund finden können, um dort in seinem Dorf zu bleiben. Doch er war eben der Beste! Das wusste auch sein Graf.

Er hob einen Stein auf, der aus der Wand gefallen war. Sorgfältig betrachtete er das Gestein, aber es war nichts Ungewöhnliches daran zu finden. Achtlos ließ er ihn in den nächsten Eimer fallen, den einer seiner Männer an ihm vorbei trug. Die Kammer nahm immer mehr Gestalt an und er begann deshalb, mit ein paar Männern die Abstützung vorzunehmen.

Stämme und Balken wurden hereingetragen und im Scheine von ein paar Fackeln bearbeitete er mit dem Beil die Holzteile so, dass sie ineinander passten. Auch in dem flackernden Schein dieser Fackeln behielt er sein Augenmaß. Vermutlich hätte er auch mit geschlossenen Augen oder in absoluter Finsternis seine Arbeit verrichten können. Durch diese Arbeit hatte er nun keine Zeit mehr, um sie an müßige Gedanken zu verschwenden.

Der Tag ging dahin, aber er wusste nicht, wie spät es war. Hier unten war ja eigentlich immer Nacht. Nur das Licht der Fackeln riss immer wieder ein Stück der größer werdenden Höhle aus der

Finsternis. Als der Raum endlich die geforderte Größe hatte, sah sich Istvan um und nickte. Alle Arbeiter wurden nach draußen geschickt und nun begannen sie die ersten Fässer durch den Gang zu rollen. Vorsichtig, damit keines beschädigt wurde, gingen die Männer voran. Immer nur ein Fass befand sich im Gang, wodurch, falls eines Explodieren würde, die anderen nicht wie in einer Kettenreaktion ebenfalls explodieren und damit die ganzen Männer töten würden.

Auch der Gang war dann eventuell noch zu retten, denn ein einzelnes Fass konnte keine so große Zerstörungskraft aufbringen, wie die ganze, von Fässern ausgefüllte, Kammer in ein paar Tagen.

Sorgfältig stapelte Istvan die Fässer auf. An der hinteren Wand begannen sie. Nach den ersten Fässern gab er den Männern noch ein paar Anweisungen, dann verließ er die Höhle und folgte dem Gang. Er betrat den Graben, von dem der Tunnel abzweigte, als die Sonne gerade unterging. Nach der schlechten Luft in dem Gang atmete er erst mal durch und richtete sich wieder auf.

Erst jetzt stellte er fest, wie erschöpft er war. Seine Hände zitterten von der Anstrengung. Langsam ging er zu den Zelten hinüber. Seine Gedanken flogen zu Swetlana, die sicher schon auf ihn warten würde. Frau und Kinder waren vorerst vergessen. Die Geliebte war nah!

50. Kapitel

Zwei Frauen

Osmanisches Heerlager vor Wien, am 28. August 1683

Der Mann wurde immer verschlossener. Mit jedem Tag entfernte er sich irgendwie immer mehr von ihr. Die Nächte waren immer noch sehr schön, doch in seinen Augen steckte ein Zweifel. Vermutlich ging es dabei um sie. Swetlana hatte das Medaillon gesehen, das er immer heimlich öffnete. Bei einem flüchtigen Blick hatte sie eine schöne Frau gesehen. Vermutlich seine Frau, auch wenn er nur ganz selten mal ein paar Worte über sie sagte. Er versuchte sicher, die beiden Frauen auseinanderzuhalten. Eine für sein Herz und eine für seinen Körper. Doch was für Ansprüche konnte sie schon stellen? Er hatte sie zwar vor den Tataren gerettet, doch sie war nur seine Kriegsbeute.

Die Dankbarkeit, die sie in den ersten Tagen verspürt hatte, war in eine Liebe gewandelt worden, doch niemals würde sie Istvan etwas davon erzählen. War es von seiner Seite auch etwas anderes, als nur die Befriedigung körperlicher Bedürfnisse? Manchmal sah sie ein Aufblitzen in seinen Augen, wenn er sie ansah, doch darüber reden würde auch er sicher nie. Er war ja ein Mann!

Mit Ursula kam sie auch gut zurecht. Die ältere Frau war nun eine richtige Freundin geworden. Oft unterhielten sie sich stundenlang beim Zubereiten des Essens. Zu den anderen Frauen hatte Swetlana keinen Zugang bekommen. Sie war eben eine Gefangene! Da redete man nicht mit so einer! Ursula war da anders. Wenn nur diese Tataren nicht gewesen wären! Die lungerten auch wei-

214

terhin den ganzen Tag hier am Feuer herum. „Das Lager bewachen", nannten sie es, wie ihr Ursula übersetzt hatte. „Sich vor dem Kampf drücken", nannte es Swetlana, wenn sie mit Ursula alleine war und am Lächeln der Freundin sah sie, dass Ursula es wohl auch so sah. Doch offen würden sie es nicht sagen können. Die Tataren würden sie einfach so töten. Swetlana lebte vermutlich nur noch, weil Istvan eine höhere Position im Heer hatte, auch wenn er ihr nicht wirklich sagte, was er machte. „Graben", hatte er gesagt, nur was, das wollte er ihr nicht verraten.

So bestanden nun ihre Nächte in der Liebe in den Armen des geliebten Mannes und die Tage aus dem Warten, dass er zu ihr zurückkam. Sie fühlte sich, wie eine Ehefrau, die wartete, dass der Mann abends vom Feld oder der Arbeit kam. Und dann gab es diese Tage, wie den am Teich. Da fiel alle Last von ihr ab. Da schien das Glück perfekt zu sein. Nur er und sie, der Kanonendonner und der Krieg waren weit fort. Konnte es nicht jeden Tag so sein? Doch sie wusste: wenn die Kanonen für immer schweigen würden, dann würde Istvan in seine ferne Heimat zurückgehen, zu seiner Frau. Sie würde hier zurückbleiben und sterben! Oder sollte sie ihn begleiten?

Nur wozu? Seine Geliebte konnte sie dort nicht mehr sein und eigentlich konnte sie nur noch ehrenvoll sterben, dann wäre sie im Himmel, bei ihrer Familie! Vielleicht sollte sie Istvan dann darum bitten, dass er sie tötete, bevor er in seine Heimat ging. Sozusagen als letzter Liebesdienst. Damit sie den Tod von seiner Hand fand, anstatt von ein paar alten Weibern gesteinigt zu werden, weil sie mit den Heiden ihr Lager hatte teilen müssen. Doch diese Überlegungen schienen noch viel Zeit zu haben. Noch sah es nicht so aus, als ob eine der beiden Seiten gewinnen würde. Nur der Hunger war nun auch im osmanischen Lager angekommen.

Istvan hatte ihr ja schon gesagt, dass die Verpflegung aus Ungarn kam, weil die Tataren alle Nahrungsmittel im Umkreis um Wien zerstörten. Nun blieben diese Lieferungen aber zunehmend aus. Immer mehr Transporte aus der Ferne fehlten, je länger die Belagerung dauerte. Er hatte ihr auch gesagt, dass sich die Heere normalerweise aus der unmittelbaren Umgebung bedienten. Nur so konnte man die immense Menge an Männern versorgen. Aber das begriffen die Tataren wohl nicht. Wenn sie Taras so ansah, so war ihr mitunter um ihre Zukunft bange, doch hatte sie eigentlich noch eine Zukunft?

Es zählten nur dieser eine Tag, der geliebte Mann und die Stunden in seinen Armen. Was morgen war, das wusste niemand. Vermutlich nicht mal der Oberbefehlshaber dieser Streitmacht hier, dessen Männer zu murren begannen. Die Laune wurde deutlich schlechter. Waren sie vor ein oder zwei Wochen noch siegesgewiss zur Stadt hinübergezogen, so schlichen sie nun eher mit hängenden Schultern. Vielleicht musste Istvan deshalb jeden Tag so schwer arbeiten, da der Sieg noch errungen werden musste.

Swetlana hatte auch aufgeschnappt, dass es ein Entsatzheer für Wien geben sollte. Doch niemand hier wusste, wie groß es war und wo es sich gerade befand. Diese Ungewissheit hinterließ ebenfalls Spuren bei den Männern. Selbst bei den sonst so tapferen Janitscharen. Sie hatten vermutlich erkannt, dass ihnen die Zeit davonlief. Der Plan war sicher gewesen, der Stadt zu drohen oder sie im Sturm zu nehmen. Daher waren die Tataren hier. Sie waren schnelle Reiter, aber konnten mit der langen Belagerung schlecht umgehen. Sie waren Männer der Tat, zumindest die meisten, wenn sie Taras und seine Männer mal ausklammerte und hier waren sie nun zum nutzlosen Warten verdammt.

Vielleicht verwüsteten sie auch darum das Umland, damit sie wenigstens auch etwas tun konnten. Nicht auszudenken, was wohl geschehen würde, wenn die 40.000 Männer hier im Lager saßen und nichts taten. Es war schon so kaum zum Aushalten. Doch diese Männer kämpften nun mal nur zu Pferde. In einem Graben, mit einer Schaufel in der Hand, so wie Istvan, konnte sich Swetlana Taras nicht vorstellen. Das war sicher unter seiner Würde.

Wenn sie nicht jeden Tag an ihnen vorbei gemusst hätte, da ihr Zelt genau in der Mitte der Tatarenzelte stand, hätte sie einen großen Bogen um diese Männer gemacht, aber so musste sie, wenn sie zu Ursula wollte, immer zwischen ihnen hindurch. Sie hatte aber einen Stolz entwickelt, der sich auf ihr Vertrauen auf Gott gründete.

Diese Aufgabe hier sollte sie lösen und Gott würde sie erretten. Am nächsten Tag war wieder Gottesdienst und sie würde vielleicht mit Istvan dorthin gehen können und möglicherweise konnten sie danach etwas schwimmen gehen. Irgendwie freute sie sich auf den nächsten Tag, doch da war auch etwas Unheimliches in der Luft. Irgendeine ungreifbare Angst hing über ihr. Was konnte das nur sein? Woher kam sie?

51. Kapitel

Ein Licht in der Dunkelheit

Osmanisches Heerlager vor Wien, am 29. August 1683

Und wieder war es Sonntag geworden. Istvan wachte in seinem Zelt auf und hatte Swetlana im Arm. Er sah sie an, wie sie friedlich schlief. Er hatte begonnen, sie mit seiner Frau zu vergleichen, doch da gab es eigentlich nichts zu entscheiden. Swetlana war hier, seine Frau Zuhause. Er würde sie hier lassen und zu Frau und Kindern zurückgehen. Vielleicht schon in ein paar Tagen. Er legte sich zurück und sah nach oben. Bis zum Abend hatten sie die Kammer mit so vielen Fässern Schießpulver bestückt, wie sie für eine Woche für ein paar Kanonen brauchen würden. Danach hatte er sich nur noch Zeit gelassen, weil er diese Mine heute sprengen wollte. Heute, am Gedenktag von Johannes dem Täufer, genau zum Gottesdienst, würde er die Zündschnur anzünden und ein Zeichen setzen.

Auch rechnete er damit, dass dann viele Verteidiger beim Gottesdienst waren und die Janitscharen mit dem Rest ein leichtes Spiel haben würden. Er spürte, wie die Frau erwachte und sich an ihn schmiegte. Für sie würde er ebenfalls eine Lösung brauchen, denn er wollte sie nicht den Janitscharen oder, was noch schlimmer für sie wäre, den Tataren überlassen. Istvan wendete sich ihr zu und küsste sie, dann zog er sie fest an sich, wobei sich ihre nackten Körper berührten.

„Ich kann heute nicht mit dir zum Gottesdienst kommen. Ich habe was vor, aber du wirst merken, was es ist", sagte er. Er durfte ihr ja nicht sagen, was er machte und wo. Die Gefahr wäre zu groß, dass sie es unbedacht verriet und damit seine Arbeit zunichtemachte. Sie nickte verstehend und sagte leise „Schade. Wir hätten wieder baden können." „Vielleicht morgen", antwortete er und sah das glückliche Blitzen in ihren Augen. Istvan setzte sich auf und fuhr sich durch die Haare. „Warum gehen wir nicht jetzt schnell schwimmen?", fragte er und sie sprang auf.

Schnell hatten sie sich angezogen und waren zum Teich gelaufen. Die Sonne ging gerade auf, als sie in den Teich sprangen. Nach zwei Runden im Wasser liefen sie zurück. Er kämmte und rasierte sich. Heute legte er besonders viel Wert auf sein Äußeres. Anschließend zog er seine besten Sachen an, dann küsste er Swetlana und machte sich auf den Weg. Nach ein paar Schritten drehte er sich noch einmal um. Die Frau stand noch vor dem Zelt. Schnell ging er weiter, denn er hatte noch wichtiges vor.

Der Weg bis zum Beginn seines Tunnels war beschwerlich, da viele Gräben bis dorthin zu passieren waren.

Dann stand er vor dem Eingang und sah zur Sonne hinauf. Sein Gehilfe kam aus dem Tunnel und sagte „Alles ist bereit." Istvan nickte und legte ihm die Hand auf die Schulter. „Dann las uns beginnen", sagte er und sie gingen hinein. Drei Soldaten begleiteten sie und alle hatten Fackeln in den Händen. Langsam und fast feierlich schritten sie den Gang entlang, den sie tagelang mühevoll gegraben hatten und der sich in ein paar Stunden in Nichts auflösen würde. Doch da würden sie schon wieder weit fort sein.

Einer der Soldaten hatte die Zündschnur dabei, die so lange brannte, wie sie für den Rückweg brauchen würden. Als Istvan die Kammer vor sich im Fackelschein erkennen konnte, band er das eine Ende der Zündschnur an einen Balken, dann zogen sie die

Schur hinter sich her und wickelten sie ab. Nun mussten sie mit den Fackeln sehr vorsichtig sein. Ein Fehler und sie würden alle noch heute ihrem Gott gegenüber treten müssen. Nach ein paar Schritten standen sie in der Kammer, doch Istvan musste nichts sagen. Die Handgriffe waren altbekannt und lang geübt. Mit tödlicher Präzision verbanden sie drei Fässer an verschiedenen Enden der Kammer mit der Zündschnur. Zum Schluss fragte Istvan „Fertig?" und alle nickten.

Gerade als sie die Kammer verlassen wollten, hörte er ein Geräusch am anderen Ende. Er drehte sich dorthin um und sah einen Lichtschein. Dann traf ihn eine Pistolenkugel in den Bauch. Davon wurde er von den Füßen gerissen und fiel gegen die Wand. Die Wiener hatten seinen Gang gefunden! Es entbrannte ein Schusswechsel und einer der Soldaten wurde direkt vor Istvan tödlich getroffen. Seine Pistole fiel in Istvans Schoß und die Fackel fiel zu Boden. Istvan hob die Waffe auf und griff an seinen Bauch. Noch spürte er nichts, doch er sah das Blut auf seiner Hand. Diese Verletzung konnte er nicht überleben. „Alles aus!", dachte er und sah zu der Pistole. Er saß nur einen Schritt vom vordersten Fass entfernt. Ein Entschluss reifte in einem Augenblick. Schnell spannte er den Hahn und schoss auf das Fass. Der Knall dröhnte in seinem Kopf. Ein fingerdicker Strahl Pulver ergoss sich aus dem Loch auf die Erde.

Von der Seite sah er die fremden Soldaten in die Höhle laufen. Ein zweiter Schuss traf ihn, er spürte den Schlag gegen die Schulter und die leergeschossene Pistole entglitt seiner kraftlosen Hand, doch den Schmerz bekam er schon gar nicht mehr richtig mit. Alles war in ihm Betäubt. Er sah nur die Fackel und das Pulver, das einen kleinen Berg direkt vor seinen Füßen bildete. Jetzt musste er handeln, solange der Strahl noch nicht unterbrochen war, aber er hatte instinktiv in die Mitte des Fasses geschossen. Der Mann sah eine Bewegung aus dem Augenwinkel. Jemand lief mit einem Schwert auf ihn zu und nun wurde es Zeit!

Istvan nahm die Fackel und hielt sie an das Pulver. Mit einem Zischen verschwand das Feuer in dem Fass. Im Bruchteil eines Wimpernschlages dachte er an seine Kinder, seine Frau und Swetlana. Der fremde Mann stolperte mit dem Schwert vor ihm. Ein Schlag traf ihn, doch das Unvermeidliche konnte der fremde Krieger nicht mehr verhindern.

Erneut dachte Istvan an Swetlana, dann löschte ein Lichtblitz alles aus. Die Kettenreaktion der anderen Fässer bekam er schon nicht mehr mit.

52. Kapitel

Ein schwerer Fehler?

Wien, am 29. August 1683

Das ganze Haus hatte gezittert und jeder in Wien hatte wohl diese Erschütterung bemerkt. Arika hatte im Kuhstall gesessen und das Tier vor ihr war unruhig geworden. Sie hatte den Atem angehalten und nach draußen gelauscht, ob da wohl nun die johlenden Horden der Feinde über sie herfallen würden, doch alles blieb ruhig. Wenig später hatte sie Sebastian in der Kammer unter dem Dach eingeschlossen und war aufgebrochen, um herauszufinden, was wohl passiert war. Nun saß sie hier und konnte noch nicht einmal jemanden Fragen. Nur beten und hoffen, dass sie am Leben bleiben würde.

Etwa eine Stunde später hörte sie eilige Schritte und ein Poltern auf der Stiege. Ihr Herz blieb fast stehen und sie erwartete das bärtige Gesicht eines Osmanen oder Tataren in der Tür zu sehen, doch es war Hans, der in das Zimmer kam. Erleichtert umarmte sie ihn und er begann zu erzählen „Ich wollte gerade zum Gottesdienst gehen und hatte mich bei meinem Kommandanten abgemeldet, als direkt vor uns der Ravelin in die Luft flog. Die Druckwelle war so gewaltig, dass wir in eine Ecke geflogen sind, obwohl wir eine Mauer zwischen uns und der Explosionsstelle hatten. Nur alleine durch die Kanonenscharten kam so viel Luft herein, dass keiner der Männer sich auf den Füßen halten konnte. Die Erde flog so hoch, dass sie sicher doppelt so weit nach oben geworfen wurde, wie die Mauer dahinter hoch war. Als sich der Rauch verzogen hatte, haben wir gesehen, dass die Osmanen eine Mine direkt unter der Spitze des Mauerschildes gezündet haben. Sie hat den Ravelin in der Mitte zerrissen. Alle, die dort gestanden hatten, sind tot.“

„Zum Glück ist dir nichts passiert", entgegnete Arika und bemerkte erst jetzt, dass sie sich noch immer fest an den Körper des Mannes presste. Wenn Sebastian jetzt die Stiege nach oben gekommen wäre, sie hätte keinen Tag länger zu leben gehabt. Schnell ging sie wieder auf Abstand, auch wenn ihr das innerlich wehtat. Sie versank in seinen Augen und alles andere war bedeutungslos. Sie sehnte sich nach seinen Händen, die so sanft ihren Körper gestreichelt hatten. Alle Angst wich aus ihrem Kopf. Nur Hans zählte noch.

„Du wolltest doch zum Gottesdienst? Möchtest du da vorher noch baden?", fragte sie und er nickte „Du zuerst!", entgegnete er und sie stiegen die Treppe hinab. Hans war immer noch so aufgeregt, dass er die ganze Zeit erzählen musste, denn schließlich hatte er ja lange selbst auf diesem Mauerschild gekämpft und gestanden.

Noch im Erzählen zog er die Wanne in die Küche und holte das Wasser. Auch wenn sie ihn da nicht zuhören konnte, da sie das Haus ja nicht verlassen durfte, erzählte er einfach weiter vor sich hin. Erst als sie in der Wanne saß und er ihr den Rücken wusch, wurde er ruhiger. Vermutlich hatte er nun alles erzählt, was er zu erzählen hatte und Arika genoss seine Hände auf ihrem Rücken. Für dieses Gefühl hätte sie im Moment sterben können. Dann wechselten sie ihre Plätze und Hans setzte sich in die Wanne hinein.

Nun glitten ihre Hände über seinen Körper. Sie war fast mit dem Waschen fertig, als Sebastian in den Raum kam und sie sofort anbrüllte „Warum bist du nicht in deiner Kammer?" Arika sagte kein Wort, denn alles, was sie gesagt hätte, hätte es nur noch schlimmer gemacht. Ihre Haare waren immer noch nass und Hans saß nackt vor ihr in der Wanne.

Hans sprang auf und sagte „Aber Vater…" doch weiter kam er nicht. „Verschwinde aus meinem Haus und las dich so schnell nicht wieder hier sehen!", knurrte ihn Sebastian an. Der Sohn raffte seine Sachen zusammen, zog sich an, ohne sich vorher abgetrocknet zu haben, und verschwand aus dem Raum. Nicht einmal zu ihr zurück blickte er.

Nun stand sie dort, mit dem Lappen in der Hand und sah zu ihrem Mann, der drohend und langsam immer näher kam. Es war ein Fehler gewesen, hier herunterzukommen und sich seiner Weisung zu widersetzen. Die verdrängte Gefahr war schlagartig zurück. Die Angst lähmte sie. „Und nun zu uns", sagte der Mann leise und gepresst. Dann umrundete er die Wanne und stand direkt vor ihr. „Es war wohl ein Fehler, dich am Leben zu lassen", begann er und schlug ihr mit der flachen Hand ins Gesicht. Arika zuckte zusammen und hielt sich die schmerzende Wange. „Aber diesen Fehler kann ich ja noch korrigieren", setzte er weiter fort. Dann packte er sie und warf sie bäuchlings auf den Tisch, er schlug ihr das Unterkleid hoch und drang mit Gewalt in sie ein. Schnaufend verging er sich an ihr, während sie die Zähne zusammenbiss, um ihn nicht noch zusätzlich zu provozieren. Doch was würde das schon ändern? Ihr Mann würde sie dem Gericht als Ehebrecherin überstellen und dort würde sie dann zur Steinigung verurteilt.

Als er endlich von ihr abließ, da hatte sie schon mit ihrem Leben abgeschlossen und die Peitschenhiebe, die er ihr anschließend zusätzlich noch gab, waren schon der erste Teil ihrer Verurteilung.

Wenig später saß sie, an den Händen gefesselt auf der Bank in der Küche, während ihr Mann die Wanne wegschob und zu seinem Laden hinüberging. Vermutlich würde er sie, da ja Sonntag war, am nächsten Tag dem Gericht überstellen. Sie dachte wieder an das zurück, was gerade mit ihr passiert war.

Am Anfang der Ehe war er wenigstens noch mit etwas Gefühl mit ihr umgegangen, auch wenn er schon immer sehr ruppig gewesen war, aber das, gerade eben, das war nur eine Demonstration seiner Macht. Er hatte ihr noch nicht mal dabei ins Gesicht gesehen. Erst jetzt, in der Ruhe, begannen ihr die Tränen das Gesicht herunterzulaufen. Sie schloss mit allem ab und dachte auch daran, dass sie Hans nie mehr wiedersehen würde. Er hatte sich noch nicht mal nach ihr umgesehen, als er den Raum fluchtartig verlassen hatte.

Arika versuchte sich die Tränen abzuwischen, aber das ging nur schwer, weil das Seil viel zu kurz war. Sie musste sich dazu nach unten beugen. Sebastian hatte sie direkt an die Bank gebunden, wodurch sie nicht mehr aufstehen oder irgendetwas anders tun konnte. Nur auf das Unvermeidliche warten konnte sie noch.

Durch ihr Schluchzen hindurch hörte sie ihren Mann, wie er im Laden einen Kunden bediente und sah zur Tür. Nun machte er schon sonntags Geschäfte, obwohl er doch am Tage des Herrn sein Kontor eigentlich geschlossen haben musste. Die Gier schien ihm keine andere Wahl zu lassen. Wie viele Münzen hatte er wohl schon mit der Not der anderen Menschen verdient? Für einen Moment siegte der Zorn über die Angst, dann begannen wieder die Tränen ihren Weg über ihr Gesicht zu suchen. Alles war aus!

53. Kapitel

Betrogener Betrüger

Wien, am 29. August 1683

ieser Knall hatte auch ihn erschreckt, doch noch mehr hatte er sich um seine Münzen gesorgt. Schnell hatte er den Beutel weggeschlossen, als ob ihm das etwas genutzt hätte, wenn die Janitscharen die Straße herunterkamen. Danach hatte er Arika in der Kammer verschlossen und war zur Ständeversammlung der Kaufmannsgilde gelaufen. Aber es blieb alles friedlich. Dort, bei der Versammlung, hatte er erfahren, dass die Stadtmauer keinen Schaden genommen hatte und somit auch nichts zu befürchten gewesen war.

Erleichtert machte er sich wenig später wieder auf den Weg nach Hause und lehnte den sonst üblichen Umtrunk ab. Warum er sich so beeilte, das wusste er selbst nicht, doch als er sein Haus betrat, da hörte er Stimmen aus der Küche und das konnte ja gar nicht sein. Die Frau war doch oben eingeschlossen.

Hatte sie es etwa gewagt, nach unten zu gehen? Wie war sie überhaupt aus der Kammer entkommen? Mit Hans? Sicherlich! Diese Ehebrecherin! Der Zorn stieg in ihm hoch und er ging in die Küche hinüber.

Wie von ihm erwartet, war Arika mit Hans dort in dem Raum. Was hatten sie wohl gemacht, bevor sie zusammen in der Wanne gewesen waren? Seine Wut steigerte sich immer mehr und er warf den Sohn aus dem Haus.

226

Wütend wendete er sich seiner Frau zu. Mit dieser Betrügerin würde er kurzen Prozess machen! Er schlug sie nieder und begann sie zu bestrafen. Danach band er sie fest und ging zurück in das Kontor. Zwar war es ihm nicht erlaubt, den Laden am Sonntag zu öffnen, doch wer fragte schon danach, wenn er Hunger hatte. Nach der Explosion wollten nun alle noch schnell etwas zu essen haben und er konnte die Preise noch einmal kräftig steigern.

Insgeheim rieb er sich die Hände und zählte in Gedanken schon die schönen Münzen. Zwischendurch konnte er sich überlegen, was er am nächsten Tag bei Gericht gegen seine Frau vorbringen würde. Natürlich galt sein Wort dort. Er war ein angesehener Kaufmann und der Mann der Frau. Als Familienvorstand hatte er über alle im Haus zu entscheiden, selbst über Mägde und Knechte. Was unter seinem Dach geschah, das war unter seiner Gerichtsbarkeit. Sollte er auch Hans mit in das Verfahren ziehen?

Vielleicht, wenn ihn jemand danach fragen würde. Dem Sohn würde bei einem Prozess nichts passieren. Er war ja nicht verheiratete und die Dirne hatte ihn sicher mit ihren Reizen umgarnt und gefügig gemacht. Damit würde Hans freigesprochen und die Strafe für Arika war der Schandpfahl und die anschließende Steinigung. Mit Ehebrecherinnen wurde immer kurzer Prozess gemacht. Gnade konnte sie da von niemanden erwarten.

Als gerade kein Kunde in seinem Laden stand, ging er den kurzen Gang bis zur Tür der Küche und sah hinein. Sie saß immer noch auf der Bank. Sebastian nahm das Messer vom Tisch und schnitt sie von der Küchenbank los, um sie nach oben in ihre Kammer zu bringen. Darin würde er sie bis zum nächsten Tag einschließen.

In dem Moment, in welchem sie den Raum verließen, hörte er vom Laden einen Tumult und splitterndes Holz. Ein Stimmengewirr kam auf ihn zu. „Die Osmanen?", dachte er, dann sah er aufgebrachte Bürger auf ihn zustürmen.

Er riss die Hände nach oben, da trafen ihn schon die ersten Schläge. Auch seine Frau schrie auf, doch er war zu sehr damit beschäftigt, den Knüppeln und Fäusten auszuweichen, als ihr irgendwelche Aufmerksamkeit zuwenden zu können, oder sie sogar noch zu beschützen. Es waren sicher mehr als dreißig Männer und Frauen, die sich auf ihn stürzten und dabei war der Gang doch ziemlich schmal.

Nach eine Welle der Gewalt zerrten sie ihn nach draußen auf die Straße. Die Menschen schleiften ihn einfach hinter sich her und auf einmal hatte er einen Strick um den Hals. Da seine Hände und Arme gefangen waren, war er nun den Schlägen schutzlos ausgeliefert, die auch weiterhin seinen Kopf und den Rücken trafen.

Immer weiter zogen sie ihn, bis sie auf dem Platz vor dem Dom angelangt waren. Seine Hände wurden nach hinten gerissen, gefesselt und dann stand seine Frau neben ihm. Auch sie war gefesselt und hatte einen Strick um den Hals. Die Frau war mit blauen Flecken übersät und hatte eine Platzwunde an der Stirn. Vermutlich sah er nicht viel anders aus. Er sah ihr nicht in die Augen, sondern schaute auf die tobende Menge um ihn herum.

Ein paar Männer versuchten ein Gestell aufzurichten, an das man sie wohl beide hängen wollte, doch das Gestell fiel immer wieder um. Noch bevor die Männer es geschafft hatten, waren Soldaten gekommen und hatten sie beide gepackt. Wenig später hatte man sie in den Keller der Kommandantur geworfen. Jeden in eine andere Zelle.

Nun saß er hier mit immer noch auf dem Rücken gefesselten Händen. Nur den Strick um den Hals hatte man ihm abgenommen. Doch den würde er sicher am nächsten Tag wieder zurückbekommen. Das Gericht würde sicher ein Exempel an ihm vollstrecken, um andere abzuschrecken. Sebastian sah sich in dem Raum um. Sein Gefängnis bestand aus Bruchstein, welcher eine feuchte Wand um ihn herum bildete. Ein kleines, vergittertes Fenster war darin, durch das nur wenig Licht in den Raum fiel. Zum Gang hin befand sich ein Gitter, welches die ganze Seite einnahm, und davor stand eine Wache.

„Könnt ihr mir nicht wenigstens die Hände losmachen?", fragte er den Soldaten und der antwortete „Komm her und dreh dich um." Durch das Gitter hindurch durchtrennte der Mann das Seil und Sebastian rieb sich die Handgelenke, die durch den Strick blau angelaufen waren, mit den Fingern, die dadurch taub geworden waren.

Er setzte sich zurück und wartete. Was würde nun geschehen? Schließlich war ja Sonntag und das Gericht würde sicher erst am nächsten Tag zusammenkommen.

Doch keine Stunde später hatte man ihn und seine Frau nach oben gebracht, wo in der Kommandantur ein provisorisches Gericht zusammengetreten war.

Nur ein paar Minuten später war das Urteil gefällt „Tod durch den Strang." Er hätte es wissen müssen, dass es kein gutes Ende nehmen würde. In den Versammlungen der Gilde hatten sie oft darüber gesprochen, aber er hatte sich immer darüber erhaben gefühlt.

Nun war er auf den Boden der Tatsachen zurückgekehrt, bevor er dann am nächsten Tage den Boden unter den Füßen verlieren würde. Zumindest konnte er nun darauf verzichten, seine Frau des Ehebruches zu bezichtigen.

Diese Dirne würde am nächsten Tag sowieso sterben!

54. Kapitel

Schmerzen der Seele

Osmanisches Heerlager vor Wien, am 30. August 1683

Swetlana hatte die Explosion am Vortag gehört und sofort gewusst, dass da etwas für sie schreckliches passiert war. Mitten in den Gottesdienst hinein hatte die Erde unvermittelt gebebt. Die Rauchsäule war auch von dem Platz aus zu sehen gewesen, wo in diesem Moment gerade der Gottesdienst abgehalten wurde. Alle waren zusammengezuckt. Kleinere Minensprengungen waren alltäglich zu hören, aber diese Mine musste gewaltig gewesen sein. Vielleicht war die Stadtmauer gesprengt worden und damit wäre dann auch die Belagerung zu Ende, doch nicht viel passierte.

Ursula hatte irgendwo im Lager aufgeschnappt, dass eine Breche in einen der Mauerschilde gesprengt worden war und nachdem sich der Staub wieder gelegt hatte, hatten die Janitscharen versucht, diese Breche zu besetzen, doch sie waren nicht sehr weit gekommen.

Bei dem Knall hatte sich ihr Herz zusammengezogen und am Abend hatten sich ihre Vermutungen bestätigt. Istvan war bei der Explosion ums Leben gekommen und die Tataren hatten nichts Eiligeres zu tun gehabt, als seinen Besitz unter sich aufzuteilen. Und sie gehörte nun mal mit dazu. Bei dem Streit der Männer war zuerst ihr Kleid in Fetzen gegangen und noch bevor auch ihr Unterkleid zerrissen werden konnte, hatte Taras eingegriffen und sie an sich gerissen. Für einen Moment hatte er sie mit dem Schwert verteidigt und sie hatte sich schon darüber gewundert, doch ein paar Augenblicke später saß sie im Unterkleid und gefesselt neben dessen Zelt.

Und dort hatte sie dann die Nacht gesessen, allerdings nicht die ganze Nacht, denn offensichtlich hatte Taras festgelegt, dass jeder Mann, der ein bestimmtes Bedürfnis hatte, sie sich in sein Zelt holen konnte. Dazwischen saß sie dann wieder neben dem Zelt. Swetlana hatte nach dem vierten Mann aufgehört zu zählen.

Noch jetzt tat ihr alles weh, aber sie hatte versucht die Gewalt nicht zu sehr an sich heranzulassen. Erst in dem Morgengrauen hatte sie wieder einen klaren Gedanken fassen können und die Trauer um Istvan wich langsam der Erkenntnis, dass der geliebte Mann sie nie mehr in die Arme nehmen konnte. Sie versuchte die Schmerzen des Körpers, die die Tataren verursacht hatten, von denen der Seele, die Istvans Fehlen bei ihr hervorriefen, zu trennen.

Warum hatte sie ihn nicht darum gebeten, sie zu töten, als sie es noch gekonnt hatte? Nun blieb ihr nur, zu warten, bis einer der Tataren es absichtlich oder aus Versehen tat. Wie lange würde ihr neues Martyrium nun wieder dauern? Das war ja nur durch ein paar glückliche Tage mit Istvan unterbrochen worden. Doch nun saß sie eben wieder hier. Allerdings hatte sie ihren Frieden mit Gott gemacht und haderte nicht mehr mit ihrem Schicksal.

Wenn man so wollte, so war ihr alles egal. Zum zweiten Mal schon. Am Anfang, vor fast unendlich langer Zeit, hatte sie noch unter dem Einfluss des Todes ihrer Familie gestanden und nun durch den Tod des geliebten Mannes. Es blieben die Qualen ihrer Seele übrig und die wollte sie irgendwie wieder loswerden. Vielleicht half ihr Gott dabei.

Ursula kam aus ihrem Zelt, sah sich nach allen Seiten um und brachte Swetlana schnell etwas Wurst und Brot. Sie nahm es dankbar und biss schnell hinein. Schließlich wussten sie ja beide nicht, ob Taras es nicht verbieten würde und so, wie sich Ursula verhalten hatte, war es wohl nicht von Taras erlaubt gewesen.

Swetlana hatte nun einen Metallring um ihren Hals, welchen der Strick zusammenhielt und dieser hing am Zeltpfahl. Dieser Ring gehörte wohl mal einem Hofhund und wer wusste schon, wo die Tataren ihn herhatten. Er diente sicher nur dazu, sie zu demütigen und ihr ihren Platz zu zeigen. Anscheinend war sie nun, nach Ansicht der Tataren, so viel Wert, wie ein Hund. Sicher auch, weil sie sich Taras gegenüber so aufmüpfig verhalten hatte. Doch sie wollte nicht mehr zurückstecken.

Vielleicht war es eine Art von Trotz, vielleicht aber auch einfach eine Art, die Tataren zu provozieren. Wenn einer von ihnen sie töten würde, dann wäre alles gut. Nur sie selbst durfte nicht Hand an sich legen. Sie lächelte Ursula an und die Freundin nickte ihr zu, dann verschwand sie schnell in ihrem Zelt, weil Taras an das Feuer trat. Dorthin setzte sich der Mann, wie er es jeden Tag tat. Swetlana saß nur drei Schritte hinter ihm, an die Zeltwand gelehnt. Der Mann machte sich um sie vermutlich keine Sorgen, der Strick war fest mit dem Ring um ihren Hals verbunden und ohne Messer konnte sie das Seil nicht entfernen. So musste sie nun auf dem Boden sitzen und warten, was als Nächstes passieren würde.

Die Männer saßen einfach um das Feuer herum. Sie schienen sich zu wärmen, obwohl es doch August war und sie ihre Sachen an hatten. Swetlana hockte nur ein paar Schritte entfernt auf dem Boden, im Unterkleid, dass die Arme frei ließ und nur bis zu den Knien ging. Die Frau, die es früher mal getragen hatte, war sicher kleiner gewesen. Swetlana sah auf ihre nackten Füße. Schuhe hatte sie keine mehr gehabt, seit Ursula ihr diese von den Füßen gezogen hatte. Das war nun mehr als sechs Wochen her, doch sie brauchte auch keine Schuhe mehr. Weite Strecken war sie nur in den Wald zum Baden und zum Gottesdienst gegangen. Und da war überall Gras gewesen. Sie dachte an die ganze Zeit zurück. Niemals hätte sie geglaubt, so lange am Leben zu bleiben.

Eine Bewegung am Feuert ließ sie Aufsehen. Taras war aufgestanden und hatte sich zu ihr umgedreht. In seinen Augen lag etwas Besitzergreifendes und sie wusste, dass er zu ihr kommen würde, noch bevor er den ersten Schritt getan hatte.

Drei Schritte später stand er vor ihr und zog sie mehr als ruppig auf die Füße. Da sie am Hals festgebunden war und er den Strick nicht gelöst hatte, zog das Seil ihr den Kopf zurück. Vermutlich hatte er das auch genauso vorgehabt, denn er zog sie noch ein Stück zu sich, in das straff gespannte Seil hinein.

Der Ring drückte schmerzhaft gegen ihre Kehle, aber er war zu groß, als dass sie durch ihn den Tod finden konnte. So hielt Taras sie einfach fest und erwartete wohl, dass sie um ihr Leben betteln würde, doch sie tat ihm nicht diesen Gefallen. Um Luft ringend sah sie ihm einfach in die Augen.

Schließlich griff er hinter sie, löste den Strick und zog sie in sein Zelt. Sie durfte sich das Kleid sogar selbst ausziehen und dann tat er, was er mit ihr vorgehabt hatte. Swetlana biss die Zähne zusammen und ertrug es, ohne einen Laut. Nach ein paar Augenblicken war er fertig und hatte sie in seinem Zelt festgebunden. Das hieß nun wohl, dass sie nun nur noch ihm gehörte und nicht mehr allen.

234

55. Kapitel

Das Ende

Wien, am 30. August 1683

as war das Ende! Er saß in seiner Zelle und war eigentlich schon die ganze Nacht wach gewesen. Nun würde in ein oder zwei Stunden die Sonne wieder aufgehen und dann würden sie ihn irgendwann holen. Hatte er es schon realisiert? Konnte er etwas dagegen tun? Vielleicht nur seine Verfehlung bereuen? Er lehnte sich mit dem Rücken an die Wand und dachte nach. War es das wert gewesen? Natürlich hatte er sehr viel verdient in den letzten Tagen, aber was hatte er nun davon? Nichts! Er sah auf den Kanten Brot und den Becher mit Wasser, sein Abendessen, dass sie ihm am Abend in die Zelle geschoben hatten. Vermutlich wäre das für viele in der Stadt noch eine fürstliche Mahlzeit gewesen, aber er hatte über das trockene Brot nur die Nase gerümpft. Eigentlich hatte er erst jetzt begriffen, wie verzweifelt die Lage in der Stadt wirklich war. Er hatte zwar damit seine Geschäfte gemacht, aber wirklich verstanden hatte er es erst jetzt, hier, in dieser Zelle, den eigenen Tod vor den Augen.

Die Verletzungen durch die Schläge und Tritte der Menschen hatten ihm am Abend noch gar nicht so weh getan, erst im Laufe der Nacht hatte es ihm überall gezwickt. Wenn die Menschen das Gestell am Tage zuvor fertig bekommen hätten, bevor die Soldaten eingetroffen waren, so hätte er schon am Abend dort gehangen. Das hätte ihm vermutlich diese Nacht des Überlegens und Zweifelns erspart. Es wäre schnell vorbei gewesen und gut wäre es gewesen. Nun kreisten diese nutzlosen Gedanken in seinem Kopf umher.

Hätte er etwas anders machen sollen? Vielleicht. Er trat nach dem Teller, der klirrend gegen die Gitterstäbe schlug. Eine der Wachen kam an das Gitter und sah nach ihm „Gib ruhe, du Galgenstrick", sagte der Mann und ging wieder den Flur zurück. Seine Schritte dröhnten in dem dunklen Gang viel mehr, als das Klirren des Geschirres zuvor.

Eine Maus kam geflitzt und schnappte sich einen Brotkrümel von dem Teller und er sah ihr nach. Nur hier im Gefängnis waren die Mäuse noch sicher. Woanders wäre sie schon in der Pfanne gelandet. Es war schon komisch! Wo er gefangen war, da war die Maus frei und in Sicherheit.

Der erste Schein fiel durch das Fenster. Es wurde langsam Morgen. Sein letzter Tag brach an. Er hörte Schritte und einer der Wachposten brachte den Priester zu seiner Zelle. „Möchtest du beichten?", fragte der Mann und Sebastian schüttelte mürrisch den Kopf. Der Mann nickte, schlug über ihm das Kreuz und ging den Flur zur Seite weg.

Wenig später hörte er den Pfarrer dasselbe fragen, vermutlich bei Arikas Zelle, und dann wurde eine Gittertür quietschend geöffnet. Seine Frau nahm sicher das Angebot der Beichte an, sie hatte ja auch mehr zu bereuen. Er hörte leises Gemurmel, ohne wirklich zu verstehen, was da geredet wurde, aber eigentlich wusste er es ja. Sebastian lehnte den Kopf an das Gitter und hörte dann später den Pfarrer deutlich im Gang sagen „Gott segne dich!" danach quietschte die Tür erneut und die Schritte verhallten im Gang.

Wie lange sollte er noch warten? Zuerst wurde ihm ein neuer Teller mit gammligen Brot und ein neuer Becher Wasser gebracht. Das bedeutete wohl, dass es noch eine Weile dauern würde.

236

Auch diese Mahlzeit rührte er nicht an. Der Hunger war noch nicht so groß, als dass er das nötig gehabt hätte und in ein paar Stunden würde er sowieso keinen Hunger mehr haben. Seine Gedanken flogen nach draußen. Wo war wohl Hans jetzt? Natürlich war es falsch gewesen, den Sohn so anzufahren. Er konnte ja nichts dafür. Schuld war alleine Arika! Sollte er nach dem Sohn schicken lassen, um sich von ihm zu verabschieden? Die Soldaten würden das sicher sofort in die Wege leiten, schließlich war ja auch Hans Soldat, doch was würde es nutzen? Er musste seinen Frieden mit sich selbst machen.

Hätte er vielleicht seine Gier bei dem Pfarrer beichten sollen? Das wäre das Einzige gewesen, was er zu bereuen hatte, doch dafür war es nun zu spät. Daher richtete er seinen Blick nach oben auf die Zellendecke und gab ein stummes Gebet ab. Dann blieb nur zu warten.

Immer heller wurde es in dem Raum und irgendwann hörte er wieder Schritte, die zuerst an seiner Zelle vorbeigingen und dann die andere Zellentür öffneten. Das Quietschen war wieder deutlich zu hören. Anschließend kamen die Männer mit Arika zu seiner Zelle. Sie öffneten seine Tür und fesselten ihm die Hände auf dem Rücken, so wie sie es schon bei seiner Frau gemacht hatte. Diese sah ihn nicht an, sondern schaute starr geradeaus. Als er vor sie trat, da wich sie ihm mit dem Blick sogar aus. Danach gingen die Soldaten, von ihm gefolgt, weiter. Seine Frau blieb direkt hinter ihm.

Nach einem verwinkelten Gang verließen sie das Haus und gingen denselben Weg zurück, den sie am Tage zuvor geführt worden waren. Schließlich kamen sie am Dom an und dort war schon eine ganze Menge Menschen versammelt. Die „Buh" Rufe und die Rufe „Hängt sie auf!" waren laut und deutlich zu hören.

Auch das Gestell stand schon dort. Die Soldaten hatten es in Ruhe aufgerichtet und es standen auch zwei Bänke darunter. Eine für ihn und eine für seine Frau. Dort dahinter wurden sie nun gestellt und einer der Soldaten brachte die Seile mit den geknüpften Schlingen oben an.

Nachdem die Soldaten die Menschenmenge zur Ruhe gebracht hatten, verlas einer noch einmal das Urteil, aber da hörte er schon nicht mehr zu. Sein Blick ging nach oben, wo die Wolken über den Himmel zogen. Würde er nach da oben kommen? Etwas zog seine Kopf nach unten und seine Augen sahen zum Boden. Oder dort hinunter? In die Hölle? Die Soldaten packten ihn an den Armen und schoben ihn auf die Bank, dann zogen sie auch Arika auf die Bank neben ihn.

Mit schnellen und vermutlich oft geübten Griffen brachten sie die Schlingen um ihre Hälse an. Danach trat einer der Soldaten die Bank unter ihm fort. Sebastian fiel ein Stück in die Tiefe, aber nicht weit genug, als dass sein Genick dabei gebrochen wäre. Der Strick zog sich um seinen Hals zusammen und er bekam keine Luft mehr. Er sah nur aus dem Augenwinkel, dass seine Frau immer noch neben ihm stand. Vermutlich wollten die Männer erst auf sein Ende warten, bevor sie ihm folgen würde. Strampelnd hing er am Seil. Dann wurde es schwarz vor seinen Augen.

56. Kapitel

Rettung im letzten Augenblick?

Wien, am 30. August 1683

ier stand sie nun auf der Bank und sah zu, wie ihr Mann neben ihr mit dem Füßen strampelnd am Strick hing. Nur noch wenige Augenblicke und es wäre auch bei ihr so weit. Sie blickte nach oben und die Gedanken flogen zurück zum vergangenen Abend. Arika schloss die Augen und sah wieder, wie die Menschen sich auf sie gestürzt hatten. Sie hatten sich in der Zelle wiedergefunden, bevor sie noch richtig verstanden hatte, was da passiert war. Das Urteil hallte immer noch durch ihren Kopf, sicher auch, weil es gerade noch einmal verlesen worden war. „Am Halse aufhängen, bis der Tod eingetreten ist." Gerade hatte sie gesehen, wie lange das dauern konnte.

Die Höhe war zu gering, als dass ihr Genick beim Fallen brechen würde. Damit würde es ein langsamer und qualvoller Tod werden. Sie spürte eine Träne über ihr Gesicht laufen, doch es war keine Träne wegen ihres Schicksals, denn sie hatte schon am Tage zuvor mit ihrem Leben abgeschlossen. Nein! Sie weinte wegen etwas anderem. Arika weinte um Karolas Tochter!

Spät am Abend war die Freundin noch vor ihrer Zelle aufgetaucht und hatte sie mit einem eiskalten Blick gemustert „Ich bin froh, dass du morgen sterben wirst", hatte die Freundin ihr entgegen geschleudert. Bei den Worten und dem Blick war ein Schauer über Arikas zerschlagenen Rücken gelaufen.

„Deinetwegen ist meine Tochter gestorben!", hatte die Frau sie danach angebrüllt und sie hatte nur schluchzen können. „Aber ich habe es doch versucht dir zu helfen", war Arikas leise Entgegnung gewesen. Die Freundin war ganz dicht an das Gitter gekommen. Dann hatte Karola sie angespuckt und sie hatte sich umgedreht. „Schau", hatte Arika nur leise gesagt und das Unterkleid über den Kopf gezogen. Sie hatte Karola ihren nackten und von blutigen Striemen übersäten Rücken gezeigt, als ob das die Freundin über ihren Schmerz hinwegtrösten könnte. „Ich durfte dir nicht mehr weiter helfen", hatte Arika danach weiter gesagt und sich das Kleid wieder über den Rücken gestreift. Danach war Karola einfach davon gelaufen und sie hatte versucht, sie zurückzuholen, aber es war vergebens gewesen. „Es tut mir leid!", hatte sie Karola nur noch hinterherrufen können.

Es war eine qualvolle Nacht gewesen. Nicht, wegen der Schmerzen ihres Körpers, sondern wegen der Schmerzen ihrer Seele. Am Morgen hatte sie dann dem Pfarrer alles gebeichtet, was auch immer ihr auf der Seele lag. Das hatte sicher eine Stunde gedauert und danach hatte sie sich erleichtert gefühlt. Als der Pfarrer ihr dann gesagt hatte „Gott segnet dich", da war alles gut gewesen.

Und jetzt konnte sie unbeschwert vor ihren himmlischen Richter treten. Alle Sünden waren bereut und vergeben. Der Pfarrer hatte gesagt „Gott liebt die reuigen Sünder" und damit war ihr alles verziehen. Nur Hans hätte sie gern noch einmal gesehen. Ihre Gedanken flogen zu dem geliebten Mann. Gedanken konnten keine Sünde sein! Sie würden ihren Einzug in das Paradies nicht verhindern. Arikas Blick ging nach oben „Mutter. Ich komme zu dir!", dachte sie.

Dann spürte sie eine Bewegung hinter sich. Einer der Soldaten hatte sie gestreift. Sie begann mit ihrem Gebet und wartete. Die Bank bewegte sich und sie hielt die Luft an. Gleich!

Doch dann hörte sie einen Tumult und die „Hängt sie!" Rufe verstummten langsam. Dafür hörte sie eine Stimme rufen „Verschont sie! Sie ist unschuldig. Sie hat mir geholfen!" Arika riss die Augen auf und sah Karola nur wenige Schritte vor sich. „Karola bitte! Ich bin schuld am Tod deiner Tochter!", sagte Arika leise. Sie schluchzte und Karola antwortete „Nein! Dein Mann ist schuld und er hat gebüßt!", sagte die Freundin und zeigte auf den hängenden Körper. „Was denn nun? Hängen oder nicht?", fragte einer der Soldaten, der seinen Fuß auf der Bank hatte, bereit den tödlichen Stoß auszuführen. „Wenn sie ihr geholfen hat, dann kommt sie erst mal zurück in das Gefängnis. Hängen kann sie später immer noch!", legte der Gerichtsdiener fest, der das Urteil vorgelesen hatte. Dann wurde ihr die Schlinge abgenommen und sie wurde wieder in die Zelle zurückgeführt.

Kaum war das Gitter hinter ihr geschlossen, da stand Karola mit einem Soldaten vor der Zelle. „Mach mal bitte auf", sagte Karola und der Mann ließ die Freundin in die Zelle. „Warum hast du mich nicht sterben lassen?", fragte Arika unter Tränen. „Es tut mir leid", antwortete Karola und umarmte sie. „Ich habe es nicht gewusst. Ich habe tagelang am Zaun auf dich gewartet", erklärte die Freundin, nun auch unter Tränen. „Das alles, wegen einer Wurst", schluchzte Arika und konnte die Tränen nicht mehr stoppen. Sie schniefte und wischte die Tränen immer wieder mit dem Handrücken fort.

Keine der beiden Frauen konnte die andere loslassen. Schließlich rief der Soldat von draußen „Es wird Zeit!" und Karola riss sich los. Die Tür fiel quietschend in das Schloss und dann war Arika alleine. Sie setzte sich und wischte sich die Tränen mit dem Saum ihres Kleides ab. Dabei dachte sie nach, was nun werden würde. Verurteilt war sie ja nun mal schon. Konnte Karolas Aussage dieses Urteil ändern? Vermutlich wurde sie gerade befragt. Wenn es nichts ändern würde, dann würde Arika ihrem Mann am nächsten Tag folgen. Wieder betete sie um die Gnade Gottes und auch dafür, dass die Seele ihres Mannes Einlass in den Himmel erhielt. Trotz aller Gewalt empfand sie immer noch etwas für ihn. Es war kein Hass auf ihn in ihr. Schließlich war sie ja selbst daran schuld gewesen.

Nach einen ganzen Weile des Grübelns wurde sie wieder geholt und in den Raum geführt. Nun erst wurde sie befragt und erzählte von den Geschäften ihres Mannes. Sie erzählte von ihrem Anteil daran, der sich aber auf das Melken der Kühe bezogen hatte. Der Richter wollte alles ganz genau wissen und Karola war auch in dem Raum. Endlose Stunden später zog der Richter das Urteil zurück und sagte dann „Da du seine Witwe bist, musst du nun aber seine Strafe zahlen." „Wie viel ist das?", fragte sie und der Mann antwortete „Fünfzig Gulden!"

Arika blieb der Mund offen stehen. „So viel? Ich habe nur fünf Kreuzer!", entgegnete sie leise. „Dann bleibst du im Gefängnis, bis du die Schuld begleichen kannst", ordnete der Richter an. „Kann ich nicht doch lieber gehenkt werden?", bettelte sie verzweifelt und warf sich vor ihm auf die Knie, doch der Mann schüttelte den Kopf.

Von den Soldaten wurde sie danach wieder zurück in die Zelle geführt, die sie nun wohl lange nicht mehr verlassen würde. Nun war sie zwar am Leben, aber diese Summe konnte sie sicher niemals aufbringen.

Das Haus von Sebastian war offen geblieben und damit war da sicherlich nichts mehr zu holen. Vermutlich war selbst der letzte Zipfel der kleinsten Wurst aus dem Haus geholt. Das Geld würde da sicherlich auch nicht mehr dort zu finden sein.

Verzweifelt stütze sie den Kopf in die Hände und die Ellenbogen auf die Knie. Mit dem Rücken gegen die Zellenwand gelehnt dachte sie nach. Vielleicht konnte Hans helfen? Aber woher sollte er so viele Münzen haben? Ihre Gedanken flogen zu dem Geliebten. Nur noch ein Mal seine Hände spüren, seine Lippen. Die Tränen liefen ihr über das Gesicht. Arika war verloren. Sie würde alt und grau sein, bevor diese Zelle sich wieder für sie öffnen würde. „Fünfzig Gulden!", flüsterte sie vor sich hin.

57. Kapitel

Freigeschwommen?

Wien, am 2. September 1683

Bei der Übermittlung einer Meldung hatte er von einem der Soldaten erfahren, dass Arika im Gefängnis unter der Festungskommandantur saß. Nach seinem hastigen Aufbruch am Sonntag hatte er sich nicht wieder in seinem Elternhaus sehen lassen, sondern er hatte in der Bastion geschlafen. Daher hatte ihn auch diese Nachricht so überrascht. Noch mehr aber der Tod des Vaters, von dem er auch erst jetzt erfuhr. Und dabei war das doch schon einige Tage her. Während er die Treppe nach unten ging, dachte er darüber nach, dass er im Zorn vom Vater weggelaufen war und nun nie erklären würde, was wirklich passiert war. Aber hätte er dies dem alten Mann wirklich erklären können? Er verstand es ja selbst kaum. Das Einzige, das er sicher wusste, das war, dass er Arika liebte.

Und so war der Schock natürlich um ein vielfaches größer, als er die geliebte Frau so dort in diesem feuchten Kellerloch sitzen sah. Im Unterhemd mit den nun schon langsam ins Grünliche wechselnden Flecken, die von der Gewalt gegen sie berichteten. Arika sprang auf, als sie ihn erkannte und kam zum Gitter. „Ich brauche fünfzig Gulden, sonst bleibe ich für immer hier drin", sagte sie mit Tränen in der Stimme. Hans nickte und ihre Hände trafen sich durch das Gitter hindurch. „Ich werde versuchen, sie aufzutreiben", sagte er, denn eigentlich war er, als der Erbe seines Vaters, dafür verantwortlich, diese Schuld zu begleichen. Nur sein Dienst als Soldat und Melder hatten ihn wohl davor bewahrt, jetzt auf der anderen Seite des Gitters zu stehen.

Er küsste sie, nickte ihr zu und lief zu seinem Elternhaus zurück, um nach dem Geld zu suchen. Doch da war alles verwüstet. So sehr er auch suchte, es war nicht ein Gulden mehr auffindbar. Damit würde er die geforderte Summe niemals zusammenbekommen können.

Er setzte sich in die Küche und überlegte, was er tun konnte, um die geliebte Frau zu retten. Vor ein paar Tagen hatte er gehört, dass es für die Übermittlung von Nachrichten nach draußen, an den Herzog und den Kaiser, viel Geld geben würde. Es war fürwahr gefährlich und doch war es die einzige Möglichkeit, Arika wieder aus der Zelle herauszubekommen. Entschlossen stand er auf und ließ in dem verwüsteten Haus alles so, wie es im Moment war.

Mit schnellen Schritten ging er zur Kommandantur zurück und dabei überlegte er fieberhaft. Er brauchte einen Plan, wie er aus Wien herauskam! Zu viele waren schon bei dem Versuch ums Leben gekommen. Wie konnte er ungesehen die Stadt verlassen und nach Tulln gelangen, wo sich der Herzog nun schon ein paar Tage befand?

Auf dem Weg kam er an einem Brunnen vorbei und das plätschernde Wasser, das ein Kind gerade in einen Eimer schöpfte, brachte ihn auf die Idee, die Donau zur Flucht zu benutzen. Es konnte klappen, aber was hatte er schon zu verlieren? Arika konnte nur dabei gewinnen!

Allerdings durfte er niemanden sagen, wie er beabsichtigte, die Nachrichten zu überbringen. Überall konnten osmanische Spione sein. Erst ein paar Tage zuvor hatte man einen von ihnen auf dem Platz vor dem Dom geköpft. Hans betrat die Treppe nach oben und unterbreitete dem Kommandanten seinen Plan. Der stimmte zu, dass er Arika freilassen würde, wenn Hans die Nachricht überbringen würde. Nach längerem Verhandeln willigte der Kommandant schließlich ein, Arika bereits freizulassen, wenn sich Hans auf den Weg machen würde. Denn ob er jemals zurückkommen würde, das war ungewiss. Bereits der Versuch hinauszugelangen war riskant.

Wenig später stieg Hans zu Arika hinab, die ihn aber sofort vehement an seinem Vorhaben hindern wollte, doch er wischte ihre Bedenken mit einer Handbewegung hinweg. „Du wirst frei sein und ich komme schon durch", erklärte er ihr und küsste sie durch die Gitterstäbe.

Nun stieg er wieder nach oben und holte seine, gerade geschriebenen, Botschaften ab. Mit den Briefen überlegte er, wie er sie wohl so verpacken konnte, dass sie nicht nass wurden, denn sonst wären die Nachrichten ja wertlos geworden. Er ging damit in sein Elternhaus und sah sich um, was er wohl nehmen konnte. In der vollständig geplünderten Vorratskammer fand er unter einer umgekippten Kiste eine Schweineblase, die man für die Wurst hätte nehmen können, die aber anscheinend jemand übersehen hatte. Wenn sie dicht war, so konnte er darin die Nachricht verwahren und es würde keine Feuchtigkeit an das Papier gelangen können.

Vermutlich war es wohl göttliche Fügung gewesen, dass die hungrigen Menschen dieses Stück Haut übersehen hatten. Schnell verstaute er die Briefe darin und band alle Öffnungen mit Strick zu. Danach suchte er sich leichte Kleidung, in der er Schwimmen konnte und nahm nur einen Dolch mit. Alles andere wäre zu schwer.

So schritt er, die Nachricht sicher am Körper festgebunden, zurück zur Kommandantur, um sich dort abzumelden.

Als es langsam dunkel wurde, ging er mit zwei Soldaten zu einem Ausfalltor, von dem man, mit viel Glück, zur Donau schleichen konnte. Er verabschiedete sich von den beiden Männern und verschwand in der Dunkelheit.

Auf dem Bauch kriechend nutzte er jede Deckung und ließ sich dann leise in den Fluss gleiten. Die Strömung zog ihn mit. Allerdings in die falsche Richtung, aber das hatte er schon bedacht. Er würde einen weiten Weg zu Fuß haben, wenn er hinter Wien wieder aus dem Wasser stieg.

Die Strömung wurde immer schneller und zu oft zog ihn ein Strudel nach unten, unter das Wasser. Als er schon mit seinem Leben abgeschlossen hatte, da stieß ein Holzstück gegen seinen Körper und er konnte es greifen. Erschöpft zog er sich hinauf und ließ sich treiben.

In der Dunkelheit sah er die Feuer der Osmanen. Ein ziemlich heller Mond beleuchtete den Fluss und Hans bat Gott, doch ein paar Wolken davorzuschieben, wenn er dann die Donau wieder verlassen würde, denn sonst wäre seine Aufgabe wohl schon jetzt gescheitert. Vorsichtig schwamm er mit seinem Brett zur rechten Flussseite und gerade, als er in einem Schilfdickicht an das Ufer kam, schoben sich so viele Wolken vor den Mond, dass es mit einem Mal so dunkel war, dass Hans die Hand nicht mehr vor Augen sehen konnte.

Zum Glück hatte er sich die Richtung gemerkt und so lief er vorsichtig los.

Nach einer Weile kam er an ein Wäldchen und der Mond beleuchtete nun wieder seinen Weg. Vorsichtig setzte er in diesem Dickicht seine Füße auf. Jeder trockene Ast konnte sein Todesurteil sein. In der Nach war jedes Geräusch sicher meilenweit zu hören. Jeder Schatten konnte ein Feind sein. Er war zwar nicht sonderlich ängstlich, aber seine Mission war wichtig und die geliebte Frau wartete in Wien auf ihn!

Als er am Morgen auf der anderen Seite des Wäldchens stand, sah er ein paar Reiter, die das Wappen des Herzogs an den Satteldecken trugen.

Hans sprang aus seiner Deckung und lief zu ihnen hinüber. „Bringt mich zum Herzog, ich komme aus Wien", rief er noch im Laufen, als er sah, dass die Reiter ihre Waffen zogen.

58. Kapitel

Nebelwege

Sächsisches Lager, Tullner Feld, am 3. September 1683

un hatten sie die Donau erreicht und bei einer Ortschaft namens Tulln auch überschritten. Hier würden sie ihr Lager aufschlagen, bis die anderen Teile des Heeres, allen voran das größte Kontingent, die Polen unter ihrem König Jan Sobieski, zu ihnen hinzukommen würden. Mit den Truppen des Herzogs, der diese Position für sie gesichert hatte, hatten sie sich nun schon vereinigt und nun würden sie, unter der Führung ihres Kurfürsten Johann Georg III., ihr Lager gegen die osmanischen Kämpfer und besonders gegen die Reiter der Tataren verteidigen müssen.

Wien lag nun nur noch knapp einen Tagesmarsch entfernt und oft war der Kanonendonner aus der Stadt zu hören. Vom nahen Fluss zogen immer wieder Nebelschwaden herüber, welche die Sonne sicher im Laufe des Tages auflösen würde. So wie es aber im Moment aussah, konnten feindliche Reiter schnell durch diesen Nebel zu ihnen an das Lager gelangen. Dies hier war keine so leicht zu verteidigende Position. Kurt stellte doppelt so viele Männer zur Wache ab, wie er eigentlich gebraucht hätte und schärfte allen noch einmal ein, auf jedes Geräusch zu hören, denn im Moment konnte man eher den Ohren vertrauen, als den Augen.

Aber sie wussten auch nicht, ob nicht auch noch eigene Reiter vor ihnen waren. Daher durften sie auch nicht auf jede Bewegung hin sofort schießen. Sächsische Abteilungen und Reiter des Herzogs sicherten direkt vor ihnen einige Wege und sie hatten sich zwar Passwörter ausgemacht, aber es war eben schwierig, die Männer zu erkennen. Die Pferde der Feinde wieherten genauso, wie die eigenen.

Die geladenen Musketen im Anschlag, auf den Gabeln abgelegt und die Lunte immer wieder nachziehend, sicherten seine Männer einen kleinen Weg, der in das Lager führte und Kurt ging schon eine ganze Weile von einem zum anderen. Auch seine Unteroffiziere lauschten angestrengt in die undurchsichtige Wand aus ziehenden Schwaden. Hinter ihnen wurde das Lager aufgebaut und das ging nicht ohne Geräusch vonstatten.

Gerade wollte er hinübergehen und seine Männer ermahnen, leise zu sein, als eine Bewegung ihn stoppen ließ. Er zog seine Pistole und das war für die Männer neben ihm die Aufforderung, die Waffen zu spannen. Leise schnappten die Hähne in die Halterung und noch angestrengter schauten die Männer über die Läufe in das Grau.

„Halt! Wer da!", rief Kurt nach vorn und es kam „Gut Freund!" zurück, dann tauschten sie die Parole aus und ein paar Reiter tauchten aus dem Nebel auf. Auf einem der Pferde saßen zwei Männer, wovon einer keine Uniform trug. Direkt vor ihm sprang der Mann ab und sagte „Ich bringe Nachrichten aus Wien!" Kurt begrüßte den Mann mit einem Handschlag, gab seinem Unteroffizier das Kommando und brachte den Mann auf den Weg, der zu seinem Kurfürsten führen würde.

Unterwegs konnten sie sich etwas unterhalten. Schließlich wollte er ja wissen, wie es in Wien aussah. Der Mann hieß Hans und war der Sohn eines Kaufmannes. Er war auch als Kämpfer und Melder in Wien unterwegs gewesen und daher wusste Hans gut, wie es um die Stadt wirklich stand. Als sie an einem der Verpflegungswagen vorbeikamen, da machte der Mann große Augen und Kurt griff sich schnell ein Brot, eine Wurst und rief nach Johann, der ihm einen Becher mit Wein brachte. „Wir hungern seit Tagen in der Stadt", erklärte der Mann, der das Essen schnell verschlang und dann mit dem Wein herunterspülte. „Das ist aber ein guter Wein", bemerkte Hans anerkennend, „Wenn diese Belagerung vorbei ist, dann müsst ihr mich in Wien besuchen. Ein guter Wein wird sicher noch in meinem Keller liegen. Auch wenn alles andere aufgegessen sein wird", setzte Hans noch hinzu und sie gingen weiter.

„Wo kann ich euch finden?", fragte Kurt und Hans gab zurück „Im Süden von Wien. Fragt einfach nach dem Hause des Kaufmannes Sebastian, so wird man euch sicherlich den Weg weisen."

Die beiden Männer folgten dem Weg, bis sie am Zelt des Kurfürsten standen. Auch der Herzog war gerade eingetroffen, da der sächsische Kurfürst Georg bis zum Eintreffen des polnischen Königs das Heer führen würde. Hans machte eine Verbeugung und auch Kurt grüßte die anwesenden Fürsten. Dann zog der Melder unter seinem Gewand eine verpackte Hülle hervor, die er mit seinem Dolch zerschnitt. „Ich bin durch die Donau geschwommen", sagte er zu seiner Entschuldigung, während er die Briefe übergab.

Die anwesenden Offiziere ließen sich nun von ihm alle Dinge aus Wien schildern, denn für die Befreiung der Stadt konnte jedes Detail wichtig sein. Kurt hörte zu, wie Hans berichtete, wo er Feuer gesehen hatte, wo Gräben waren. Wie die Menschen hungerten, aber auf Rettung hofften. Von Minen, Kanonen und Zerstörungen berichtete er, aber auch vom Heldenmut der Kämpfer. Jeder Mann stand mittlerweile mit einer Waffe in der Hand dem Feind gegenüber. Selbst alte Männer und große Kinder hatten zum Gewehr gegriffen.

„Wann brecht ihr wieder auf?", fragte der Kurfürst Hans und der antwortete, „Am Abend werde ich versuchen, in die Stadt zu gelangen. Diesmal ist die Strömung ja auch auf meiner Seite." „Gut. Gut", sagte der Kurfürst und klopfte Hans auf die Schulter. „Ich werde jetzt ein paar Briefe schreiben, die ihr in die Stadt mitnehmen sollt. Stärkt euch jetzt erst einmal", legte der Fürst weiterhin fest.

Hans machte eine Verbeugung und verließ mit Kurt zusammen das Zelt. Draußen zeigte Kurt in die Richtung, wo auch schon ein paar Feuer zu sehen waren. Dort wurde gerade Suppe für die Männer gekocht und da würde sicherlich auch etwas für Hans zu finden sein, denn der Heimweg wäre bestimmt genauso beschwerlich, wie der Weg zu ihnen.

Nach ein paar Schritten setzten sie sich in den Nähe der Küche, auf eine dort stehende Bank und während es in den Kesseln brodelte, erzählte der Mann weiter. Diesmal auch privates von sich. Sie waren sich gegenseitig sympathisch, aber von sich konnte Kurt ja nicht viel erzählen. Er hörte einfach zu, dass der Mann diesen gefährlichen Botengang aus Liebe zu einer Frau gemacht hatte. In Gedanken fragte er sich, ob er es wohl für Sofie auch getan hätte und kam fast sofort zu dem Schluss, dass es ihm wohl genauso wie Hans ergangen wäre. Das machte ihn noch sympathischer für Kurt.

Da er sich auf seine Unteroffiziere verlassen konnte und der Nebel sich schon lange verzogen hatte, konnte Kurt den ganzen Tag mit Hans zusammenbleiben.

Gegen Abend baute sich der Mann ein paar Bretter zusammen, verschnürte die Briefe des Kurfürsten wieder zu einem wasserdichten Päckchen, dass er sich unter seiner Kleidung an den Körper band.

Danach ging er, zusammen mit Kurt und ein paar Soldaten, zum Fluss hinab. Dort verabschiedeten sie sich „Viel Glück", sagte Kurt und sie gaben sich die Hand. Vom Ufer aus glitt der Mann in das Wasser des Flusses. Halb auf den Brettern liegend schwamm er mit der Strömung davon.

Schon nach wenigen Augenblicken war er in der Dämmerung nicht mehr zu sehen. Würde der Mann seinen Botengang überleben? Kurt betete für ihn, dass Hans seine Liebe wiedersehen würde, dann gingen sie zu ihren Zelten in das Lager zurück.

59. Kapitel

Verwüstungen und Glück

Wien, am 4. September 1683

Am Abend des zweiten Septembers, unmittelbar, nachdem Hans zu seiner Aufgabe aufgebrochen war, hatte man sie aus der Zelle entlassen. Sein Einsatz war die geforderte Summe wert gewesen. In Gerüchte hatte sie gehört, dass manche Männer für solch einen Versuch zweihundert Gulden gefordert und auch bekommen hatten. Als sie dann später vor dem Haus gestanden hatte, da konnte sie nicht hineingehen. Alles in ihr sträubte sich, diese Räume wieder zu betreten. Dazu kam dann auch noch, dass die Tür zerschlagen war und lose in den Angeln hing.

Die gesamte Ladenfront, die vorher durch Tore gesichert war, war nun zur Straße hin offen. Wo sollte sie nun die Nacht verbringen? Immer noch dort wartend, war sie dann von Karola in deren Haus geholt worden. „Es tut mir leid", hatte die Freundin wieder gesagt, doch sie konnte ja nichts dafür. Sie hatte Arika sogar gerettet und dafür war diese ihr natürlich dankbar.

Aber in diese Dankbarkeit mischte sich nun die Angst um Hans, den sie nicht auch noch verlieren wollte. Den ganzen Abend hatten sie geredet, bis sie sich in das gemeinsame Bett begeben hatten. Arika konnte, wegen der Schmerzen an ihrem zerschlagenen Rücken, nur auf dem Bauch schlafen, aber nach den Tagen in dem feuchten Kellerloch des Kerkers schlief sie schnell ein. Im Traum sah sie Hans, der mit den Osmanen kämpfte. Doch sie hatte ihm nicht helfen können.

254

Nach dem Aufwachen waren sie gemeinsam in das Haus hinübergegangen. Es war alles durcheinander geworfen. Jeder Schrank war aufgebrochen, jede Tür eingeschlagen und alles lag im ganzen Hause verstreut. Als sie den Stall betraten, sahen sie eine große Stelle, an der viel Blut zu sehen war. Offensichtlich hatten die hungrigen Menschen dort eine der Kühe an Ort und Stelle geschlachtet. Irgendwie konnte Arika das zwar verstehen, aber die Verwüstungen waren einfach zu viel für sie gewesen.

Kopfschüttelnd hatte sie danach in der zerstörten Küche gesessen und wenn Karola sie nicht wieder von der Bank gezogen hätte, wäre sie dort wahrscheinlich einfach nur sitzen geblieben. Den ganzen restlichen Tag hatten sie aufgeräumt und waren doch nicht fertig geworden. Die folgende Nacht war sie wieder bei Karola geblieben und seit dem Morgen räumten sie nun in der ersten Etage. Selbst das Stroh aus der Matratze des Bettes war herausgerissen worden. Die Menschen hatten alles sehr gründlich durchsucht und vermutlich jede Münze entwendet, die nur irgendwo zu finden gewesen war.

Als Arika einen der Schränke ausräumte, da sah sie etwas im Sonnenlicht aufblitzen, was wohl jemand übersehen hatte. Sie zog daran und hatte eine Kette in der Hand. „Schau mal. Die haben die Diebe übersehen", sagte sie und hielt Karola die Kette vor ihr Gesicht. Sie sah den entgeisterten Gesichtszug der Freundin und fragte, „Was hast du?" „Das ist meine Kette. Ich habe sie bei deinem Mann gegen etwas zu Essen getauscht", brachte sie schließlich hervor. „Dann soll sie dir auch wieder gehören", sagte Arika und drückte sie der Freundin in die Hand.

„Aber ich habe doch das Essen dafür bekommen", antwortete Karola, doch Arika erklärte ihr, „Ich habe sowieso nichts mehr.

Aber du hast deine Kette wieder." Karola umarmte die Freundin und konnte es kaum fassen, dass sie die verloren geglaubte Kette, die ihr ihr Mann damals geschenkt hatte, wiederbekommen hatte.

Als es Mittag wurde, hörte Arika ein Geräusch von unten. Noch waren ja die Türen nicht repariert und so konnte jeder von der Straße in das Haus gelangen. Vorsichtig ging sie an die Stiege und sah nach unten, wer da wohl in das Haus gekommen war. Mit einem Schrei kletterte sie schnell die Leiter hinab, als sie Hans unten erkannte. Dann fiel sie ihm um den Hals. „Du hast es geschafft", rief sie erleichtert aus und musste doch im nächsten Moment daran denken, dass sie ihn nicht küssen durfte, weil ja Karola oben stand und zu ihr heruntersah. Immerhin war Hans ja ihr Stiefsohn. Die Umarmung ging ja gerade mal noch so.

Karola kletterte zu ihnen herunter und Hans erzählte, wie er im Fluss schwimmend in die Stadt gelangt war. Und er erzählte auch, dass das Entsatzheer nur noch einen Tagesmarsch vor Wien stand. Karola lief nach draußen, um die gute Nachricht überall zu verbreiten und nun waren sie endlich alleine.

Damit war es jetzt Zeit für einen langen Kuss. „Ich habe etwas aufgeräumt", sagte Arika, nachdem sie sich von Hans gelöst hatte. „Kannst du die Tür reparieren?", fragte sie weiter und Hans nickte. Der Mann griff sich einen Hammer und ein paar Nägel. Dann hallten Hammerschläge durch das Haus, während Arika wieder nach oben stieg. Sie räumte, nun alleine, die Etage auf. Dabei kam sie an das Zimmer von Hans, das aber kaum Verwüstungen aufwies. Nach all der Zerstörung im Rest des Hauses war das schon seltsam.

Wenig später stand Hans hinter ihr und sie drehte sich um. Ein erneuter Kuss folgte und er schob sie in das Zimmer hinein. „Musst du nicht wieder zurück?", fragte sie, doch er schüttelte den Kopf. Immer weiter schob er sie vor sich her in Richtung Bett.

Auf diesen drei Schritten entledigten sie sich gegenseitig schnell ihrer Kleidung und dann gab sie sich, zum ersten Mal ohne schlechtes Gewissen, seinen Zärtlichkeiten hin. Zwar tat der Rücken noch etwas weh, aber Hans war sehr vorsichtig. Schnaufend und stöhnend bewegten sich ihre Leiber aufeinander zu. Die Lust verschmolz ihre Körper zu einem einzigen Leib. Sie genoss jede seiner Bewegungen.

Die Liebe und das schönen Gefühl der Nähe besorgten den Rest! Als sich Hans stöhnend in ihr verströmte, da musste auch sie ihre Lust herausschreien. Aneinander gekuschelt lagen sie wenige Atemzüge später nebeneinander. Arika hatte sich auf den Bauch gedreht und sah zum Fenster hinüber. Hans streichelte sie, vermied es aber, über die immer noch blauen Striemen zu fahren.

Stundenlang streichelten und liebten sie sich in dem Raum und als dann die Dämmerung über die Stadt fiel, da sagte Hans wie zufällig „Morgen ist Sonntag.", doch sie konnte darin eine Botschaft hören, die sie aufhorchen ließ.

Die Frau drehte sich zu ihm und stützte sich auf. „Kommst du mit in den Dom?", fragte er und sie sagte leise „Ja." Noch wartete sie auf die unausgesprochene Botschaft. Ging das überhaupt? Sie war ja noch nicht mal eine Woche Witwe! Doch irgendwie war sie ja nun frei für ihn.

Hans drehte sich ihr zu und sie sah in seine Augen, dann kam die Frage „Möchtest du meine Frau werden? Morgen im Dom?" „Ja!", antwortete sie und küsste ihn. Dabei dachte sie zurück an die letzten Wochen.

Diese Frage hätte er ihr schon viel früher stellen sollen, dann wäre ihr viel Leid erspart geblieben.

Glücklich umarmte sie ihn.

60. Kapitel

Taubenschwingen

Wien, am 5. September 1683

Genau eine Woche war es her, dass Sebastian ihn aus dem Hause geworfen hatte. Als die Sonne aufging, da erwachte er in den Armen der geliebten Frau. Noch war sie die Witwe seines Vaters, doch er würde dies in ein paar Stunden ändern lassen. Arika lag neben ihm auf dem Bauch, ihr Zopf hatte sich im Schlafen gelöst und die Haare waren ihr in das Gesicht gerutscht. So friedlich lag sie da, aber er sah an ihrem Rücken, wie sehr sie gelitten hatte. Eigentlich für ihn. Diese Frau war so stark gewesen und hatte all diese Schmerzen klaglos auf sich genommen.

Zärtlich strich er mit den Fingerspitzen die Haarsträhne aus ihrem Gesicht, um sie besser sehen zu können. Er hauchte ihr einen Kuss auf die Schulter. Dabei erwachte sie und blinzelte ihn an. Noch konnte sie es sicher nicht fassen, dass nun alles gut werden würde. Hans beugte sich zu ihr hinüber und küsste sie noch einmal. Ihre Lippen kamen den seinen entgegen. Schließlich sagte er „Ich schiebe schon mal die Wanne in die Küche." Die Frau stützte sich auf und nickte ihm zu.

Nach einem weiteren Kuss standen sie gemeinsam auf, warfen sich schnell die Unterwäsche über und stiegen nach unten in die Küche. Zusammen füllten sie die Wanne mit warmen Wasser und das Scherzen von früher war wieder da. Alles schien vergessen und doch verzog sie noch bei mancher Bewegung vor Schmerzen das Gesicht. Aber auch diese Wunden würden heilen müssen, bevor alles gut war.

„Musst du nicht wieder auf deine Mauer?", fragte sie besorgt, doch er schüttelte den Kopf. „Ich bin jetzt Melder bei der Kommandantur. Der Kommandant hat mir noch für heute freigegeben, weil ich doch die Nachrichten mitgebracht habe." „Musst du da noch mal nach draußen?", fragte sie entsetzt, doch er verneinte. Sichtbar erleichtert goss sie das restliche warme Wasser in die Wanne und zeigte mit der Hand hinein. „Du zuerst", sagte er lachend und sie stieg nackt in die Wanne.

Vorsichtig wusch er ihren Rücken und er merkte, wie sie sich immer wieder verspannte, wenn es zu sehr wehtat. Dann legte er einfach seine Sachen ab und stieg zu ihr in das Wasser. Die Wanne war gerade mal so groß, dass das ging. Es plätscherte, als der hölzerne Zuber überlief und bei jeder Bewegung floss mehr Wasser in die Küche hinein. Lachend wuschen sie sich gegenseitig. Sie bespritzten sich dabei wie kleine Kinder und nahmen keine Rücksicht darauf, dass die ganze Küche schon bald nassgespritzt war.

Sicherlich hatten sie eine Stunde in der Wanne zugebracht, als es an der Tür klopfte und Hans aus dem Bottich sprang. Er zog sich sein Unterhemd über, ohne sich abzutrocknen und ging hinaus. Dort stand Karola, die Freundin von Arika, auf der Straße. „Arika sitzt noch in der Wanne", sagte er und bat sie herein. Die Frau ging bis zum Gang und wartete dort. Er nickte ihr zu, lief weiter in die Küche und sagte „Es ist Karola." „Komm rein", rief Arika zum Gang hinaus und Karola betrat die Küche.

Hans stutzte, weil sie ja noch nackt in dem Wasser saß, doch dann ging er in das Lager, trocknete sich dort ab und zog sich an.

Als er wieder in die Küche kam, da saß Arika im Unterkleid auf der Bank und ließ sich von Karola den Zopf neu flechten. Die beiden Frauen lachten über irgendetwas und er ließ das Wasser aus der Wanne. „Da ist aber nicht viel drin geblieben", sagte Karola lachend, während sie auf den Rest des Wassers zeigte, der in der Küche überall noch in kleinen Pfützen stand. Hans nickte und sah, wie Arika rot wurde.

„Wir müssen uns beeilen", sagte er und die beiden Frauen nickten. Schließlich mussten sie ja noch vor dem Gottesdienst mit dem Pfarrer reden. Karola wusste auch schon Bescheid, offenbar hatte ihr Arika schon die Nachricht über die Trauung erzählt. „Ich habe ein wunderschönes Kleid genäht", sagte Arika und zog aus einer der Ecken der Küche ein zusammengefaltetes Stück Stoff hervor, dass sich beim Auseinanderfalten wirklich als ein schönes Kleid mit vielen Stickereien darstellte. Karola half ihr in das Kleid hinein. Dann hielt Arika zwei Hauben hoch und fragte „Die Haube einer Witwe? Oder die Haube einer Frau?" „Die zweite", antwortete Hans und sie nickte.

Auch bei der Haube half Karola. Der gerade geflochtene Zopf war etwas störrisch und ließ sich nicht beim ersten Versuch unter der Haube verbergen. Dann gingen sie zu dritt zum Dom hinüber. Noch nicht Hand in Hand mit Arika, da er ja im Moment noch nicht mit ihr verheiratet war. Hans trat auf den Pfarrer zu und begann zu erzählen, doch der Mann lehnte das Ansinnen sofort ab. Es war ja noch keine Woche her, dass sie verwitwet war. Doch Hans verwies darauf, dass Arika ja versorgt werden musste und eigentlich sowieso unter seiner Vormundschaft stand. Gegen die Gabe von ein paar Kreuzern willigte der Geistliche dann doch ein, die Trauung durchzuführen.

Am Ende des Gottesdienstes knieten sie nun vor ihm und er legte seine Hände auf ihre Köpfe. Hand in Hand verließen sie danach den Dom wieder als Mann und Frau. Als sie vor dem Tor des Gotteshauses standen, da flogen zwei weiße Tauben direkt über ihre Köpfe hinweg. Es war schon ein seltsamer Anblick, wo doch alles in der Stadt gegessen wurde, was sich als Tier hier zeigte.

Doch beide nahmen dies als Zeichen der göttlichen Gnade auf. In dieser umkämpften Stadt genoss er nun einen Tag der Ruhe. Mit Arika an seiner Hand ging er langsam zurück zu seinem Haus. Unterwegs kauften sie ein paar Lebensmittel, die sie dann in der Küche zubereiten wollten. Dort saßen sie dann zusammen am Tisch und wieder alberten sie herum. Es war eine ganz andere Stimmung, als bei ihrer ersten Eheschließung, da war er nur geflohen.

Nun fühlte er sich wohl mit ihr. „Wollen wir nach oben gehen?", fragte er und sie nickte. Sie stieg als erste die Stiege hinauf und blieb dann oben unschlüssig stehen. Nach der einen Seite ging es zum Zimmer seines Vaters und nach der anderen zu seinem. Arika zeigte zu dem einem Zimmer und sagte „Das Bett ist zwar größer, aber da habe ich nicht viele positive Erinnerungen daran." Fragend sah sie ihn an.

„In mein Zimmer oder in die Mägdekammer?", fragte er lächelnd zurück. Arika sah nach oben und strahlte ihn an. „Na dann nach oben!", rief sie und eilte die Stiege hinauf. Hastig folgte er ihr, während sie schon lachend zu der Kammer lief.

61. Kapitel

Kampf der Götter

Osmanisches Heerlager vor Wien, am 5. September 1683

inige Tage saß sie nun schon wieder gefesselt im Zelt. Aber Taras hatte nicht so oft „Verwendung" für sie gehabt. Seltsamerweise hatte er sie nur ein paar Mal in der Zeit bedrängt. Die Stimmung in dem Lager wurde immer angespannter. Ursula hatte ihr gesagt, dass die Tataren mittlerweile damit anfingen, ihre Packpferde und Zugtiere zu schlachten, weil es kaum noch etwas zu essen gab. Aber von all dem bekam sie kaum etwas mit. Nur Ursula gestattete Taras, dass sie in das Zelt hereinkam, alle anderen durften sich dieser Behausung noch nicht mal nähern. Da Taras auch noch den ganzen Tag keine drei Schritte vor dem Zelt am Feuer saß, mit dem Blick auf den Eingang, hatte sie hier drin zwar ihre Ruhe, aber es war auch ziemlich einsam.

Immer noch hing sie, mit dem Ring um dem Hals und dem Seil daran, am mittelten Zeltpfahl. Dieser Strick war lang genug, um im Zelt zu sitzen, aber zu kurz, um es zu verlassen. Außerdem saß Taras davor. Wenn der Eingang durch den Wind kurz zur Seite geweht wurde, sah sie seinen Blick und er würde sicher sofort verhindern wollen, dass sie herauskam, noch bevor sie wirklich aufgestanden war.

Ursula schaute zu ihr herein und Swetlana fragte „Heute ist doch Sonntag. Kannst du ihn nicht fragen, ob ich wenigstens zum Gottesdienst gehen darf?" „Ich werde es versuchen, aber versprechen kann ich dir nichts", antwortete Ursula und wendete sich dem Feuer zu. Gespannt sah Swetlana zu, wie die Frau mit Taras redete. Eigentlich hatte sie die Tataren noch nie beten gesehen und doch waren sicher auch sie gläubige Menschen. Zumindest hoffte sie dies, denn dann würde Taras vielleicht verstehen können, dass sie gern zu dem Gottesdienst gehen wollte.

Swetlana sah, wie er aufstand und zum Zelt kam, er zog Ursula am Arm hinter sich her und die musste für ihn übersetzen. „Warum soll ich dich gehen lassen?", fragte er und sie antwortete, „Ich möchte zu meinem Gott beten. Seid ihn nicht auch gläubige Menschen und betet zu eurem Gott?" „Euer Gott ist schwach. Unserer wird ihn bezwingen", ließ er antworten. „Dann kann es dir doch egal sein, ob ich zu ihm bete", entgegnete Swetlana trotzig. Hier schien es einen Kampf der zwei Götter zu geben, aber vielleicht war es ja derselbe Gott? Nur für unterschiedliche Menschen? Zwei Namen für denselben?

Taras überlegte ziemlich lang, dann ließ er Ursula „Nein" sagen und drehte sich um. „Ich verspreche dir, dass ich in dein Zelt zurückkomme", rief Swetlana ihm hinterher und er blickte Ursula an, die ihm übersetzte. „Schwörst du es bei deinem Gott?", ließ er sie fragen. Swetlana legte ihre Hand auf ihr Herz und sagte „Ich schwöre es." Nach der Übersetzung löste er den Strick und drückte das Ende Ursula in die Hand. Offensichtlich hatte er mehr vertrauen zu dem Strick, als zu einem Schwur auf ihren Gott, doch sie durfte gehen.

Sie fühlte sich zwar nicht korrekt angezogen, im viel zu kurzem Unterkleid, mit nackten Füßen und Armen, stinkend mit dem Ring um den Hals, aber für eine Stunde war ihr das alles egal. Swetlana war in Zwiesprache mit ihrem Gott. Dabei dachte sie an die Tage zurück, an denen sie hier mit Istvan gestanden hatte. Eine Träne bahnte sich ihren Weg. Damals hatte sicher niemand gese-

264

hen, dass sie eine Gefangene war. Diesmal war es unübersehbar. Aber vor Gott war sie sowieso nackt und bloß. Er sah in ihr Herz hinein. Jesus hatte sein Kreuz, sie ihren Ring!

Nun stand sie also betend vor dem großen Kreuz. Was sollte sie sich aber wünschen? Vergebung ihrer Sünden? War das überhaupt möglich? Sie wusste es nicht, aber sie bat erst einmal darum. Was noch? Vielleicht ein schnelles, schmerzloses Ende und Erlösung von allen Leiden? Ihr Blick ging nach oben und ein Sonnenstrahl fiel durch eine Wolkenlücke direkt in ihr Gesicht. War das ein „Ja"? Eine Bestätigung, dass ihr Wunsch angekommen war?

Die Frau hoffte es, faltete ihre Hände und lauschte dem Abschlussgebet. Das „Vaterunser" wurde gebetet und das war ja auch für sie, die katholisch getauft war, dasselbe Gebet. Danach streifte Ursula ihren Arm und erinnerte sie daran, dass sie Taras ihr Wort gegeben und es geschworen hatte. Swetlana ergriff das Seil und drückte das Ende Ursula in die Hand. Dabei zwinkerte sie der Freundin zu. „Los geht es", sagte sie und ging voran. Das sah aus, als ob sie Ursula am Seil hinter sich herzog und machte damit eigentlich auch den Strick lächerlich.

Nach ein paar Schritten stand sie dann wieder vor dem Mann und sagte „Mein Gott ist stärker. Er nimmt alles Leid und allen Schmerz von mir. Was tut dein Gott für dich?" Dabei sah sie zu Ursula und wartete auf die Übersetzung, doch die Freundin zögerte. „Na los! Übersetze es!", forderte Swetlana sie auf und erhielt von Taras einen Schlag in ihr Gesicht, als Ursula die Übersetzung fertig hatte.

Sie leckte sich das Blut von der aufgeplatzten Lippe und lächelte den Mann an. Wenn das alles war, was er ihr tun konnte, dann war seine Macht gebrochen. Swetlana ging in das Zelt und setzte sich dort hin. Ursula machte das Seil fest und Swetlana sah zu Taras hinüber, der sich gerade an das Feuer gesetzt hatte. Sie sah ihm in die Augen und es dauerte eine Weile, bis er ihrem Blick auswich.

Sie hatte gewonnen! Gott hatte gewonnen.

Still lächelte sie in sich hinein. Wieder dachte sie daran, dass Taras nur ihren Körper verletzen konnte, ihre Seele war von Gott geschützt. Eine Bewegung ließ sie Aufsehen. Taras war von seinem Platz aufgestanden und nahm ein Stück Fleisch vom Feuer. Er legte es in eine Schüssel und stellte diese so in das Zelt, das sie die Speise nicht erreichen konnte, aber der Duft des gebratenen Fleisches ihr in die Nase stieg. Vermutlich wollte er sie damit quälen, doch wieder lächelte sie nur und lehnte sich zurück. Wenn das alles war, was ihm einfiel, dann hatte sie wirklich gewonnen.

Der Mann ging lachend zurück zum Feuer und setzte sich wieder. Er hatte vermutlich nichts von dem verstanden, was sie gemeint hatte. Swetlana verschränkte die Arme vor ihrem Bauch. Sie schloss die Augen und der Duft stieg ihr weiter in die Nase.

Den ganzen Tag hatte sie noch nichts gegessen und natürlich hatte sie Hunger, aber sie ermahnte sich selbst in Gedanken „Bleib stark! Gott führt mich!" Ein Gebet flog zum Himmel hinauf. Sie begann mit „Vater unser …" und alles wurde leicht!

62. Kapitel

Vereinigt und stark

Bei Tulln, am 7. September 1683

Bereits seit dem Vortag waren nun auch die fränkischen, bayerischen und schwäbischen Kontingente auf dem Tullner Feld versammelt und hatten sich mit den sächsischen Truppen und den Einheiten des Herzogs vereinigt. Damit waren sie schon eine richtig große Armee. Nun fehlte nur noch der polnische Teil und die Armee wäre vollständig. In den letzten Tagen gab es immer wieder Angriffe der Tataren, aber auch ungarische Kuruzen, die als Hilfstruppen bei den Osmanen dienten, beteiligten sich an den Angriffen. Doch der Platz war vom Herzog hervorragend gewählt worden. Er war leicht zu verteidigen und nun verteilte sich diese Aufgabe auf immer mehr Soldaten. Ein Stück waren sie sogar vorwärts gerückt, um die Brücke bei Tulln zu sichern, über die das polnische Kontingent zu ihnen kommen würde.

Würde diese Brücke dem Feind in die Hände fallen, so würde Jan Sobieski mit seiner Armee nach Krems ausweichen müssen, diese Brücke hatten die bayrischen Truppen benutzt und auch gesichert, aber die lag viel weiter im Westen, das würde eine zusätzliche Verzögerung bedeuten. Der bayerische und der sächsische Kurfürst führten nun gemeinsam diesen Teil der Armee, aber es war zu sehen, dass sie das nicht gern gemeinsam taten. Ein katholischer und ein evangelischer Fürst an einem Tisch! Vor hundert Jahren hätte das noch Krieg bedeutet. Hier und heute war man notgedrungen zur Zusammenarbeit gezwungen.

Erst wenn der polnische König da sein würde, dann wäre die Befehlsordnung geklärt, denn im Vertrag, den sie alle unterschrieben hatten, stand, dass wenn Jan Sobieski die Armee führt, er auch der Oberbefehlshaber sein würde, selbst wenn der Kaiser da war, der ja irgendwie über dem König stand. Aber im Moment war eben der polnische König mächtiger als der aus Wien geflohene deutsche Kaiser. Diese ganzen Streitigkeiten bekam Kurt aber nur mit, wenn er im Zelt des Befehlshabers war. Die Soldaten und Offiziere verstanden sich ausgezeichnet. Alle hatten dasselbe Handwerk, jeder dasselbe Schicksal und sie mussten sich in der folgenden Schlacht aufeinander verlassen können.

Später konnte man ja dann mal wieder darüber reden, wer zu welchem Gottesdienst ging, jetzt war das Schwert wichtiger als das Kreuz! Die Kompanie von Kurt lag immer noch ganz vorn. Sie hatten nun sozusagen die Brücke zu verteidigen, die den schnellen Sieg bringen sollte. Auf der anderen Brückenseite war eine bayerische Kompanie in Stellung gegangen und so hatten sie nun beide Seiten besetzt. Anscheinend wurde nun auch den Osmanen die Bedeutung dieser Brücke bewusst, denn alle anderen Brücken bis Wien hatten sie abgebrochen und diese hier, keinen Tagesmarsch vor Wien, würde nun den Kampf entscheiden. Doch die Reiterangriffe der Tataren und Kuruzen waren eher halbherzig geführt. Wie Mückenstiche, lästig aber ungefährlich.

Ein Reiterangriff nach dem anderen brach im Musketenfeuer zusammen. Sächsische Reiterei verfolgte dann die fliehenden Feinde und zog sich wieder hinter die Läufe der Musketen zurück. So ging das den ganzen Vormittag, bis von der anderen Flussseite ein Trompetensignal ertönte. Die ersten polnischen Reiter, mit der Fahne des Königs vornweg, ritten auf die Brücke. Es wurde ein Zug, der stundenlang so weiter ging. Die bayerischen Soldaten auf der anderen Seite hatten noch ein paar kleinere Angriffe abzuwehren, aber die schiere Menge an polnischen Soldaten hatte den Rest der Feinde in die Flucht geschlagen.

Die polnische Armee überquerte die Donau und vereinigte sich damit mit den Truppen Sachsens und der anderen deutschen Länder. Die glänzenden Rüstungen der polnischen Reiter wirkten wie ein Panzer aus Eisen, der jeden feindlichen Angriff sofort beenden ließ. Mann um Mann, Pferd um Pferd und Wagen um Wagen, vergrößerte sich das Lager auf dieser Seite der Donau. Nun waren sie hier fast 70.000 Männer. Eine gigantische Streitmacht und sicher dem Feind ebenbürtig. Zumindest zu allem entschlossen und dem Sieg verpflichtet.

Auch der polnische König war, hoch zu Ross und ebenfalls in einer glänzenden Rüstung, mit in das Lager geritten. Er hatte Kurt sogar gegrüßt, als er an ihm vorbeigeritten war. Am Nachmittag wurden dann alle Offiziere zusammengeholt und der König hielt eine kurze Ansprache. Dabei wurde bekannt gegeben, dass Kaiser Leopold I. von Linz in Richtung Wien mit dem Schiff auf der Donau abgefahren war und hier zur Truppe stoßen würde. Bis dahin wollte die Armee rund um Tulln die Stellung halten und nach dem langen Marsch noch einmal Kräfte sammeln.

In zwei Tagen sollte der Kaiser dann bei ihnen sein und dann würde das vereinigte Heer aufbrechen, um Wien zu befreien. Seine Truppen würden die Pause zwar nicht brauchen, da sie ja schon länger hier waren, aber den polnischen Einheiten würde es sicher guttun, wenn sie nach dem anstrengenden Marsch noch ein oder zwei Tage der Ruhe und Erholung erhielten. Dazu würden sie in der Stadt Tulln und dem Land darum herum ihre Position beziehen und sich aus dem Tross versorgen lassen. Die inzwischen erholten sächsischen Truppen erhielten den Auftrag, das Lager zu sichern.

Nach dieser Beratung zog Kurt seine Kompanie zusammen und bezog, zusammen mit dem Rest der Regimenter, ostwärts von Tulln ein neues Lager. Die Donau im Norden, deren Brücke die Bayern sicherten, und der Gebirgszug im Süden würden verhindern, dass die Osmanen an die Stadt und damit an die dort rastenden Kämpfer herankamen.

Schnell wurden die Kanonen nach vorn gezogen und die Kompanien zwischen den Kanonen aufgestellt. Die Rohre und Läufe nach Osten warten sie auf den Feind, doch es ließ sich kein Reiter mehr blicken. Als sich langsam der Abend über das Tal senkte, ließ Kurt ein Drittel seiner Männer auf Position stehen, während die anderen zwei Drittel sich zur Ruhe hinter der Sicherungslinie begaben. Zelte hatten sie keine aufgebaut, sie saßen und lagen an den Feuern, so waren sie im Notfall schneller einsatzbereit und konnten ihren Kameraden zur Hilfe kommen.

Der immer noch volle Mond beleuchtete das freie Feld in der Nacht direkt vor ihnen und verhinderte so, dass sich jemand ungesehen an sie heranmachen konnte. Von der anderen Donauseite waren in der Nacht noch einzelne Gewehrschüsse zu hören, aber ob da wirklich ein Feind angriff oder nur ein paar nervöse Soldaten auf Schatten in der Dunkelheit schossen, dass konnte er nicht sagen.

Vor den sächsischen Kompanien war jedenfalls alles ruhig.

63. Kapitel

Neue Aufgaben

Wien, am 10. September 1683

Den fünften Tag war sie nun schon verheiratet, zum zweiten Mal und diesmal mit dem Richtigen Mann. Hans war aufmerksam, zärtlich und rücksichtsvoll. Alles, was sie sich je von einem Ehemann gewünscht hatte, dass hatte sie nun erhalten. Blieb nur noch eine Sache zu klären: was sollte sie tun? Die Nächte war Hans bei ihr, als Melder hatte er da nichts zu tun, nur am Tage war er von der Kommandantur zu den Bastionen und zurück unterwegs. Und was machte sie dann? Der Laden war leer, die Tiere fort und zu verkaufen hatte sie auch nichts mehr gehabt. Sie hatte mit Karola die Stoffe, die immer noch im oberen Lager geblieben waren und die auch keiner der Plünderer mitgenommen hatte, in das nun leere Lager hinunter geräumt. Sorgfältig hatte sie die Stoffballen dort in die Regale gelegt, aber was sollte sie danach machen?

Kurz hatte sie sich überlegt, aus dem Stoff Kleidung zu nähen und diese dann zu verkaufen, aber in einer Stadt, in der fast jeder hungerte, da gab es für schöne Kleider keinen Bedarf. Das würde sich in ein paar Tagen, wenn endlich der erhoffte Entsatz und die Befreiung gekommen sein würde, hoffentlich ändern. Nun saß sie in der Küche und schaute vor sich hin. Auch Karola schien sich zu langweilen. Arika sah die Freundin an und fragte, „Was können wir noch tun?", dabei sah sie auf die nun wieder aufgeräumte Küche und dachte weiter nach.

Am Vorabend hatte ihr Hans erzählt, dass hinter der Stadtmauer, welche die Burg- und Löwelbastion miteinander verband, eine, wie er es nannte, „zweite Verteidigungslinie" angelegt werden sollte. Dazu mussten in den Straßen dahinter Gräben ausgehoben und Palisaden errichtet werden. Das war doch auch eine Arbeit, die Frauen machen konnten und bevor sie hier nur sinnlos herumsaßen, konnten sie doch auch dort mit helfen. Oder?

Schnell erklärte sie Karola ihre Idee und die Freundin sagte, „Dann lass uns zur Schaufel greifen!" „Wir haben sogar noch welche im Lager. Die können wir für andere mitnehmen", entgegnete Arika, stand auf und ging in den Raum hinüber. Sie nahm sich fünf Schaufeln und reichte der Freundin auch fünf Stück der Grabgeräte.

Mit den Arbeitsgeräten auf der Schulter, schwer bepackt, gingen sie dem Kanonendonner entgegen. Es war zwar nicht weit, aber sie mussten die Geräte unterwegs ein paar Mal absetzen und auf die andere Schulter wechseln. Dann waren sie endlich da und einige Männer hatten schon angefangen. Ein paar von ihnen gruben mit den bloßen Händen und freuten sich über die Schaufeln, die ihnen die beiden Frauen übergaben. Danach ordneten sich Arika und Karola in die Kette der Männer ein und gruben sich in die Wiener Erde hinein.

Von ihrem Dorf war Arika zwar schwere Arbeit gewohnt gewesen, aber die lange Zeit hier in der Stadt hatte ihre Kraft etwas weniger werden lassen. So gruben sie an den flachen Stellen, wo sie die Erde nicht so weit nach oben heben mussten. Die kräftigen Männer wollten ja auch noch etwas tun.

Immer wenn sie sich den Rücken durchdrückte, dann sah sie auf die hunderte Männer und Frauen, die hier eine Linie durch die Erde zogen. Ringsum wurden in den Häusern die Fenster mit Steinen zugesetzt, damit auch daraus geschossen werden konnte, falls es dem Feind gelang, an der Mauer durchzubrechen. Wie Hans ihr erzählt hatte, waren die Osmanen nur ein paar Schritte von der anderen Seite der Mauer entfernt.

Zu nahe, um sie zu ignorieren. Von Zeit zu Zeit flog eine der Kanonenkugeln über die Mauer und schlug irgendwo in der Stadt ein. Direkt hier, hinter der Mauer, waren die Frauen zwar geschützt, aber wenn eine Mine direkt unter der Mauer platziert wäre, so wäre es hier sicher gefährlich und wenn man selbst grub, konnte man ja nicht horchen, ob nicht ein anderer auch graben würde.

Nach ein paar Stunden lief Hans an der Reihe vorbei und stutzte, als er sie dort mit der Schaufel sah. Arika stützte sich auf und er kam zu ihr herüber. Er gab ihr einen Kuss und die Männer in der Reihe pfiffen. Irgendwie schien ihm das wohl peinlich zu sein, doch sie lächelte ihn nur an. „Schön, dass du uns hilfst", sagte Hans und sie antwortete „Es ist ja auch meine Stadt." Da nickte er „Musst du nicht weiter?", fragt sie lachend und zeigte auf die Meldetasche. Hans nickte und eilte auch schon los.

Ein paar Mal drehte er sich aber noch nach ihr um, bevor er in einer der Bastionen verschwand. Sie schaufelte weiter, bis Karola neben ihr sagte, „Er kommt zurück." Daraufhin drehte sie sich zu ihm um, aber er hatte es sicher sehr eilig, denn er gab ihr nur einen flüchtigen Kuss und sagte „Bis heute Abend." Danach lief er auch schon weiter. Ein paar Augenblicke sah sie ihm noch nach, bevor sie wieder die Schaufel in die Erde stieß.

Der Tag zog ihr immer mehr die Arme lang, aber sie wollte sich keine Pause gönnen. Karola musste ihr fast die Schaufel aus der Hand reißen, als etwas zu Essen an die Männer und Frauen ausgegeben wurde. Es gab Brot und eine herrlich duftende Suppe zur Stärkung.

„Da ist ja sogar Fleisch drin!", sagte Arika überrascht, als sie den Löffel in die Suppe tauchte. Einer der Männer sah zu ihr herüber und sagte „Wir haben am 3. September bei einem Ausfall am Schottentor 22 Ochsen erbeutet. Vermutlich ist das einer davon." Nach all der Arbeit tat die Suppe richtig gut und Arika hatte zu tun, ihren Rücken wieder gerade zu bekommen.

Danach wurde bis zur Dämmerung weiter gegraben und erst mit der einbrechenden Dunkelheit war Arika, zusammen mit Karola, wieder vor ihrem Haus angekommen. Sie ging hinein und setzte sich in die Küche. Noch im Hinsetzen fielen ihr schon die Augen zu. Der Tag war ganz schön anstrengend gewesen. Etwas später weckte Hans sie mit einem Kuss. Nur schwer kam sie wieder von der Bank hoch, aber sie musste ja noch die Stiege nach oben, wenn sie in ihr Bett wollte. Schritt für Schritt, Fuß vor Fuß kletterte sie mühsam in das Obergeschoss und fiel dann dort einfach angezogen in das Bett.

64. Kapitel

Traum oder Wirklichkeit?

Auf dem Kahlenberg bei Wien, am 12. September 1683

Mitten in der Nacht war das Heer auf dem Gipfel des Berges angekommen. Offensichtlich hatten es die Osmanen versäumt, ihnen dort den Weg zu versperren. Kurt sah von dort aus die Brände in der Stadt und die Feuer im Lager der Osmanen. Bei der letzten Besprechung vor ein paar Tagen hatte Herzog Karls V. vorgeschlagen, durch den, ihm gute bekannten, Wienerwald zu ziehen. Dazu hatten sie den Tross mit der Verpflegung und auch die schweren Kanonen zurückgelassen. Der Weg war mehr als beschwerlich gewesen. Die unbefestigten Waldwege behinderten vor allem die Pferde und die Wagen. Seine Infanteriekompanie konnte dagegen gut marschieren.

In drei Kolonen waren sie durch den Wald gezogen, immer auf der Hut, nicht vom Feinde überfallen zu werden. Doch auf feindliche Truppen waren sie nicht gestoßen. Dabei hätten die Tataren doch eigentlich melden müssen, dass das Entsatzheer zu ihnen unterwegs war. Zu oft hatten sie in Tulln gegen die schnellen Reiter gekämpft. War es eine Falle gewesen? Bisher war alles ohne einen einzigen Schuss vonstattengegangen. Das Zurücklassen des Trosses hatte allerdings dazu geführt, dass die Soldaten seit zwei Tagen aus ihrem Tornister lebten oder eben hungerten.

Nun warteten sie eigentlich nur darauf, dass der neue Tag beginnen würde. Noch in der Nacht hatten sie sich breit aufgestellt. In der Mitte war die polnische Infanterie, dahinter die Reiter. Links war das kaiserliche Heer unter der Führung des Herzogs und die anderen Teile des Heeres, darunter die sächsischen Kontingente, waren am rechten Flügel aufgestellt. Kurt ließ noch einmal durch die Unteroffiziere die Ausrüstung überprüfen, dann standen sie im Wald und warteten.

Als das erste Rot des neuen Tages direkt vor ihnen zu sehen war, war dies das Zeichen dafür, am östlichen Abhang den Berg hinunterzugehen. Die Musketen immer im Anschlag bewegte sich die Infanterie vorwärts. Die Reiterei hatte immer noch hinter ihnen zu tun, um sich, aus dem Wald kommend, zu formieren. Für sie war der Anmarsch am schwierigsten gewesen und vermutlich waren noch nicht einmal alle polnischen Reiter auf dem Berg angekommen. Doch die Schlacht begann auf der Seite des Herzogs und der kaiserlichen Armee auf dem linken Flügel. Mit Kanonen- und Musketenfeuer wurde dort gegen die in einer Schanze versteckten Osmanen gekämpft.

Stundenlang leisteten die Feinde dort hartnäckig Widerstand, bevor es dann endlich gelang, sie dort zu bezwingen. Die Truppen der Janitscharen kämpften verbissen in der Mitte. Keinen Schritt wichen sie zurück. Das gesamte Heer musste nun auch Angriffe der Reiterei der Tataren mit ihren Musketen abwehren. Und noch immer war die polnische schwere Reiterei nicht bereit, in den Kampf einzugreifen.

Es war vermutlich gar nicht so einfach, die zwanzigtausend Reiter dort auf dem Kamm des Berges in Position zu bekommen. Im Pulverdampf der Musketen war schon bald nicht mehr viel zu sehen, doch zum Glück wehte der Wind den Rauch immer wieder davon. Auch von der Stadt aus wurden nun die osmanischen Truppen mit Kanonen beschossen. Eigentlich hätten diese sich nun nach zwei Seiten wehren müssen, doch die Wiener versuchten keinen Ausfall. Zu geschwächt waren vermutlich ihre Kräfte. Die Kanonen aus den Bastionen der Stadt forderten allerdings einen tödlichen Tribut vom Feind.

Endlich ertönte dann am späten Nachmittag das erlösende Trompetensignal vom Berg hinter ihnen, das den Angriff der schweren polnischen Reiterei ankündigte. Die vom König Jan Sobieski geführte Elitetruppe ritt in breiter Front den Berg herab. Die Panzerreiter sahen aus, als wären sie aus der Zeit der Ritter gekommen. In ihren geschlossenen Rüstungen, mit Lanzen und mit bunten Federn, die an ihren Rücken angebracht waren, walzten sie alles nieder, was sich ihnen in den Weg stellte. Besonders die leichten Reiter der Tataren, mit ihren Säbeln, hatten den gepanzerten Polen nichts entgegenzusetzen.

In wilder Flucht verließen sie das Schlachtfeld und rissen dabei die Janitscharen einfach mit sich fort. Als der Feind sah, dass die Janitscharen das Feld verließen, da war es um die Schlachtordnung des Feindes geschehen. Nun konnte niemand mehr den Vormarsch des Heeres aufhalten.

Die Schlacht war gewonnen. Nun trieben sie den Feind vor sich her.

Mit dem Schwert in der Hand rannte Kurt, an der Spitze seiner Männer, dem Feind hinterher, aber die waren so schnell, dass man sie gar nicht einholen konnte. Es dauerte keine halbe Stunde, da erreichten die sächsischen Infanteristen das feindliche Lager mit den Zelten, welches er am Morgen noch mit den fernen Feuern gesehen hatte. Nun gingen sie langsam, denn man konnte ja nie wissen, ob sich nicht einer der Feinde vielleicht hier irgendwo versteckte.

Zu unübersichtlich war die Situation und jedes Zelt musste kontrolliert werden. Die Männer stürzten sich, nach zwei Hungertagen, verständlicherweise auf das zurückgelassene Essen der Osmanen. Kurt kontrollierte ein weiteres Zelt, als er darin eine Frau sah. Sie stand mit dem Rücken zu ihm und als sie sich zu ihm umdrehte, da erstarrte er. Er kniff die Augen zusammen und riss sie wieder auf. War das ein Traum? Oder Wirklichkeit? „Sofie?", fragte er. Die Frau kniete sich hin und bat „Bitte töte mich!"

Er war vollkommen erstarrt. Das Schwert zum Schlag nach oben gehoben, so konnte er sich dennoch nicht rühren. Er sah sie nur an. Es war das Ebenbild seiner verstorbenen Frau! Nur die Haare waren bei dieser Frau hier kürzer. Was hatte das zu bedeuten?

Eine zweite Frau stürzte hinter ihm in das Zelt und stach ihm mit einem Messer in den Arm, der die Waffe hielt. Vor Schmerz ließ er das Schwert fallen, dann drehte er sich um und kämpfte mit der älteren Frau, die nun versuchte, ihn mit dem Messer zu erstechen. In diesem Zelt war für einen Kampf eigentlich kein Platz und doch musste er verhindern, dass sich die Klinge in seine Brust bohrte.

Der verletzte Arm wurde langsam schwächer und er versuchte die Frau zurückzustoßen. Dabei ging er in die Knie und konnte das Messer aus seinem Stiefel ziehen, welches er dort immer verwahrt hatte. Wenig später hatte er die Frau überwältigt. Als er sich umsah, bemerkte er, dass die andere Frau das Schwert in den Händen hatte. Sie erhob es und durchtrennte mit einem Schlag das Seil, das von ihrem Hals zu einem Zeltpfosten führte. Danach drehte sie sich wieder zu ihm um.

Ihre Augen trafen sich und erneut erstarrte er. Im selben Moment kam Johann mit einer Pistole in das Zelt gelaufen. „Nicht Johann!", schrie Kurt, aber der treue Diener hatte die Frau ebenfalls sofort erkannt.

Er ließ die Waffe sinken und die Frau legte das Schwert zu Boden. Mit gefalteten Händen starrte sie zu Boden. „Bitte tötet mich!", sagte sie wieder, „Ich bin es nicht Wert, am Leben zu bleiben."

65. Kapitel

Erlöst?

Osmanisches Heerlager vor Wien, am 12. September 1683

en ganzen Tag über hatte sie die Schüsse gehört. Es waren nicht die lauten Schüsse der Kanonen, sondern etwas leisere, dafür aber viele. Offensichtlich waren es Gewehre, aber da sie nicht aus dem Zelt konnte, wusste sie auch nicht, was das bedeuten sollte. Hatten die Osmanen die Stadt gestürmt? Oder war das Entsatzheer da und wurde nun zurückgeschlagen? Keiner sagte ihr etwas in ihrem Zelt. Mit dem Strick um den Hals konnte sie noch nicht einmal zur Öffnung in der Zeltplane gehen, um nachzusehen.

Das Warten war einfach nur furchtbar. Was würde geschehen? Würden die Tataren, wenn sie abzogen, sie mitnehmen? Töten? Oder was würden die anderen Männer mit ihr machen? Wenn Taras sie mitnehmen würde, dann würde sie sich mit aller Kraft dagegen wehren. Sie wollte hier sterben und nicht von dem Mann noch irgendwohin verschleppt werden, wo ihr Martyrium noch viele Jahre weiter gehen konnte, bevor der gnädige Gott sie zu sich rufen würde. Die Schüsse kamen aber anscheinend immer näher.

Swetlana ging zu dem Zeltpfahl und klammerte sich mit beiden Armen daran fest. Taras würde sie töten müssen! Hier würde sie nicht lebend fortgehen!

Die junge Frau hörte ein Geräusch hinter sich und drehte den Kopf. Taras kam in das Zelt gestürmt. Beachtete sie aber gar nicht, sondern packte seine Sachen in aller Eile, dann lief er an ihr vorbei und sie sah ihm einfach nur entgeistert nach. Es dauerte gar nicht lange, da hörte sie Schritte vor dem Zelt. Als sie sich erneut umdrehte, stand dort ein Mann keine zwei Schritte hinter ihr. Er hatte das Schwert zum Schlag erhoben, aber er rührte sich nicht. „Sofie?", fragte er. Swetlana ließ dem Pfahl los, kniete sich hin und bat ihn, „Bitte töte mich." Doch der Mann bewegte sich nicht. Er starrte sie nur an.

Sollte sie nun schon wieder eine Kriegsbeute werden? Hier kniete sie nun, im Unterkleid, vor ihm und das Schwert schwebte drohend über ihr. Konnte sie nun endlich die gewünschte Erlösung finden? Der Eingang wurde zurückgeschlagen und Ursula stürzte in das Zelt. Sie stach dem Mann mit ihrem Messer in den Arm, der die Waffe hielt.

Das Schwert fiel vor ihren Füßen zu Boden. Direkt neben ihr kämpfte Ursula mit dem Manne. Sie versuchte ihn zu töten, aber das sah Swetlana nur aus dem Augenwinkel. Ihr Blick ruhte auf dem Schwert, das direkt vor ihr lag. Sie ergriff die Waffe und stand damit auf. Neben ihr rammte der Mann gerade Ursula seinen Dolch in die Brust und mit einem Schrei fiel die Freundin tot zurück.

Swetlana sah auf die Waffe in ihrer Hand. Was sollte sie damit tun? Auf den Mann losgehen, damit er sie, so wie gerade bei Ursula, töten würde? Sie sah auf das blutige Messer in seiner Hand, drehte sich kurz um und durchtrennte mit einem Hieb das Seil, das den Ring um ihren Hals mit der Zeltstange verband, dann wendete sie sich wieder dem Zeltausgang zu.

Sollte sie hinauslaufen, um dort den Tod zu finden? Doch da stand auf einmal ein zweiter Mann direkt vor ihr und sie blickte in die kleine schwarze Mündung einer Pistole, die sich unmittelbar vor ihrem Gesicht befand. Endlich! Doch warum drückte der Mann nicht ab? Sie hatte doch das Schwert gegen ihn erhoben, wenn auch nur unbewusst. Der Mann am Boden rief „Nicht Johann!", aber der Mann senkte schon die Waffe. Swetlana ließ das Schwert fallen und flehte die beiden Männer an „Bitte tötet mich! Ich bin es nicht Wert am Leben zu bleiben." Doch die beiden Männer waren wie erstarrt. Tränen füllten ihre Augen. Da erst bemerkte sie, dass der Mann neben ihr am Boden blutete. Schnell kniete sie sich neben ihn und begann die Wunde abzudrücken.

Der zweite Mann legte die Pistole zur Seite und kniete sich neben sie. „Können sie die Jacke ausziehen?", fragte Swetlana und der zweite Mann zog dem nun am Boden liegenden den roten Rock aus. Die Wunde am Arm blutete sehr stark. „Das Unterhemd auch", sagte Swetlana und drehte sich zu Ursulas Leiche. Dort riss sie einen Streifen Stoff vom Kleid der toten Freundin ab und drehte sich zurück. Der Mann saß nun mit nacktem Oberkörper vor ihr und war ziemlich bleich. Schnell band sie die Wunde ab und sagte dann, „Er wird einen Medicus brauchen."

Der andere Mann stand auf und verließ das Zelt. Sie blieb weiter bei dem anderen und stütze ihn nun. Aus irgendeinem Grund heraus musste sie diesem Mann einfach helfen. Vielleicht würde er sie dann später töten. Aus Dankbarkeit! Der Mann starrte sie immer noch an. Dann fragte er, „Bist du Sofie?", und sie antwortete, „Nein. Ich bin Swetlana. Die Tataren haben mich als Kriegsbeute geraubt." „Du siehst meiner verstorbenen Frau zum Verwechseln ähnlich. Das kann kein Zufall sein", sagte der Mann und zog mit dem unverletzten Arm ein Medaillon aus der Tasche seines Rockes. Er klappte es auf und hielt es ihr hin. Es hätte ein Spiegel sein können, so ähnlich war ihr das Bild.

Der andere Mann kam mit einem Medicus in das Zelt und nun wurde es langsam eng. Sie drückte sich so weit wie möglich nach hinten, um die Männer nicht zu behindern. Nun erst konnte sie den Mann richtig ansehen. Er hatte etwas von Istvan in seinen Bewegungen und in seinem Blick. Hatte Gott ihr diesen Mann zur Rettung geschickt? Dann wollte er wohl ihren Tod noch nicht, sondern gab ihr noch einmal eine zweite Chance?

Die beiden Männer halfen dem Verwundeten auf die Füße. „Möchtest du mit mir kommen?", fragte dieser und sah sie an. Einen Augenblick zögerte sie. „Aber ich bin entehrt und geschändet", stammelte sie, doch der Mann reichte ihr die Hand.

Einen letzten Augenblick zögerte sie, dann griff sie zu und hob die noch am Boden liegende Jacke auf. Vorsichtig hängte sie ihm diese um die Schultern und löste den Medicus auf der einen Seite ab. Auf sie und den anderen Mann gestützt, führte sie den verletzten Mann nach draußen. Sie sah nach oben und dachte „Endlich frei!"

Überall standen Soldaten mit roten Uniformen herum. Erst jetzt nahm sie wirklich wahr, dass sie ja immer noch in ihrem weißen Unterkleid hier herumlief. Stinkend, ohne Schuhe und mit dem Ring um den Hals. Der Rest des Seiles hing hinter ihr herunter und schlug ihr bei jedem Schritt gegen den Rücken. Nun war sie erlöst und befreit.

Alte und neue Freunde

Wien, am 15. September 1683

Nur zwei Tage war er in Wien in einem Lazarett in Behandlung. Die Verletzung war nicht so schlimm gewesen und die Frau hatte ja sofort reagiert. Sein Diener Johann hatte sich in der Zwischenzeit um sie gekümmert und Kurt hatte noch am Abend schriftlich beim Kurfürsten um seinen Abschied aus der Armee gebeten. In Anbetracht der Verletzung und nicht zuletzt sicher auch wegen der Freundschaft, hatte der Fürst ihn aus den Diensten entlassen, der Bote war am Morgen mit dem Schreiben eingetroffen. Die Reste seiner Kompanie führte nun ein anderer Offizier. Die Männer verfolgten sicher immer noch das fliehende osmanische Heer. Er wusste, dass Johann in einem Gasthof untergekommen war und nun ging er über die Straßen der Stadt.

In seiner Uniform, die er trotz Abschied immer noch trug, war er als Soldat zu erkennen und so musste er viele Hände von Einwohnern der Stadt schütteln, auch wenn das mit seinem Arm, den er in einer Schlinge trug, nicht ganz so gut ging. So brauchte er für die Strecke, die er sonst vielleicht in einer viertel Stunde zurückgelegt hätte, mehr als zwei Stunden, bevor er den Gasthof endlich betreten konnte. Dabei konnte er es doch gar nicht mehr erwarten, endlich die Frau wiederzusehen.

Johann hatte ihm gesagt, in welchem Zimmer er logierte und so stieg er die Treppe hinauf. Als er wenige Schritte später das Zimmer betrat, da erstarrte Kurt erneut. Die Frau stand direkt vor ihm und hatte nun auch ein richtiges Kleid an.

Das Lächeln der Frau drang tief in seine Seele ein. Ihretwegen hatte er eigentlich den Dienst quittiert. Nicht eine Stunde wollte er nun ohne sie sein. Und ebenso ihretwegen hatte er sich aus dem Lazarett entlassen, auch wenn der Medicus ihn gern noch dort behalten hätte. Johann drehte sich um, machte eine Verbeugung und sagte „Herr Graf", danach deutete er auf einen reichlich gedeckten Tisch. Anscheinend war der Tross endlich nachgekommen, welchen sie auf ihrem Vormarsch zurückgelassen hatten. Er ging zum Tisch und zog einen Stuhl zurück, dann sah er die Frau an und fragte „Setzt du dich zu mir?" und sie nickte.

Mit zwei Schritten war sie bei ihm, setzte sich und er schob ihr den Stuhl zurecht. Kurt ging um den Tisch und setzte sich auf die andere Seite, dann zeigte er auf den Tisch und sagte „Bitte sehr. Bediene dich." Die Frau langte zu. Sie schien hungrig zu sein, obwohl Johann sie sicher nicht hatte hungern lassen. Der Graf sah, dass sie den Braten mit den Fingern aß und das Besteck neben dem Teller ignorierte. Kurt sah auch den entsetzen Blick von Johann und sagte zu Swetlana, „Wir haben wohl noch viel zu tun, bis du in Dresden in die feine Gesellschaft passt." „Du willst mich mit nach Dresden nehmen?", fragte sie kauend und er nickte. „Als Magd?", fragte sie weiter. „Nein! Als meine Frau", entgegnete Kurt und ihr fiel das Brot aus der Hand. „Aber ich bin eine einfache Bäuerin. Keine Gräfin. Die Heiden haben mich entehrt und geschändet", sagte sie.

„Das spielt für mich keine Rolle. Da ich deinen Vater nicht fragen kann, so frage ich dich: Möchtest du meine Frau werden?", begann er und sah sie fast bittend an. Die junge Frau überlegte, bevor sie schließlich zustimmte. „Dann geht es jetzt los", sagte er erleichtert und begann seinen Unterricht, indem er ihr zeigte, wie man mit Messer und Gabel aß. Dabei sah sie die Gabel anscheinend mit gemischten Gefühlen an und erklärte ihm, „Der Pfarrer in unserem Dorf hat gesagt: Gott hat die Finger geschaffen und nicht die Gabel, um damit all seine Gaben zu berühren." Kurt lachte und zeigte ihr noch einmal, wie sie die Gabel in die Hand nehmen sollte. Dabei stellte sie sich gar nicht so ungeschickt an.

Als Johann ihr den Wein einschenkte, da sagte sie, „Nur wenig davon. Ich vertrage nicht viel." Die Frau lächelte dabei auf dieselbe Art, wie es Sofie immer getan hatte. Würde er sie nur heiraten, weil sie Sofie so ähnlich war? Oder hatte er sich schon in sie verliebt? Er sah ihr zu, wie sie noch ungeschickt das Besteck benutzte, doch es wurde schon besser. Johann würde ihr noch etwas beibringen müssen. Kurt sah in das besorgte Gesicht seines Dieners und lächelte in sich hinein. Sicherlich würde das noch ein schönes Stück Arbeit werden.

Nachdem das Essen beendet war, fragte er Johann, „Hast du das Haus des Kaufmannes Sebastian gefunden, wie ich es dir aufgetragen habe?" und der Diener antwortete „Natürlich, Herr Graf." „Dann lasst uns aufbrechen. Ich brauche ein paar angemessene Sachen und Swetlana auch", mit diesen Worten half er der Frau vom Tisch auf.

Hand in Hand gingen sie die Treppe hinab, obwohl sie ja noch nicht verheiratet waren, aber er hatte ihr ja schon sein Wort gegeben. „Was ist das für ein Mann, dieser Sebastian?", fragte Swetlana neugierig und er erzählte ihr von Hans, den er an der Donau zuletzt gesehen hatte. „Ich will sehen, ob er es in die Stadt zurück geschafft hat. Und wenn nicht, so will ich der Familie von seiner Heldentat erzählen", erklärte er zum Schluss und führte sie durch die Gassen.

Erneut wurde er überall angehalten und musste Hände schütteln. Die Freude der Bürger über die Befreiung war einfach überschwänglich und überwältigend. Johann ging voran, musste aber immer wieder stehenbleiben und so erreichten sie erst nach mehr als einer Stunde das Haus, obwohl man das Dach des Hauses von dem Zimmer in der Schänke hatte fast sehen können.

Schließlich standen sie vor der Tür und Johann klopfte an. Wenig später öffnete Hans und gab ihm überrascht die Hand. „Du hast es also geschafft", sagte Kurt überschwänglich. „Welch eine Heldentat!", setzte er anerkennend hinzu. „Kommt herein und seid meine Gäste", antwortete Hans und gab die Tür für sie frei. „Meine Frau wird sich sicher freuen, euch kennenzulernen." „Habt ihr den versprochene Wein in eurem Keller gefunden?", fragte Kurt und setzte sofort hinzu, „Falls es nicht so ist, so hat Johann eine Flasche von dem französischen Wein im Korb dabei", sagte Kurt lachend und zeigte auf den Henkelkorb, der an der Hand des Dieners hing.

„Nein. Der Wein ist mir geblieben. Nun schnell herein", erwiderte Hans lachend. Sie betraten einen Gang, der durch den Laden führte. Von vorn war das Klappern von Tellern zu hören. Swetlana bestaunte die Stoffe, die in dem Laden lagen und schloss sich ihnen danach an. Als sie gemeinsam die Küche betraten, stand dort die Frau des Kaufmannes und drehte sich zu ihnen um. Mit einem Schrei stürzte sie sich auf Swetlana und diese rief „Arika!" Die beiden Frauen umarmten sich und er sah ihre Tränen. „Ich habe gedacht, du bist tot", sagte Swetlana schluchzend. „Dasselbe habe ich von dir gedacht", erwiderte die andere Frau.

67. Kapitel

Ein Tag zum Feiern

Wien, am 15. September 1683

Vor ein paar Tagen hatte sie ihn noch angefleht, sie zu töten. Und nun? Er hatte sie gefragt, ob sie seine Frau werden wolle und es war ihm egal gewesen, woher sie gekommen war. Ein paar Zweifel hatte sie aber immer noch. Swetlana hatte ja das Bild gesehen. Liebte er das Bild? Oder sie, weil sie dem Bild ähnlich sah? Natürlich war es ein ganz schön großer Zufall, dass sie genauso aussah, wie die verstorbene Frau des Grafen und das sie sich auch noch hier getroffen hatten. Vielleicht hatte da auch Gott seine Hand im Spiel.

Johann, mit dem sie die zwei Tage zusammen in dem Zimmer gewohnt hatte, hatte ihr ein bisschen von Sofie erzählt. Sie musste wohl eine sehr gütige Frau gewesen sein und nun war sie hier erschienen. Swetlana hatte schon bemerkt, dass auch Johann sie immer mit Sofie verglich. Doch da würde sicher noch etwas Zeit vergehen müssen, bevor sie sich in die feine Gesellschaft wagen konnte. Schon alleine das Essen mit der Gabel war für sie ungewohnt. Was würde da noch alles kommen?

Und nun waren sie, Hand in Hand, auf dem Weg zu diesem Kaufmann, von dem Kurt neue Sachen für sich und sie haben wollte.

Sie hatten das Haus betreten und die Stoffe, die sie in dem Lager gesehen hatte, waren schon sehr erlesen, das würden schöne

Kleider werden. Dann betrat sie die Küche und erkannte Arika, von der sie vor fast einem viertel Jahr getrennt worden war. Augenblicke später lagen sie sich weinend in den Armen. Es war schon mehr als eine göttliche Fügung, dass sie beide überlebt hatten und sich nun hier wiedersahen.

Für einen Moment waren die Männer vergessen und sie erzählten sich fast gleichzeitig, wie es ihnen in den letzten Wochen ergangen war. Dann machte sich Hans, der Mann von Arika, bemerkbar und bat alle an die gedeckte Tafel. Arika brachte einen Braten auf den Tisch, von dem Swetlana gar nicht wusste, wie die Freundin den wohl gezaubert hatte. Bis vor ein paar Minuten hatte sie ja noch nicht einmal gewusst, dass sie Besuch bekommen würde, doch die Freundin erzählte, dass ein Schiff über die Donau gekommen war und für die Bevölkerung der Stadt Lebensmittel gebracht hatte. Heute würde es wohl in jedem Haus einen Braten geben, denn es war ein Tag zum Feiern. Für die beiden Freundinnen gab es dann eben noch einen zusätzlichen Grund zur Freude.

Nach dem Essen begannen die Männer Wein zu trinken und sie unterhielt sich weiter mit Arika. Die Freundin zeigte ihr das ganze Haus und dann waren sie auch in dem Raum mit den Stoffen. Sie zeigte ihr eines der Kleider, dass sie selbst genäht hatte und es gefiel Swetlana. „So eines will ich auch", sagte sie und strich über die Borte. „Wie Frau Gräfin wünschen", antwortete Arika lachend und deutete einen Knicks an. Swetlana musste schmunzeln. „Noch bin ich keine Gräfin. Ich bin nur ein Bauerntrampel, wie es Johann sicher sagen würde. Ich muss noch viel lernen. Aber du bist ja schon die Frau eines angesehenen Kaufmannes", erwiderte sie. Danach gingen sie zurück in die Küche und setzten sich wieder an den Tisch zu ihren Männern.

„Es wird sicher ein paar Tage dauern, bis ich euch die Kleider genäht habe, die ihr haben wollt", sagte Arika. „Und wenn ich dir helfe?", fragte Swetlana. „Dann dauert es sicher noch etwas länger", erwiderte Arika lachend. Danach sah Arika ihren Mann an, beugte sich zu ihm und flüsterte ihm etwas in sein Ohr, daraufhin fragte dieser, „Ich habe oben noch ein Zimmer. Wollt ihr dort für die Zeit wohnen?" Swetlana sah Kurt fragend an und der stimmte nach kurzer Überlegung zu. Wenig später schickte er Johann los, um das Gepäck aus dem Gasthof zu holen. „Euer Diener kann dann oben unter dem Dach schlafen. Da ist die Kammer der Gesellen", sagte Hans, nachdem Johann gegangen war.

Es folgten lange Stunden der Gespräche, des Lachens und des miteinander Anstoßens auf das Leben und die Freiheit. So war es an diesem Tage sicherlich in vielen Familien in der Stadt. Man hatte überlebt und gedachte doch gleichzeitig all denen, die nicht so viel Glück gehabt hatten. Auch Swetlana musste wieder an die Familie und an Istvan denken und so manche Träne lief ihr über das Gesicht, sie sah auch, dass es bei Arika ähnlich war.

Für die Freundin war vermutlich der Sommer ebenfalls nicht immer so schön gewesen, wie er es ohne die Osmanen hätte sein können. Seit Kindertagen hatten sie in dem Dorf gelebt und nach der Ernte immer im Stroh gelegen oder waren zum Teich baden gegangen. In den Gesprächen mit der Freundin träumte sich Swetlana zurück, in diese unbeschwerte Zeit und immer wieder sah sie Kurt von der Seite aus an. Immer mehr Gemeinsamkeiten zwischen ihm und Istvan fielen ihr auf. Die junge Frau fasste immer mehr Vertrauen zu dem eigentlich noch fremden Mann.

Und dasselbe warme Gefühl, das sie zu dem Ungarn gehabt hatte, das machte sich nun für diesen Mann in ihr breit. Sie rückte ein Stück an ihn heran, wodurch sie ihn immer wieder unauffällig berühren konnte und gleichzeitig auch seine Wärme spürte. War das etwa wieder nur dem Wein und seiner Wirkung geschuldet? Als Arika noch einmal nachgießen wollte, schüttelte Swetlana den Kopf. „Ich muss ja noch die Stiege hoch", sagte sie lachend, doch insgeheim wollte sie aus einem anderen Grund einen klaren Kopf behalten, denn dies würde die erste Nacht sein, die sie zusammen mit Kurt verbringen konnte.

Es war mitten in der Nacht, als sie sich wieder von den Bänken am Tisch erhoben. Die beiden Frauen wollten noch die Küche aufräumen, doch Johann kam ihnen zuvor und sagte, „Das ist meine Arbeit." Arika nickte ihm dankbar zu. Der Wein hatte ihr offensichtlich ganz schön zugesetzt, wie Swetlana an der Aussprache der Freundin bemerkte. Mit einer Kerze kletterte Arika zuerst die steile Stiege hinauf und beleuchtet dann für die anderen drei diese etwas seltsame Steighilfe. „Da muss ich hoffentlich nicht in der Nacht hinunter", sagte Swetlana, als sie oben angekommen war. „Unter deinem Bett steht ein Eimer", flüsterte ihr Arika ins Ohr. Dann wies die Freundin mit der Hand in die eine Richtung und sagte, „Das ist euer Zimmer", danach zeigte sie mit dem Finger zur anderen Seite und ergänzte, „Und da schlafen wir." Während Hans schon zu seinem Zimmer ging, brachte Arika sie, mit der Kerze in der Hand, zur Tür des Zimmers und leuchtete hinein.

Eine Mondsichel war am Fenster zu sehen und erinnerte Swetlana sofort wieder an das Lager der Osmanen. Sie zuckte kurz zusammen, doch dann streifte Kurt ihren Arm und lenkte sie davon ab. Swetlana sah sich in dem Zimmer um und besonders das Bett gefiel ihr. An der Tür stehend verabschiedete sie sich von Arika, die das Zimmer verließ und die Tür hinter sich schloss.

Nun stand Swetlana Auge in Auge mit Kurt. Alle Zweifel schienen von ihr abgefallen zu sein, darum küsste sie ihn einfach. Es war schlicht über sie gekommen. In ihrem Bauch machte sich so eine vertraute Wärme breit. Nichts konnte ihr mehr passieren, wenn Kurt in ihrer Nähe war.

Der Mond beleuchtete nur schwach das Zimmer, aber alles, was sie sehen wollte, das war dieser Mann, der sie gerade in den Arm nahm. Swetlana löste sich aus dem Kuss, sah in seine Augen und fragte ihn leise, „Wir sind zwar noch nicht verheiratet, aber können wir die Hochzeitsnacht vorziehen?" Sie sah das Blitzen seiner Zähne im Mondlicht, als er sie anlächelte.

Schnell streifte sie sich das Kleid und das Unterkleid ab. Ein paar Augenblicke später konnte sie seinen Körper im Mondlicht bewundern und zog ihn danach zu dem Bett. Es schien ihm zu gefallen, dass sie die Initiative übernahm. Nach zwei Schritten ließ sie sich rückwärts in das Bett fallen. Es war besonders weich und Kurt deckte sie mit seinem Körper zu, als er sich zu ihr legte. Die Frau genoss seine streichelnden Finger auf ihrem Körper.

Vorsichtig berührte er sie und Swetlana flüsterte leise, „Ich bin nicht zerbrechlich." Dann zog sie ihn noch enger zu sich. Der Mann kam ihrem Wunsch auch sofort nach und sie schob sich ihm entgegen. Das verräterische Quietschen des Bettes störte sie nicht, während sie sich, vor Lust stöhnend, gegenseitig auf nie gekannte Höhen trieben. Erschöpft fiel sie schließlich zurück und schlief wenig später in seinen Armen ein. Was für ein Tag! Wahrlich ein Feiertag!

68. Kapitel

Glückliche Frauen

Wien, am 17. September 1683

rika hockte am Tisch in der Küche und nähte an einem Kleid. Seit zwei Tagen saß nun auch Swetlana neben ihr und Karola kam auch jeden Tag mit zu dieser kleinen Nährunde dazu. Von Sonnenaufgang bis Sonnenuntergang nähten, lachten und schwatzten sie. Es hätte nicht schöner sein können und doch wusste sie, dass die Tage mit der Freundin gezählt waren. Wenn sich die Wunde an Kurts Arm geschlossen haben würde, dann würde er mit Swetlana in den Norden aufbrechen, also musste sie jede freie Minute mit ihr verbringen. Die Männer zogen meist den ganzen Tag durch die Stadt und erst am Abend waren sie dann wieder da. Noch wusste Hans nicht, was er in seinem Laden verkaufen wollte, doch ihr gefiel das Nähen besonders gut. Vielleicht konnte sie ihren Mann ja da ganz heimlich in die gewünschte Richtung schieben. Stoff gab es genug und nun, nach der Befreiung, gab es sicher auch wieder Frauen, die neue, schöne Kleidung kaufen würden.

Johann hatte wie selbstverständlich damit begonnen, sich in dem Hause um das Essen und alles Sonstige zu kümmern. Es war schon komisch für eine Frau, sich von einem Mann bedienen zu lassen, doch anscheinend machte es Johann nichts aus. Gelegentlich stand er neben dem Tisch und sah ihnen zu. Vermutlich wartete er dann einfach nur auf ihre Wünsche.

Jeden Morgen strahlte Swetlana, wenn sie aus dem Zimmer kam und nach unten stieg und jeden Abend konnte Arika das

Quietschen des Bettes aus dem anderen Zimmer hören. Darauf angesprochen bekam Swetlana rote Ohren, aber trotzdem erzählte sie flüsternd darüber, vermutlich damit Johann sie nicht hören konnte. Doch der treue Diener würde sicherlich nicht ein Wort von dem verraten, was er bei ihnen hörte.

Es war schön, die Freundin so glücklich zu sehen und auch Karola war mittlerweile über den Verlust von Mann und Tochter hinweg. Auch sie hatte nun neuen Mut gefasst. Überall in der Stadt normalisierte sich das Leben wieder. Die Gräben des Krieges wurden zugeschüttet und die letzten Minen der Osmanen geräumt. Hans hatte ihr gesagt, dass unter der Stadtmauer schon einige Tunnel gewesen wären. Noch ein paar Tage länger und es hätte gut sein können, dass das Entsatzheer zu spät gekommen wäre. Bei dem Gedanken an diese wilden Krieger stellte sich bei Arika sofort ein Schauer ein. Dabei kannte sie diese Männer doch gar nicht richtig. Die Schilderungen von Swetlana reichten ihr da aber völlig aus, um sich auszumalen, was diese wohl mit den Einwohnern der Stadt angestellt hätten.

„Warum heiratet ihr eigentlich nicht hier in Wien? Da könnt ihr schon als Mann und Frau auf die Reise gehen", fragte Arika, weil es doch in zwei Tagen Sonntag war und Swetlana sah die Freundin an „Kurt ist nicht katholisch. Da wird uns der Pfarrer wohl nicht trauen. Die evangelischen Pfarrer in Dresden sehen das nicht so streng", antwortet die Freundin, aber Arika legte das Kleid zur Seite, ergriff die Hand der Frau und sagte, „Das wollen wir doch aber mal sehen. Jetzt im Überschwang der Befreiung geht da sicher ein Weg hinein." „Sollten wir da vorher nicht Kurt fragen?", entgegnete Swetlana zögernd, doch sie entkräftete den Einspruch damit, dass sie einfach sagte, „Wenn der Pfarrer zustimmt, dann kannst du immer noch mit ihm reden."

Wenige Augenblicke später waren sie schon auf dem Weg zum Dom, dessen Dach immer noch ein paar Schäden durch die feindlichen Kanonenkugeln aufwies. „Ich habe oft die Glocken von da oben gehört, wenn ich im Gottesdienst war", sagte Swetlana und zeigte auf den Turm des Doms. Gemeinsam betraten sie das Gotteshaus und als sie den Gang zwischen den Bankreihen nach vorn gingen, da sagte Swetlana leise „Aber erzähle ihm nicht, dass ich bei den Heiden in Gefangenschaft gewesen war. Sonst wirft er mich bestimmt aus der Kirche!" Arika nickte und nach ein paar Schritten standen sie vor dem Altar.

Der Pfarrer wollte gerade zu den Beichtstühlen an der Seite des Domes gehen, als ihn Arika anhielt. Sie erklärte, dass der evangelische Offizier ihre Freundin heiraten wolle und fragte danach, ob dies auch im Dom möglich war. Der Pfarrer dachte eine Weile nach und sie sah schon, dass Swetlana vermutlich lieber wieder gegangen wäre, doch dann stimmte der Mann zu. Die beiden Frauen machten einen höflichen Knicks und liefen wieder hinaus. „Das war ja einfacher, als gedacht", sagte Arika, als sie wieder auf dem Vorplatz standen. Die Freundin umarmte sie und sagte schließlich, „Nun muss ich nur noch Kurt fragen."

Beide rannten wieder zurück, auch wenn sich das für zwei Frauen nicht schickte. Doch im Moment waren sie beide wieder die kleinen Mädchen ihrer Jugend, die sich eine schöne Hochzeit ausgemalt hatten. So oft hatten sie in ihrem Dorf davon geschwärmt. Als sie dann wenig später wieder zu Hause ankamen, da warteten die Männer schon auf sie. An diesem Tag waren sie früher als sonst zurückgekommen. Während Swetlana mit Kurt sprach, nahm sie Hans mit in das Kontor. „Ich habe mir mal ein paar Gedanken gemacht", begann sie und er unterbrach sie sofort. „Möchtest du mir in dem Kontor helfen?", fragte er sie und Arika lächelte ihn an. Dann hob sie die Hände hoch. „Du erinnerst dich?

Fünf Mal Zehn?", fragte sie ihn und sie sah, dass er wieder daran dachte, wie sie dem Kommandanten die Anzahl der beobachteten Kanonen beschrieben hatte.

„Ich kann mit den Fingern nur bis zehn zählen. Ich kann nicht lesen und nicht schreiben. Aber ich kann nähen", sagte sie und setzte sofort fort, „Könnten wir nicht Kleidung nähen und verkaufen? Damit könnte ich dir dann doch im Kontor helfen?" Hans nickte und entgegnete ihr, „Das machen wir. Und ich kann dir rechnen, schreiben und lesen beibringen." „Ich freue mich darauf", antwortete sie und fiel ihrem Mann um den Hals.

Als sie wieder zurück in die Küche kamen, strahlte Swetlana die beiden an und sagte, „Kurt hat zugestimmt." Hans sah sie fragen an und so erzählte sie ihm, was sie in der Kirche besprochen hatten. „Dann muss nun nur noch dein Kleid fertig werden!", stellte Karola fest, die immer noch daran genäht hatte. Arika setzte sich zu ihr an den Tisch und fragte die nähende Freundin, „Ich werde mit Hans in dem Laden Kleidung verkaufen. Möchtest du mir dabei helfen? Du könntest auch, mit deinen Kindern, oben unter dem Dach wohnen, wenn du es willst." Karola überlegte nicht lange und stimmte schließlich zu.

Arika fiel der Freundin um den Hals. „Ich freue mich", sagte sie, doch das hatte sie ja Karola schon mit der Umarmung gezeigt. Sie sah zu Swetlana hinüber, die ihren Kurt küsste. Im Moment waren hier nur glückliche Frauen im Raum.

69. Kapitel

Postkutschenwege

Wien, am 24. September 1683

Nun war es soweit. Sie würden Wien und damit auch die neu gewonnenen Freunde Hans, Arika und Karola verlassen. Swetlana hatte alle ihre Kleider schon am Vorabend mit Johann in eine große Kiste gepackt. Es war noch nicht viel, was sie besaß. Nur die von ihr mit den Freundinnen genähten Sachen. Seit ein paar Tagen war sie nun Gräfin und konnte es doch noch gar nicht fassen. Das war vor einem halben Jahr noch vollkommen undenkbar gewesen. Da war das höchste der Gefühle noch Magd oder Bäuerin gewesen. Glücklich sah sie zu ihrem Mann hinüber. Bisher war jede Nacht so gewesen, wie es die erste Nacht gewesen war. Stürmisch und leidenschaftlich! Swetlana konnte ihr Glück immer noch nicht fassen. Gleichzeitig hatte sie auch oft Angst, dieses Glück wieder zu verlieren. Was sollte sie dann machen? Darüber grübelte sie oft, wenn sie in seinen Armen aus einem Albtraum erwachte. Dabei fiel ihr immer Istvan ein und sein plötzliches Ende. War sie nun mit Gott ausgesühnt und er gab ihr eine zweite Liebe?

Sorgfältig strich sie den Stoff des einfarbigen Kleides glatt. Kurt hatte ihr gesagt, dass sie ein schlichtes Reisekleid tragen sollte und deshalb hatte ihr Karola ein solches auf den Leib geschneidert. Noch immer fühlte sie sich nicht wie eine Gräfin. Da fehlte sicher noch sehr viel! In den letzten Tagen hatte sie oft mit Kurt oder Johann geübt, wie man sich bewegt, wie man einen Knicks macht, oder wie man so isst, das man unter feinen Leuten nicht sofort unangenehm auffiel. Alles war neu. Und sie war noch lange nicht am Ende des Lernens. Das würde sicher noch Monate dauern, bis ihre Herkunft nicht mehr sofort jedem auffallen würde.

In Gedanken versunken hatte sie sich auf den Weg gemacht und jetzt war Swetlana auf dem Wege zur Postkutschenstation, wo in etwa einer Stunde die Kutsche aufbrechen würde. Das würde wieder ein einschneidender Abschnitt in ihrem Leben sein. Noch an diesem Tage sollte sie ihr bisheriges Leben nun vollends hinter sich lassen. Konnte das gut gehen? Wer konnte es wissen? Sie lauschte auf das Geräusch ihrer Schritte und die anderen Laute um sie herum. Von Zeit zu Zeit quietschte die Karre, die Johann vor ihr her schob. Darauf stand die eisenbeschlagene Kiste, die ihren gesamten Besitz enthielt. Das Pferd führte Kurt am Zügel hinter Johann her und daran schlossen sich Arika und sie, Hand in Hand, an. Von den anderen beiden hatte sie sich schon verabschiedet.

Schritt für Schritt ging es voran. Schon bald war die Postkutschenstation zu sehen und ein paar Augenblicke später verkündete ein Hornsignal, dass der Postwagen vor der Station vorfuhr. Staunend sah Swetlana auf das riesige Gefährt. So eine Kutsche hatte sie noch nie gesehen. Sechs Pferde zogen eine große Karosse, in der sicher acht oder mehr Menschen Platz haben würden. Vorn saßen zwei uniformierte Kutscher, von denen einer das Horn um den Hals hatte.

Kurt und Johann verluden die Kiste hinten auf der Kutsche, wo auch schon ein paar andere Männer Kisten und Säcke verluden. Für die Reise hatte sie die Haube gegen eine schöne Kappe getauscht. Noch war ihr Haar nicht so lang geworden und so hatte sie es einfach unter der Kappe herausschauen lassen. Nachdem alle Kisten verladen waren, setzten sich ein paar etwas ärmlicher gekleidete Männer auf die Kisten. Vermutlich waren es Gesellen, die nicht den vollen Preis bezahlen konnten. Dort hinten waren sie dann aber auch nicht vor dem Staub der Fahrt oder dem Regen geschützt, der eventuell unterwegs aufkommen würde. Schließlich war ja nun kein Sommer mehr. Kurt und sie würden im Kutschkasten ihren Platz finden und somit gegen die Witterung geschützt sein.

Am Vorabend hatte ihr Kurt erzählt, dass die Kutsche zehn Tage von Wien bis Dresden brauchen würde. Immer noch stand sie staunend vor dem Gefährt, doch bald würde nun der Abschied von Arika kommen. Während sie sich der Freundin zuwendete verschwand Kurt kurz und kam ein paar Augenblicke später mit einem dicken Kissen zurück. „Für dich", sagte er und auf ihren fragenden Blick hin erklärte er ihr, „Ich würde lieber reiten. Nur dir zuliebe fahre ich. Die nur mit holperigem Kopfsteinpflaster belegten Straßen spürst du bis in die Kutsche hinein. Dein Hintern wird es dir danken." Dabei lächelte er und sie gab ihm einen Kuss für diese Aufmerksamkeit.

„Johann wird der Kutsche auf dem Pferd folgen", sagte er weiter und Swetlana sah, wie Johann die Pistolen kontrollierte und anschließend in einem Holster vor dem Sattel befestigte. „Er wird uns zusätzlich beschützen", setzte der Mann hinzu. „Wovor den?", fragte sie unwissend und Kurt antwortete nur, „Räuber." Dann wendete er sich dem Gefährt zu und ging zu der Kutsche. Swetlana war erschrocken. War sie gerade den Tataren entkommen, um nun den Räubern in die Hände zu fallen? Sie sah, dass Kurt ein kurzes Schwert an seinem Gürtel befestigte. Er würde sie sicher verteidigen. Die Angst wich langsam und sie wendete sich wieder der Freundin zu. Nun wurde das Signal zur Abfahrt gegeben und damit war es für Swetlana an der Zeit, sich von Arika zu verabschieden. Lange umarmten sie sich und erst Kurt holte sie dann, gerade noch rechtzeitig, zur Kutsche. Er half ihr über eine Stiege hinein, was mit dem langen Kleid nicht ganz so einfach war. Im Wagen setzte sie sich an die Tür auf das Kissen und Kurt stieg hinter ihr ein. Der Mann setzte sich ihr gegenüber. Ein neues Hornsignal kündigte die Abfahrt an.

Swetlana lehnte sich hinaus und winkte Arika zu, während die Kutsche ruckelnd losfuhr Noch lange winkte sie zurück, dann setzte sie sich richtig hin. Das Kissen war schon jetzt hilfreich. Nach zehn Stunden hätte sie bestimmt nicht mehr sitzen gekonnt.

Da die Osmanen die Brücke bei Klosterneuburg nicht zerstört hatten, konnte die Kutsche dort über die Donau fahren. „Heute Mittag werden wir in einer Posthaltereien Station machen. Dort können wir essen und die Pferde werden gewechselt. In der nächsten Poststation werden wir dann heute Abend für eine Übernachtung halten. Morgen geht es dann weiter", erklärte ihr Kurt und lehnte sich in seinem Sitz zurück.

Swetlana sah in die Gesichter der Mitreisenden. Es waren nur zwei weitere Frauen hier in der Kutsche. Eine Nonne und die Frau eines Kaufmannes, so wie Arika eine war. Deren Kleidung war sehr kostbar und nicht so schlicht, wie die ihrige. Offensichtlich wollte Kurt nicht, dass die anderen Menschen ihren Stand erkannten. Einige der Männer in der Kutsche schliefen schon, trotz des Geruckel und Geholpere.

Nach einer Weile nahm Kurt ihre Hand und sah ihr in die Augen. Sie nickte ihm zu und dachte an Arika. „Ich werde sie wohl nicht wiedersehen?", fragte sie und Kurt nickte. „Aber du kannst ihr schreiben", erklärte er. Traurig schüttelte sie den Kopf. „Ich kann nicht schreiben und sie nicht lesen", antwortete sie und sah zum Fenster hinaus, um den Mann ihre Träne nicht sehen zu lassen. „Du wirst bei mir schreiben lernen und sie sicher bei Hans lesen." entgegnete Kurt. Swetlanas Kopf zuckte herum und sie strahlte ihn an. „Und Dresden ist auch nicht so weit weg. Vielleicht besucht dich Arika mal", setzte er zum Schluss hinzu. Swetlana nickte und sah erneut zum Fenster hinaus.

Die Gegend änderte sich kaum und damit war auch keine Ablenkung möglich. Die Kaufmannsfrau tat so, als ob sie schlief und so unterhielt sie sich mit der Nonne, die in ein anderes Kloster fuhr. Zwischen ihnen saß ein schlafender Mann, der aber ihr Gespräch nicht störte. Bei diesem Gespräch blickte Swetlana auch von Zeit zu Zeit aus dem Fenster. Die Kutsche fuhr so langsam, dass man vermutlich auch schneller gelaufen wäre. Aber so konnte man sitzen.

Irgendwann hielt die Kutsche dann an und Swetlana konnte, während die Pferde gewechselt wurden, sich hinter einem Busch erleichtern. Auf der anderen Seite des Gebüschs hockte die Nonne, in ungefähr dem Abstand, in dem sie auch in der Kutsche saßen. Wenige Augenblicke später ordneten sie gemeinsam ihre Sachen und lächelten sich an.

Kurt erwartete sie an der Kutsche mit einer Wurst und einem Stück Brot zurück. „Nichts zu trinken?", fragte sie und Kurt antwortete, „Wir fahren jetzt noch einmal fünf Stunden, da kannst du nicht aussteigen", dabei zeigte er schmunzelnd auf den Busch. Swetlana nickte, gab ihm einen Kuss, biss in die Wurst und kletterte, mit der Hilfe ihres Mannes, zurück in den Wagen. Das Hornsignal ertönte, wenig später ruckelte der Wagen an und sie teilte das Brot mit der Nonne, die sich nun neben sie gesetzt hatte. Es würde noch ein weiter Weg sein, bis sie in Sachsen sein würde.

70. Kapitel

Angekommen?

Dresden, am 4. Oktober 1683

Genau nach zehn Tagen waren sie angekommen. Hand in Hand ging Kurt mit seiner Frau durch die Straßen von Dresden. Johann war mit der Kiste vorausgeeilt und er wollte ihr noch die Stadt zeigen. Immer wieder sah er sie von der Seite aus an. Er liebte sie mehr, als er Sofie jemals geliebt hatte. Die Art von Swetlana gefiel ihm. Diese Kombination von verspielten jungen Mädchen aus dem Dorf und starker Frau war es, die sie so attraktiv für ihn machte. Bei jedem Blick in ihre Augen dachte er wieder zurück. Kurt hatte Dresden verlassen, um im Krieg zu sterben und wieder mit Sofie vereinigt zu sein. Jetzt war er in Dresden zurück, um im Frieden mit Swetlana zu leben. Vielleicht war das im Traum auch gar nicht Sofie gewesen, sondern es war Swetlana. Wer konnte das schon wissen? Zumindest konnte er sein Glück immer noch nicht richtig fassen, dass er diese Frau gefunden hatte.

Erneut ging sein Blick zu ihr hinüber. Kurt sah das Zweifeln in ihrem Gesicht. Dabei dachte er an die letzten Tage zurück. Auf der ganzen Reise hatten sie in den Poststationen immer geübt. Mitunter hatte Johann fast verzweifelt geschaut, wenn Swetlana wieder einen Fehler gemacht hatte. Die ersten Tage hatte sie mit einer Nonne geredet und gelacht. Es war so erfrischend gewesen, die beiden gleichalten Frauen zu sehen. Als die Nonne dann in Prag ausgestiegen war, hatte er sich mit Swetlana unterhalten und viel von ihr erfahren.

In jeder Nacht hatte er sie trösten müssen, wenn die schlimmen Erinnerungen wieder zurückkamen. Die Gewalt der Tataren hatte deutliche Spuren auf ihrer Seele zurückgelassen, auch wenn sie darüber nicht viel sagte. Die erschrockenen Augen der Frau sprachen da Bände. Es würde sicher noch eine Weile dauern, bis diese schwarzen Schatten von ihr gewichen sein würden. Gleichzeitig war die Frau aber auch so lebenslustig und leidenschaftlich, wie er es noch nirgends gehört hatte. Offensichtlich versuchte sie alles aus dem gegenwärtigen Augenblick herauszuholen, welchen ihr das Leben brachte. Sicherlich war es auch das, was ihn an sie fesselte.

Ihre Schritte führte sie an der Elbe entlang und er zeigte ihr all die schönen Schlösser, die der Kurfürst und die anderen Adligen dort gebaut hatten. Ihre großen, staunenden Augen konnten diese Pracht sicherlich nicht verstehen.

Später waren sie dann vor seinem Haus angekommen. Kurt führte sie die breite Treppe nach oben und das erste, was Swetlana sah, als sie die Wohnung betrat, war das Bild von Sofie. Sicherlich war es für die Frau wie der Blick in einen Spiegel. Auch Kurt verglich die beiden Frauen und wieder war es Swetlana, zu der er sich mehr hingezogen fühlte. Er liebte sie mit jeder Faser seines Herzens! Da gab es keinen Zweifel. So ähnlich sie sich auch äußerlich waren, so unterschiedlich waren die Frauen doch insgesamt.

In seine Überlegungen hinein trat Johann an sie heran, verbeugte sich und sagte „Frau Gräfin, ich habe ein Bad für euch bereitet." „Wir haben eine Wanne?", fragte Kurt erstaunt. „Ich habe eine besorgt", antwortete Johann und zeigte auf die Tür. Swetlana nickte und folgte ihm, während Kurt weiter das Bild betrachtete. In Gedanken verabschiedete sich er von Sofie. Damit machte er endgültig für Swetlana Platz in seinem Herzen, auch wenn sie da schon lange angekommen war. Es war Zeit zum Loslassen, denn Swetlana brauchte ihn nun ganz.

Dann folgte er ihr in den Salon. Die Frau saß nackt in der Wanne und er zog sich einen Hocker dazu. „Das wird nur vorübergehend noch unsere Wohnung sein. Ich werde uns ein kleines Schloss kaufen. Du bekommst eine Zofe und eine Magd", sagte er und sah ihre großen Augen. „Ich brauche doch keine Zofe", antwortete sie, „Ich bin es gewohnt, alles selbst zu machen", setzte sie hinzu und wusch sich demonstrativ weiter, was wohl ihre Unabhängigkeit unterstreichen sollte. „Das wird sich ab heute ändern. Du bist nun Gräfin", erklärte ihr Kurt. „Aber ich kann mir die Zofe selber aussuchen?" fragte sie und er nickte.

„Möchtest du auch in die Wanne? Das Wasser ist schön warm", fragte sie und er nickte. Wie zum erneuten Beweis, dass sie keine Zofe brauchte, sprang sie aus der Wanne und trocknete sich schnell ab, dann streifte sie sich das Unterkleid über und nahm sich die Seife. Danach wusch sie ihm den Rücken in der Wanne. Es tat so gut, sich von ihr verwöhnen zu lassen und als er aus der Wanne stieg, da trocknete sie ihn auch noch ab.

Nachdem er sich angezogen hatte, nahm er sie auf die Arme und hob sie an. „Ich habe dir die Wohnung noch gar nicht gezeigt", sagte er und trug sie durch alle Zimmer. Im Schlafzimmer hatte Johann schon die Kiste abgestellt und er setzte Swetlana davor ab. „Dein Bett ist aber schmal", sagte sie und setzte hinzu, „Da werden wir uns wohl ganz eng zusammenkuscheln müssen." Daraufhin gab sie ihm einen Kuss und klappte die Kiste auf. „Johann hat dann sicher das Essen gleich fertig. Kommst du dann rüber?", fragte er und sie nickte, während sie schon begann, ihre Kleider aus der Truhe zu ziehen.

Kurt ging in den Speiseraum und zog sich auf dem Weg dorthin seine Jacke an. Dann wartete er und wenig später schwebte Swetlana in den Raum. Er kam ihr entgegen und führte sie zu dem Tisch. „Deine Wohnung gefällt mir", sagte sie. „Unsere Wohnung", verbesserte er sie. Johann hatte einen Braten organisiert und Kurt hatte schon lange aufgehört zu fragen, wie der Diener das alles schaffte. Schließlich war er ja auch erst an diesem Tag aus Wien eingetroffen. „Las es dir schmecken!", sagte er und sie lächelte ihn einfach nur an.

Nach dem Essen führte er sie in das Wohnzimmer, in dem Johann den Kamin schon angeheizt hatte. Draußen brach langsam die Dämmerung herein. Swetlana ging zum Fenster und legte ihre Hand auf das Glas. „So etwas habe ich bisher nur in Kirchen gesehen, aber ich habe es noch nie angefasst. Durchsichtiger Stein", sagte die Frau. Kurt war hinter sie getreten. „Das ist Glas. Aber du musst vorsichtig sein. Wenn du zu sehr drückst, so kann es zersplittern", erklärte er und sie zog schnell ihre Hand zurück. Swetlana wendete sich zu ihm um und küsste ihn.

Johann betrat den Raum, verbeugte sich und fragte „Haben die Herrschaften noch einen Wunsch?" „Eine Flasche roten Wein und zwei Gläser. Dann kannst du dich für heute zurückziehen", sagte Kurt und der Diener antwortete, „Sehr wohl Herr Graf." Danach verließ er das Zimmer und war sofort wieder mit dem Wein zurück. Der konnte nur im Nebenzimmer schon bereit gestanden haben. Johann kannte ihn einfach viel zu gut. „Ich wünsche ihnen eine angenehme Nacht", sagte Johann und war mit einer Verbeugung verschwunden.

Kurt füllte die Gläser und Swetlana sagte „Aber nur eines. Der steigt mir immer so schnell in den Kopf." Sie stießen an und sahen schweigend in das Feuer. Dabei hatte sie sich an ihn gelehnt und das Glas ganz langsam, Schluck für Schluck, getrunken. Waren sie nun wirklich angekommen? Immer noch spürte er, wie sie gerade zitterte. Der Blick in das Feuer hatte sicher wieder alte Erinnerungen geweckt.

Er sah sie an, küsste sie und wischte eine Träne fort. Swetlana lächelte ihn an und alles war gut. „Was wirst du den jetzt machen? Jetzt, wo du nicht mehr in der Armee bist?", fragte sie ihn leise und traf damit einen Punkt, über den er sich selbst noch nicht viele Gedanken gemacht hatte. „Wenn der Kurfürst vom Feldzug zurück ist, so werde ich bei ihm vorsprechen. Ich war schon beim Vertragsabschluss dabei. Vielleicht hat er für mich Verwendung", antwortete er und küsste sie erneut. „Zeit für das Bett", sagte sie und lächelte ihn so an, dass er keine Erwiderung gefunden hätte, selbst wenn er eine gesucht hätte.

Kurt stand auf und beugte sich zu ihr hinab, dann nahm er sie auf seine Arme, küsste sie und trug sie in das Schlafzimmer hinüber. Dabei klammerte sie sich mit beiden Armen um seinen Hals und schmiegte sich ganz fest an ihn an. Das fühlte sich so gut an! Er war glücklich und sah in ihren Augen, dass sie ebenfalls glücklich war.

71. Kapitel

Graf und Gräfin

Dresden, am 31. Oktober 1683

s klopfte und Swetlana rief „Herein!" Marie, ihre Zofe, öffnete die Tür, machte einen Knicks und kam auf sie zu. „Du musst mir mein Mieder schnüren", sagte Swetlana und legte sich das Wäschestück um den Leib. Die Zofe zog an den Schüren. „Luft anhalten", sagte sie und dann schloss sie die Schleife. Swetlana strich über das straff geschnürte Mieder und nickte. Marie war genauso alt, wie sie und sie war erst seit ein paar Tagen ihre Zofe. Damit war sie genauso unerfahren, in ihrer Arbeit als Zofe, wie Swetlana in ihrem Leben als Gräfin. Manchmal, wenn Kurt nicht da war, alberten sie wie Kinder herum und verhielten sich wie Freundinnen, nicht wie Herrin und Dienerin. „Wir gehen in die Kirche. Du kommst mit", sagte Swetlana und Marie holte das schlichte Kleid für den Gottesdienst aus dem Schrank. Sie stieg auf einen Hocker und streifte das Kleid Swetlana über den Kopf. Nach ein paar Augenblicken schloss sie die Schleifen und richtete das Kleid noch einmal. „Die Haare mache ich mir selbst. Du solltest dich beim Umkleiden beeilen", sagte Swetlana fordernd und griff sich die Bürste.

Marie machte einen Knicks und eilte aus dem Raum. Kurt kam in das Zimmer und küsste Swetlana auf die Seite ihres Halses, als diese vor dem Spiegel ihre Haare bürstete. Sie waren noch nicht so lang, dass sie die Zofe dazu gebraucht hätte. Es würde ein paar Jahre dauern, bis sie wieder so lang waren, wie sie vor dem Zusammentreffen mit Taras gewesen waren. Mitunter trauerte sie ihrem Zopf noch hinterher. Schnell streifte sie sich die Kappe über und befestigte sie mit ein paar Haarnadeln, dabei fiel ihr Blick auf das Schreibzeug, welches neben ihr auf der Kommode lag. Sie hatte während der Reise begonnen, von Kurt schreiben zu lernen und vor über einer Woche hatte Swetlana an Arika geschrieben. Vielleicht war der Brief an diesem Tage in Wien angekommen.

Wenig später erschien Marie in ihrem schönsten Kleid und drehte sich vor Swetlana. Die nickte und erhob sich. Zu dritt gingen sie nach unten, wo Johann und die andere Magd schon auf sie warteten. Erst seit einer Woche wohnten sie alle in dem kleinen Schloss und so richtige Ahnung hatte Swetlana immer noch nicht, was sie als Gräfin zu tun hatte. Kurt half ihr, aber alles musste sich erst noch einspielen.

Zusammen machten sie sich auf den Weg zum Gottesdienst. Die Kirche war nicht weit entfernt und somit gingen sie zu Fuß bis zu dem Gotteshaus. Swetlana war vermutlich die einzige katholisch getaufte Besucherin dieser Kirche, aber sie hatte ja schon ein paar evangelische Gottesdienste im Heerlager hinter sich gebracht. Langsam füllte sich der Chorraum und eine andere Gräfin setzte sich neben sie. Sie nickten sich beide freundlich zu, denn sie hatten sich schon ein paar Mal gesehen.

Der Gottesdienst begann und der Pfarrer erinnerte an Luther, der vor über 160 Jahren seine Thesen verkündet hatte.

Nach einer Stunde war der Gottesdienst auch schon wieder vorbei. Eine Taufe und eine Hochzeit folgten und Swetlana dachte an ihre eigene Hochzeit im Dom in Wien. Wenig später ging sie nach draußen und traf dort die andere Gräfin wieder. „Wollen sie morgen auf meinen Ball kommen?", fragte die ältere Frau Swetlana. Fragend sah sie zu Kurt und ihr Mann nickte zustimmend, also sagte Swetlana zu und erhielt die Anschrift des Schlosses, das sich ganz in der Nähe ihres eigenen Schlosses befand.

„Dann ist heute Tanzstunde", erklärte Kurt, nachdem sie sich wieder auf dem Wege nach Hause gemacht hatten. „Und ein neues Kleid brauchst du dafür auch", setzte Kurt weiter fort und sie lächelte ihn dankbar an. Während ihre Bediensteten, unter Johanns Führung, auf dem direkten Weg nach Hause gingen, machte Kurt mit ihr einen Umweg durch einen Park.

An seinem Arm schlenderte sie durch die Gänge eines Gartens. Swetlanas Augen richteten sich auf die Bäume, die ihren Pfad säumten. Noch war es ein warmer Tag, aber schon bald würde der Winter kommen. Die ersten Blätter verfärbten sich schon. Blumen waren auch kaum noch zu sehen. Im nächsten Frühling würde alles wieder blühen. Ihr Blick ging von den Kronen der Bäume zu den Wegen. In diesem Park waren viele andere Pärchen zu sehen, vermutlich alles nur hochgeborene Leute, auch wenn sie am Sonntag schlichte Kleidung trugen. Die einfachen Menschen würden jetzt vielleicht nicht spazieren gehen können. Dabei flogen ihre Gedanken zurück zu dem Dorf, aus dem sie die Tataren geraubt hatten. Damals war auch am Sonntag zu tun gewesen. Die Tiere unterschieden da nicht. Nun war alles anders.

Noch war es nicht allzu lange her, dass sie Gräfin war. Gerade deshalb kreiste immer noch diese Einladung durch ihren Kopf. Sie hatte ein bisschen Angst davor, sich komplett zu blamieren und danach nicht mehr eingeladen zu werden, doch sie wollte Kurt auch nicht enttäuschen.

Als sie später in ihr Haus zurückkamen, da hatte Johann die Möbel im Empfangsraum, welcher der größte Raum im Schloss war, zur Seite geräumt. Eine Kapelle wartete und Kurt nahm ihr den Mantel ab. Dann sagte er „Tanzstunde", klatschte in die Hände und die Kapelle begann zu spielen.

Ihr Mann verbeugte sich und dann ging es los. Zum Klang einer Trompete, einer Laute und einer Flöte drehte sich das Grafenpaar in dem Saal. Mehr als zwei Stunden wirbelten sie ununterbrochen über den Fußboden dahin, bis sich Swetlana völlig außer Atem in einen der Sessel am Rande fallen ließ.

„Tanzen kann ich nun. Aber was ist, wenn irgendetwas anderes passiert? Dass ich keine Antwort auf eine mir gestellte Frage weiß? Oder mich anders blamiere?", fragte sie wenig später ihren Mann. Kurt drehte sich um und ging zu einem Regal. Aus einer Kiste nahm er etwas heraus und brachte es ihr. „Das ist ein Fächer von Sofie. Wenn dir irgendetwas unangenehm ist, dann falte ihn so und ich kann dir helfen", begann er und klappte ihn auf. Dann setzte der Mann fort, „Der Fächer hat eine rote und eine weiße Seite. Bei der roten Seite komme ich sofort zu dir", beendete er und sie küsste ihn dafür.

Swetlana probierte den Fächer aus. Kurt nickte ihr zu und zog sie wieder auf die improvisierte Tanzfläche. Weitere Runden drehten sie und sie fühlte sich wohl in seinen Armen. In seiner Nähe konnte ihr nichts passieren. Beschwingt schwebte sie über den Boden. Die Ängste, die sie in dem Lager der Tataren gehabt hatte, die waren jetzt fern. Dort hatte sie gebetet, dass sie bald sterben wollte, nun betete sie darum, noch möglichst lange hier mit Kurt leben zu dürfen.

Vielleicht war das von Anfang an ein Plan Gottes gewesen. Ohne die Osmanen hätte sie Kurt nie kennengelernt. Sie stoppte den Tanz und küsste ihn.

Kurt schickte die Kapelle fort und gab den Männern ein paar Münzen. Swetlana hatte nur noch Augen für ihren Mann. Sie klappte den Fächer zur Probe auf und nur einen Augenblick später war er bei ihr. Er lächelte sie an und nahm ihr Hand. Gemeinsam stiegen sie die Treppe zu ihren Gemächern hinauf. Sie wechselte das Kleid und Marie kam in das Zimmer gelaufen. „Die Musik war schön", sagte die Zofe und Swetlana stand auf. Gemeinsam machten sie ein paar Tanzschritte. Dabei lachten sie und die dunklen Schatten waren fern.

Wo gelacht wird, da hatte die Angst ihre Macht verloren. Swetlana war einfach nur glücklich.

72. Kapitel

Stilles Gedenken

Wien, am 1. November 1683

Sie saß auf dem Hocker und molk die erste der beiden Kühe, als Karola in den Stall kam. Die Freundin wohnte nun schon ein paar Wochen mit ihren beiden Söhnen unter dem Dach. „Hast du den Tisch gedeckt? Die Milch kommt gleich", sagte Arika und wechselte zur zweiten Kuh hinüber. „Geht es dir wieder besser?", fragte Karola. „Ja. Diese morgendliche Übelkeit schafft mich ganz schön", antwortete Arika und Karola entgegnete ihr, „Ich kenne das. Ich habe das drei Mal durchgemacht. Bei jedem meiner Kinder." Arika stand auf, drückte ihren Rücken durch und fragte, „Meinst du wirklich, dass ich schwanger bin?" Karola nickte lächelnd und legte ihren Arm um die Schulter der Freundin.

In Gedanken versunken nahm Arika den Eimer und ging zur Küche hinüber, wo Hans und Karolas Kinder schon am Tisch warteten. Dort goss die Frau die Milch in die bereitgestellten Becher und setzte sich neben Karola. Hans sprach ein Gebet und dann langten alle kräftig zu.

Wenig später waren die Teller leer und Arika fragte die anderen am Tisch, „Heute ist Allerheiligen. Ich gehe dann in die Kirche. Kommt ihr mit?" Karola nickte und auch Hans stimmte schnell zu. „Dann stelle ich gleich die Wanne auf. Wollt ihr auch baden?", fragte der Mann Karolas Söhne, doch die schüttelten den Kopf. Sie wollten sicher schnell raus und durch die Stadt rennen.

Nachdem sie gebadet waren, gingen sie zu dritt zum Dom hinüber. Arika setzte sich direkt vor den Altar. Sie gab ein Gebet ab für alle, die diesen Sommer nicht überlebt hatten. Dazu kniete sie in der Bank und die Bilder kamen immer mehr in ihren Kopf. Die Frau sah die Männer, die ihr Dorf überfallen hatten und die Stadt belagerten, sie sah die Männer, die Swetlana gefangen gehalten hatten und die vielen Soldaten der Stadt, die, wie Karolas Mann, ihr Leben für die Freiheit eingesetzt hatten.

Aber sie sah auch die vielen Menschen, die an Hunger und Krankheiten gestorben waren. Alle schloss sie in ihr Gebet ein und es wurde das längste Gebet ihres bisherigen Lebens. Danach stand sie auf, bekreuzigte sich und ging zum Ausgang.

Direkt vor dem Tor des Domes war der Platz, an welchem Sebastian sein Leben verloren hatte und sie beinahe auch das ihrige. Für einen Moment des stillen Gedenkens blieb Arika an diesem Platz stehen, denn egal wie der Mann sie auch immer behandelt hatte, er hatte sie mit Hans zusammengebracht. Glücklich sah sie zu Hans hinüber und nickte ihm zu. Am liebsten hätte sie ihn geküsst, aber das war in der Öffentlichkeit nicht gestattet. Auch für verheiratete.

Es war ein schöner Tag und die Sonne schickte ein paar warme Herbststrahlen zum Boden. Arika wendete der Sonne ihr Gesicht zu und sah die Spitze des Kirchturmes. Dieser war schon lange repariert und den Sichelmond, der diesen lange Jahre geziert hatte, hatte man vom Südturm genommen. Man hatte ihn durch ein Kreuz ersetzt.

Der Sommer, den sie unter diesem Mond verbracht hatte, der war zu Ende gegangen. Nun würde ein Winter folgen, bei dem die

Osmanen weit entfernt waren. Der Duft von Kaffee zog ihr in die Nase. Arika wendete den Kopf und sah Karola hinter sich aus dem Dom kommen. Dieser aromatische Geruch ließ sie nicht mehr los. Hans hatte ihr erzählt, dass ein erstes Kaffeehaus geöffnet hatte, in welchem der im osmanischen Lager erbeuteten Kaffee allen Wiener Bürgern angeboten wurde. Bald würden sie dieses Getränk auch mal versuchen müssen, diesen Wunsch würde ihr Hans wohl nicht abschlagen können.

Am heutigen Tag allerdings gab Hans ihr an einem der Stände am Dom ein Stück Kuchen aus. Es war leckerer Apfelkuchen, wie ihn die Mutter früher gebacken hatte. Dabei mischte sich eine kurze Trauer in den Genuss des Kuchens. Wenig später gingen sie Hand in Hand von dem Platz fort.

Auf dem Heimweg, kurz bevor sie ihr Haus erreicht hatten, kam ihnen ein Bote entgegen und gab Arika einen Brief. Das Siegel darauf sah sehr wichtig aus. Schnell brach sie es auf. Die Schrift war ungelenk, wie die eines Kindes, es waren Swetlanas Zeilen. Sie las den Brief und zum Glück hatte Hans es ihr beigebracht.

„Swetlana hat uns nach Dresden eingeladen", sagte sie freudig zu Hans. Der Mann nickte. „Da werden wir dann mal hinfahren. Vielleicht nächstes Jahr. Im Frühling", antwortete er. Arika ließ das Blatt sinken und sah den Mann an. „Wenn Karola recht hat, dann sollten wir noch dieses Jahr fahren", antwortete sie. „Aber wird bald Winter", gab Hans zu bedenken. „Na ja, aber im nächsten Sommer sind wir vielleicht schon zu dritt", entgegnete Arika und faltete den Brief sorgfältig wieder zusammen.

Hans sah sie ungläubig an, doch sie nickte nur und strahlte ihn an. Er fasste sie bei den Hüften, hob sie hoch und wirbelte sie vor Freude durch die Luft. Alles war gut. Sie hatte eine Familie verloren und eine neue gewonnen.

ENDE

Zeitliche Einordnung der Handlung:

5800 Steinzeit

Anfang des Buches „**Schicha und der Clan des Bären**"

Ende des Buches „**Schicha und der Clan des Bären**"

5500 Steinzeit

2200 Beginn der Bronzezeit

1200 Beginn der Eisenzeit

800 –

800 Beginn des allmählichen Niedergang der Bronzezeit

800 Erste Städtebildungen und Anfänge der etruskischen Kultur

750 Aufstieg der Etrusker zur Seemacht

700 –

600 –

600 Blütezeit der Bronzekunst der Etrusker im orientalischen Stil

570 Amasis wird ägyptischer Pharao

555 Anfang des Buches „**Auf Bärenspuren**"

551 Ende des Buches „**Auf Bärenspuren**"

550 Koalition der Etrusker mit Karthago gegen Griechenland

540 Sieg der Etrusker zur See gegen die Griechen bei Alalia

524 etruskische Niederlage bei Kyme gegen die Griechen

500 –

500 Blüte der etruskischen Stadt Capua

400 –

387 die Kelten fallen in Rom ein

300 –

218 der karthagische Feldherr Hannibal überquert die Alpen

200 –

100 –

73 Flucht von Spartacus aus der Gladiatorenschule in Capua

71 Tod von Spartacus und Ende des Sklavenaufstandes

55 Expedition Caesars nach Britannien

44, 15. März, Kaiser Caesar wird in Rom ermordet

0 –

0 Anfang des Buches „**Die Rache der Barbarin**"

9 Niederlage des Feldherrn Varus gegen die Cherusker unter Arminius

10 Ende des Buches „**Die Rache der Barbarin**"

34 Anfang des Buches „**Das Schwert des Gladiators**"

43 Beginn der Eroberung Südbritanniens

50 Colonia (heute Köln) wird zur Stadt erhoben

54 Nero wird römischer Kaiser

54 Anfang des Buches „**Die römische Münze**"

56 Ende des Buches „**Das Schwert des Gladiators**"

57 Anfang des Buches „**Die Tochter aus dem Wald**"

58 große Teile der Stadt Colonia brennen nieder

64 Brand Roms und daraufhin erste Christenverfolgung

68 Anfang des Buches „**Im Schatten des Feuerberges**"

68 Aufstände in Gallien und Spanien

68 Selbstmord Kaiser Neros

68 die Bataver, ein germanischer Stamm, erheben sich und belagern Colonia

69, Herbst, erneuter Aufstand der Bataver gegen die römische Herrschaft in Niedergermanien

70, Herbst, Niederschlagung des Bataveraufstandes

70 die Stadt Colonia erhält eine acht Meter hohe Stadtmauer

75 Ende des Buches „**Die römische Münze**"

75 Ende des Buches „**Die Tochter aus dem Wald**"

79, Herbst, Ausbruch des Vesuvs und Untergang Pompejis und Herculaneums

80 Einweihung des Kolosseums in Rom

85 wird Colonia die Hauptstadt der römischen Provinz Germania inferior

85 Ende des Buches „**Im Schatten des Feuerberges**"

98 Trajan wird römischer Kaiser

100 –

161 Marc Aurel wird römischer Kaiser

200 –

300 –

306 Konstantin der Große wird römischer Kaiser

324 Konstantin bekennt sich zum Christentum und macht diese zur Staatsreligion

375 die Hunnen unterwerfen die Alanen und die Goten oder vertreiben diese aus ihren Siedlungsräumen

376 Anfang des Buches „**Sturm über den Stämmen**"

376 Flucht der Donaugoten vor den Hunnen und teilweise Aufnahme der Goten in das römische Reich

384 Ende des Buches „**Sturm über den Stämmen**"

400 –

406 Rheinübergang der Vandalen und Einfall in das römische Reich

407 die Vandalen und andere germanische Stämme ziehen plündernd durch Gallien

409 Weiterzug der Vandalen und Alanen nach Spanien

410, Ende August, Eroberung Roms durch die Westgoten

429 die Vandalen und Alanen setzen unter Geiserich von Spanien nach Afrika über

439 die Stadt Karthago fällt an die Vandalen

451 Feldzug des Hunnen Attila nach Gallien

452 die Hunnen fallen in Italien ein, ziehen sich aber bald wieder zurück

453 nach Attilas Tod zerbricht das Hunnenreich

455 Plünderung Roms durch die Vandalen unter Geiserich

500 –

700 –

764 Anfang des Buches „**In den finsteren Wäldern Sachsens**"

772, im Sommer, Zerstörung der Irminsul

772 Anfang der Sachsenkriege Karls des Großen

782 Blutgericht von Verden (Aller)

783, im Sommer, Gefechte mit Beteiligung sächsischer Frauen

785 Taufe Widukinds in der Königspfalz Attigny

787 die ersten Überfälle der Nordmänner auf Westeuropa finden statt

790 Überfälle der Nordmänner auf Schottland und Irland

792 letzte größere Erhebungen der Sachsen gegen die Franken

792 Zwangsdeportationen der Sachsen und Neuvergabe von sächsischem Land an fränkische Siedler

793 Überfall und Plünderung des Klosters Lindisfarne durch Nordmänner

795 Überfall von Wikingern auf das Kloster Iona in Irland

799 Beginn der Wikingerüberfälle auf das Frankenreich

796 Karls Belehrung durch seinen Berater Alkuin

797 mit dem Capitulare Saxonicum wurden die Sondergesetze gegen die Sachsen gelockert

800 –

800 Kaiserkrönung Karls des Großen

800 König Godfred von Dänemark gerät im kriegerische Konflikte mit Karl dem Großen

800 erste nordische Siedler treffen auf den Färöern und auf Island ein

800 unzählige Angriffe der Nordmänner auf die sächsischen Küsten

802 das sächsische Volksrecht (Lex Saxonum) wird verabschiedet

802 Ende des Buches „**In den finsteren Wäldern Sachsens**"

804 Ende der Sachsenkriege

805 Anfang des Buches „**Westwärts auf Drachenbooten**"

810 dänische Wikinger greifen wiederholt die friesische Küste an

814 Tod Karls des Großen

825 Ende des Buches „**Westwärts auf Drachenbooten**"

840 erste Überwinterung der Wikinger im Frankenreich

840 norwegische Nordmänner überfallen Irland und gründen Dublin

844 Überfälle der Nordmänner auf Spanien

845 Plünderungen von Hamburg und Paris durch die Wikinger

858 schwedische Wikinger gründen Kiew

889 Wanzleben wird erstmals als Haufendorf erwähnt

900 –

913 Herzog Heinrich von Sachsen stellt ein ungarisches Heer bei Merseburg

926 Heinrich handelt mit den Ungarn einen zehnjährigen Waffenstillstand für Sachsen aus

937 Otto I. der Große, gründete das St.-Mauritius-Kloster in Magdeburg

938 die Ungarn ziehen erneut gegen die Sachsen

952 Anfang des Buches „**Der Gefolgsmann des Königs**"

955, 10. August, Schlacht gegen die Ungarn auf dem Lechfeld bei Augsburg

955 Otto beginnt einen großen Neubau des Doms zu Magdeburg

962, 2. Februar, Krönung Ottos zum Kaiser

968 Beginn des Baues der Burg Wanzleben

980 Ende des Buches „**Der Gefolgsmann des Königs**"

1000 –

1100 –

1142 Heinrich der Löwe wird Herzog von Sachsen

1143 Gründung Lübecks, der ersten deutschen Ostseestadt

1147 Anfang des Buches „**Im Zeichen des Löwen**"

1147 Wendenkreuzzug, dauert als Kreuzzug drei Monate

1152 Königskrönung von Friedrich Barbarossa in Aachen

1155 Kaiserkrönung Friedrich Barbarossas in Rom

1156 Besiedlungszug in Lommatzsch

1157 Gründung des deutschen Kaufmannsbundes

1159 Wiederaufbau Lübecks

1160 Anfang des Buches „**Kaperfahrt gegen die Hanse**"

1160 der slawische Burgwall Dobin, liegt am Schweriner See, wird zerstört

1160 Lübeck erhält das Soester Stadtrecht

1160 Gründung der Kaufmannshanse

1161 Vermittlung eines Handelsprivilegs an die Stadt Lübeck durch Heinrich den Löwen

1161 Gründung der Gotländischen Genossenschaft, als Vorstufe der Hanse

1162 Kloster Altzella, bei Nossen, wird gegründet

1163 Ende des Buches „**Im Zeichen des Löwen**"

1180 Heinrich verliert das Herzogtum Sachsen

1200 –

1200 Gründung des Petershofes in Novgorod als Außenstelle der Hanse

1200 Ende des Buches „**Kaperfahrt gegen die Hanse**"

1210 Anfang des Buches „**Die Sklavin des Sarazenen**"

1212 Kinderkreuzzug mit Ziel Jerusalem

1212 Friedrich II. wird König

1217 bis 1221 Fünfter Kreuzzug, Kreuzzug von Damiette in Ägypten

1220 Ende des Buches „**Die Sklavin des Sarazenen**"

1250 Anfang der Blütezeit der Städtehanse

1300 –

1307, 13. Oktober, Zerschlagung des Templerordens und Verhaftung aller Templer

1315 Beginn einer Hungersnot, die als „Der große Hunger" in zwei Jahren mit sintflutartigen Regenfällen, sehr kalten Wintern und vielen Überschwemmungen Millionen Menschen in Europa dahinrafft

1321 Anfang des Buches **„Frauenwege und Hexenpfade"**

1337 der hundertjährige Krieg zwischen England und Frankreich beginnt

1337 Ende des Buches **„Frauenwege und Hexenpfade"**

1340 der englische König Eduard III. fällt mit seinem Heer in Frankreich ein

1346 in der Schlacht von Crécy schlagen 8.000 englische Langbogenschützen die verbündeten europäischen und französischen Ritter vernichtend

1347 die Beulenpest erreicht die europäischen Häfen am Mittelmeer und breitete sich schnell überall aus

1356 mit der goldenen Bulle wird erstmalig festgeschrieben, dass der deutsche König durch Mehrheitswahl von sieben Kurfürsten bestimmt wird

1400 –

1431, 30. Mai, Jeanne d'Arc, die Jungfrau von Orléans, stirbt in Rouen auf dem Scheiterhaufen

1440 Johannes Gutenberg erfindet den Buchdruck mit beweglichen Lettern

1452, 15. April, Leonardo da Vinci wird in Anchiano bei Vinci geboren

1479 - Anfang des Buches **„Nur ein Hexenleben…"**

1482 Johann Tetzel beginnt sein Theologiestudium in Leipzig

1486 der Dominikaner Heinrich Kramer veröffentlicht sein Traktat „Der Hexenhammer", lateinisch „Malleus Maleficarum"

1487 - Ende des Buches **„Nur ein Hexenleben…"**

1487 - Anfang des Buches **„Rosen hinter Burgmauern"**

1492 Christoph Kolumbus erreicht die großen Antillen und entdeckt damit Amerika

1498 Vasco da Gama erreicht an Bord seiner Nau auf dem Seeweg um Afrika herum Indien

1500 –

1504 Johann Tetzel beginnt seine Tätigkeit im Ablasshandel

1509 Ende des Buches **„Rosen hinter Burgmauern"**

1517 Anfang des Buches **„Die Bruderschaft des Regenbogens"**

1517, 31. Oktober, Luther verkündet seine Thesen in Wittenberg

1518 Müntzer und Luther sind in Wittenberg

1520 Müntzer predigt in Zwickau

1522 das „Neue Testament" erscheint auf Deutsch

1523, zu Ostern, Katharina von Boras Flucht aus dem Kloster

1524 Bauern- und Handwerkeraufstände in Sachsen

1525, 15. Mai, Schlacht bei Bad Frankenhausen

1525, 27. Mai, Müntzer wird in Mühlhausen enthauptet

1525, 27. Juni, Heirat Luthers mit Katharina von Bora

1525, im Dezember, Kloster Buch wird geschlossen

1526 Niederschlagung der letzten Bauernaufstände

1527 Ende des Buches **„Die Bruderschaft des Regenbogens"**

1530 Reichstag zu Augsburg beschließt die Duldung des evangelischen Glaubens

1534 die gesamte Bibel ist nun auf Deutsch lesbar

1600 –

1612 Anfang des Buches **„Im Feuersturm"**

1617, 13. September, ein Stadtbrand verwüstet weite Teile Tangermündes

1618, 23. Mai, Fenstersturz zu Prag

1618 Anfang des dreißigjährigen Krieges

1619, 22. März, Grete Minde stirbt in Tangermünde auf dem Scheiterhaufen

1619 Ende des Buches **„Im Feuersturm"**

1620, 08. November, Schlacht am Weißen Berg bei Prag

1630 Anfang des Buches „Im Schein der Hexenfeuer"

1631 Eintritt Sachsens in den dreißigjährigen Krieg

1631, 10. Mai, Verwüstung der Stadt Magdeburg durch kaiserliche Truppen

1631 Anfang des Buches „Die Räubermühle"

1632 die Pest wütet in Sachsen

1632, 16. November, Schlacht bei Lützen

1634, 25. Februar, Albrecht von Wallenstein wird in Eger ermordet

1634 Ende des Buches „Die Räubermühle"

1639 schwedische Truppen brennen Dresden teilweise nieder

1641 nochmalige Zerstörung Dresdens durch die Schweden

1648 der „Westfälischer Friede" wird geschlossen

1648, 24. Oktober, Ende des dreißigjährigen Krieges

1650 Ende des Buches „Im Schein der Hexenfeuer"

1683, 3. Mai, die osmanische Armee erreicht Belgrad

1683, 9. Juli, Anfang des Buches „Ein Sommer unter der Mondsichel"

1683, 14. Juli, die Osmanen beginnen die Belagerung Wiens

1683, 12. September, Schlacht am Kahlenberg und Sieg der kaiserlichen Truppen über die Osmanen

1683, 12. September, Befreiung Wiens

1683, 1. November, Ende des Buches „Ein Sommer unter der Mondsichel"

1694 Friedrich August I. wird unerwartet neuer Herzog und Kurfürst von Sachsen

1697, 15. September, Friedrich August I. wird in Krakau zum polnischen König gekrönt

1700 –

1710 Anfang des Buches „Anna und der Kurfürst"

1712 Thomas Newcomen konstruiert die erste verwendbare Dampfmaschine

1715 Ende der „Kleinen Eiszeit", einer Periode relativ kühlen Klimas mit besonders kalten Zeitabschnitten seit 1675

1715 Ende des Buches **„Anna und der Kurfürst"**

1756 bis 1763 der Siebenjährige Krieg tobt in Mitteleuropa

1776 Gründung der Vereinigten Staaten von Amerika mit der Unabhängigkeitserklärung

1789, 14. Juli, Beginn der französischen Revolution in Paris

1793 Beginn des Interventionskriegs gegen Napoleon, an dem auch Sachsen teilnahm

1794 die Gesellen streiken in Dresden

1796 der Interventionskrieg endet mit einer Niederlage für die preußischen, österreichischen und sächsischen Verbündeten

1800 –

1800 Anfang des Buches **„Der russische Dolch"**

1806 Preußen und Russland verbünden sich gegen Napoleon. Sachsen schließt sich ihnen an

1806 Krieg der Verbündeten gegen Napoleon

1806, 14. Oktober, Schlacht bei Jena und Auerstedt, die Verbündeten werden von Napoleon vernichtend geschlagen

1806, 20. Dezember, das Kurfürstentum Sachsen tritt dem Rheinbund bei und wird durch Napoleon zum Königreich

1812 von Sachsen aus beginnt der Feldzug gegen Russland. Sachsen ist mit 21.000 Mann daran beteiligt

1812, 23. Juni, Napoleon überquert mit seinem Heer die Mehmel

1812, 17. August, Schlacht um Smolensk

1812, 7. September, Schlacht von Borodino

1812, 14. September, Napoleon rückt in Moskau ein

1812, 13. Oktober, Napoleon beschließt den Rückzug

1812, 3. November, Schlacht bei Wjasma.

1812, 26. bis 28. November, Schlacht an der Beresina

1812, 14. Dezember, Kaiser Napoleon macht, seinen Truppen auf dem Rückzug aus Russland vorauseilend, in Dresden Station

1813, 2. Mai, Schlacht bei Großgörschen, Sieg Napoleons gegen Russen und Preußen

1813, 20. und 21. Mai, Schlacht bei Bautzen, weiterer Sieg Napoleons gegen Russen und Preußen

1813, 26. und 27. August, Schlacht bei Dresden, Napoleon errang seinen letzten Sieg auf deutschem Boden

1813, 16. bis 19. Oktober, Die Völkerschlacht bei Leipzig brachte Napoleon eine verheerende Niederlage. Die sächsischen Truppen liefen zu den russischen und preußischen Truppen über

1813, 11. November, die belagerte Festungsstadt Dresden kapituliert

1815, 18. Juni, Schlacht bei Waterloo

1815 Ende des Buches „**Der russische Dolch**"

1900 --

Von Uwe Goeritz ebenfalls beim Verlag BoD erschienen (BoD – Books on Demand, Norderstedt, nähere Informationen finden Sie unter www.BoD.de)

„Schicha und der Clan des Bären" die ISBN lautet 978-3-7386-0262-3
108 Seiten für 7,90 Euro

„In den finsteren Wäldern Sachsens" die ISBN lautet 978-3-7357-7982-3
108 Seiten für 7,90 Euro

„Der Gefolgsmann des Königs" die ISBN lautet: 978-3-7357-2281-2
116 Seiten für 7,90 Euro

„Im Zeichen des Löwen" die ISBN lautet: 978-3-7347-5911-6
116 Seiten für 7,90 Euro

„Kaperfahrt gegen die Hanse" die ISBN lautet: 978-3-7386-2392-5
108 Seiten für 7,90 Euro

„Die Bruderschaft des Regenbogens" die ISBN lautet: 978-3-7386-5136-2
112 Seiten für 7,90 Euro

„Im Schein der Hexenfeuer" die ISBN lautet: 978-3-7347-7925-1
112 Seiten für 7,90 Euro

„Die Räubermühle" die ISBN lautet: 978-3-8482-0893-7
112 Seiten für 7,90 Euro

„Der russische Dolch" die ISBN lautet: 978-3-7412-3828-4
116 Seiten für 7,90 Euro

„Das Schwert des Gladiators" die ISBN lautet: 978-3-7412-9042-8
116 Seiten für 7,90 Euro

„Frauenwege und Hexenpfade" die ISBN lautet: 978-3-7448-3364-6
116 Seiten für 7,90 Euro

„Die Sklavin des Sarazenen" die ISBN lautet: 978-3-7448-5151-0
308 Seiten für 9,90 Euro

„Die Tochter aus dem Wald" die ISBN lautet: 978-3-7448-9330-5
116 Seiten für 7,90 Euro

„Anna und der Kurfürst" die ISBN lautet: 978-3-7448-8200-2
312 Seiten für 9,90 Euro

„Westwärts auf Drachenbooten" die ISBN lautet: 978-3-7460-7871-7
120 Seiten für 7,90 Euro

„Nur ein Hexenleben ..." die ISBN lautet: 978-3-7460-7399-6
312 Seiten für 9,90 Euro

„Sturm über den Stämmen" die ISBN lautet: 978-3-7528-7710-6
124 Seiten für 7,90 Euro

„Die Rache der Barbarin" die ISBN lautet: 978-3-7528-4103-9
128 Seiten für 7,90 Euro

„Im Feuersturm – Grete Minde" die ISBN lautet: 978-3-7481-2078-0
312 Seiten für 9,90 Euro

„Rosen hinter Burgmauern" die ISBN lautet: 978-3-7347-0321-8
312 Seiten für 9,90 Euro

„Auf Bärenspuren" die ISBN lautet: 978-3-7412-9116-6
316 Seiten für 9,90 Euro

„Im Schatten des Feuerberges" die ISBN lautet: 978-3-7481-3800-6
120 Seiten für 7,90 Euro

Aktuelle Informationen und Neuerscheinungen finden sie immer im Internet unter:

www.Goeritz-Netz.de